万卷楼
国学经典
修订版

汲取先贤智慧
铺就成功阶梯

万卷楼国学经典 修订版

纳 兰 词

[清] 纳兰性德 著

夏华 等 编译

刘磊 修订

北方联合出版传媒(集团)股份有限公司
万卷出版有限责任公司
2023年·沈阳

图书在版编目（CIP）数据

纳兰词／（清）纳兰性德著；夏华等编译；刘磊修
订. — 沈阳：万卷出版有限责任公司，2023. 5
（万卷楼国学经典：修订版）
ISBN 978-7-5470-6200-5

Ⅰ.①纳… Ⅱ.①纳… ②夏… ③刘… Ⅲ.①词（文
学）—作品集 — 中国 — 清代 Ⅳ.①I222.849

中国国家版本馆CIP数据核字（2023）第035384号

出 品 人：王维良
出版发行：北方联合出版传媒（集团）股份有限公司
　　　　　万卷出版有限责任公司
　　　　　（地址：沈阳市和平区十一纬路 29 号 邮编：110003）
印 刷 者：辽宁新华印务有限公司
经 销 者：全国新华书店
幅面尺寸：170mm×240mm
字　　数：330 千字
印　　张：21.5
出版时间：2023 年 5 月第 1 版
印刷时间：2023 年 5 月第 1 次印刷
责任编辑：朱婷婷
装帧设计：徐春迎
责任校对：张　莹
ISBN 978-7-5470-6200-5
定　　价：58.00 元
联系电话：024-23284090
邮购热线：024-23284050

出版说明

"读万卷书，行万里路"这是中国古人"修身"的两条基本途径。晋代著名史学家陈寿给自己的书斋命名为"万卷楼"，此后，历代以"万卷楼"命名的书斋，由宋至清有数十家：宋代有方略、石待旦等；元代有陈杰、汪惟正等；明代有项笃寿、杨仪、范钦等；清代有孙承泽、黄彭年等。可见，"读万卷书"的理想在中国传统知识分子中是何等的根深蒂固。

读"万卷书"不仅是古人的理想，当我们懂得了读书的意义，都会自然而然地产生强烈的"博览群书"的愿望。然而，人类历史悠久，书籍浩如汪洋大海，时代发展到今天，科技与经济的发展更使得人类的精神领域空前丰富，获取信息与知识的途径不断增加。"万卷书"早已不再是一个象征性的概念，如何从这"万卷"之中，找到最值得细细品读的作品，已经成为人们必须解决的问题。

爱因斯坦曾说过："在阅读的书中找出可以把自己引到深处的东西，把其他一切统统抛掉。"这正是在阐述读书时选择的重要性。而他所说的把我们"引到深处的东西"无疑就是我们所需要深度阅读的作品，也就是我们常说的经典作品。

卡尔维诺对经典作出的定义之一是：经典就是我们正在重读的。的确，在对经典作品反反复复的品味中，人们思想得到了升华，从浅薄走向思考，最后走到通达。我们都曾有这样的感触，面对海量的书籍和信息，一方面，人们在向着功利性浅阅读大张其道，另一方面，我们的精神深处又在不断地呼唤能够滋养自己内心的深度阅读。因此，经典的价值不仅没有因为浅阅读时代的到来而有所损失，反而更显示出其珍贵来。

在惜字如金的中国传统典籍当中，从来不乏这种需要反复品味的经典。从先秦诸子到历代的经史子集，这些经典为一代代的中国人提供了取之不尽的精神滋养，为中华文化的传承和发展建立了基础。我们把这种包蕴中国文化的学问称为国学。国学的范围非常广泛，它包含了文学、历史、哲学、艺术、语言、音韵等在内的一系列内容。

包罗万象的国学经典为我们提供了广泛的教育。阅读国学经典，也就是在与我们的"先圣先贤"对话和交流，一步步地揳进我们的历史和传统。这个过程可以让我们领会先贤的旨趣，把握他们的神髓，形成恢宏的历史意识，可以让我们通晓文义、熟习经史、通彻学问，让我们成为博学之士。另一方面，国学经典所代表的传统学问，更是具有极为厚重的伦理色彩。阅读国学经典的过程，不仅是增进知识的过程，而且是一个熏陶气质、改善性情、提高涵养的过程，这个过程在潜移默化中培养着行谊谨厚、品行端方、敦品励行的谦谦君子。

当然，随着时代的发展，国学早已不再是人们追求事功的唯一法典，我们也不赞成对国学的功能无限夸大。但毫无疑问，阅读国学经典，必能促进我们对真、善、美的崇敬之心，唤起我们对伟大、深邃、美好事物的敏感和惊奇，同时也让我们了解到先贤们在探寻知识过程中思考的重大课题和运用的基本原则。这些作品体现着我们民族精神的精髓，如《周易》所阐述的"自强不息"的君子人格，《论语》所强调的"和而不同"的包容精神，《诗经》所培养的温柔敦厚的情感，《道德经》所闪耀的思辨智慧，等等，它们共同构筑了中华民族传统的精神范式。品读先贤留下的经典，恰如与他们进行一次次心灵的直接触碰，进而去审视我们自己的内心，见贤思齐，激浊扬清。

正是基于对国学经典的这种认识，我们精选了这套《万卷楼国学经典》系列丛书，以期引导步履匆匆的现代人走近国学经典、了解国学经典。在选编过程中，我们希望能够体现这样一些特点。

首先，我们希望这套丛书能够最具代表性。在选目中，我们注重于最经典、最根源的作品，在有限的时间内，把那些最具影响力，最应该知道的作品提交给读者。四书五经、先秦诸子、唐诗宋词等这些具有符号意义的作品无疑是最应该为我们所熟知的，因此，丛书所选的30种作品都是这些经典中的经典。

其次，我们希望能够做出好读的经典。在面对国学作品时，佶屈的文言和生僻的字词常让普通读者望而却步。所以，我们试图用简洁易懂的形式呈现经典，使读者可随时随地以自己的时间、自己的速度来进入阅读。因此，我们为原著精心添加了注音、注释和译文，使读者能够真正地"无障碍阅读"。同时，我们还邀请北京大学、南京大学、复旦大学等知名学府的古代文学方面专家对丛书进行了整体修订，对原文字句及标点进行核准，适当增删注释条目、校订注释内容，对白话翻译做进一步校订疏通，使图书内容臻于完善，整体品质得到了大幅度提升。作为一名读者，也许你会常常感慨，以前没有花更多的时间去读更多的经典，如今没有机会或能力来细读，但实际上，读经典什么时间开始都不算晚，"万卷楼"就是一个极好的途径。重读或是初读这些经典，一样可以塑造我们未来的生活。

第三，我们希望呈现一套富有美感的读物。对于经典而言，内容的意义永远排在第一位，但同时，我们也希望有精彩的形式与内容相匹配，因而，我们在编辑过程中选取了大量的古代优秀版画作为本书的插图，对图片的说明也做了精心设计。此外，图书的编排、版式等细节设计都凝聚了我们大量的思索。我们希望这套经典不只是精神的食粮，拥有文本意义上的价值，更能带来无限美感，成为诗意的渊薮。

"经典作品是这样一些书，我们越是道听途说，以为我们懂了，当我们实际读它们，我们就越是觉得它们独特、意想不到和新颖。"卡尔维诺经典的评论让人击节叹赏，我们也希望这套丛书能够彰显经典的价值，使读者在细细品读中真正融化经典，真正做到"开茅塞、除鄙见、得新知、增学问、广识见"。同时，经典又是可以被享受的。当我们走进经典之时，不能只作为被动的接受者，也可用个人自我的方式进入经典，做精神的逍遥之游，对经典作品进行贴近个体生命的诠释和阅读，在现实社会之中营造自由的人生意境和精神家园，获取一种诗意盎然的人生。

怎样阅读本书

原文：根据权威版本，精心核校，
确保准确性，使读者无障碍阅读。

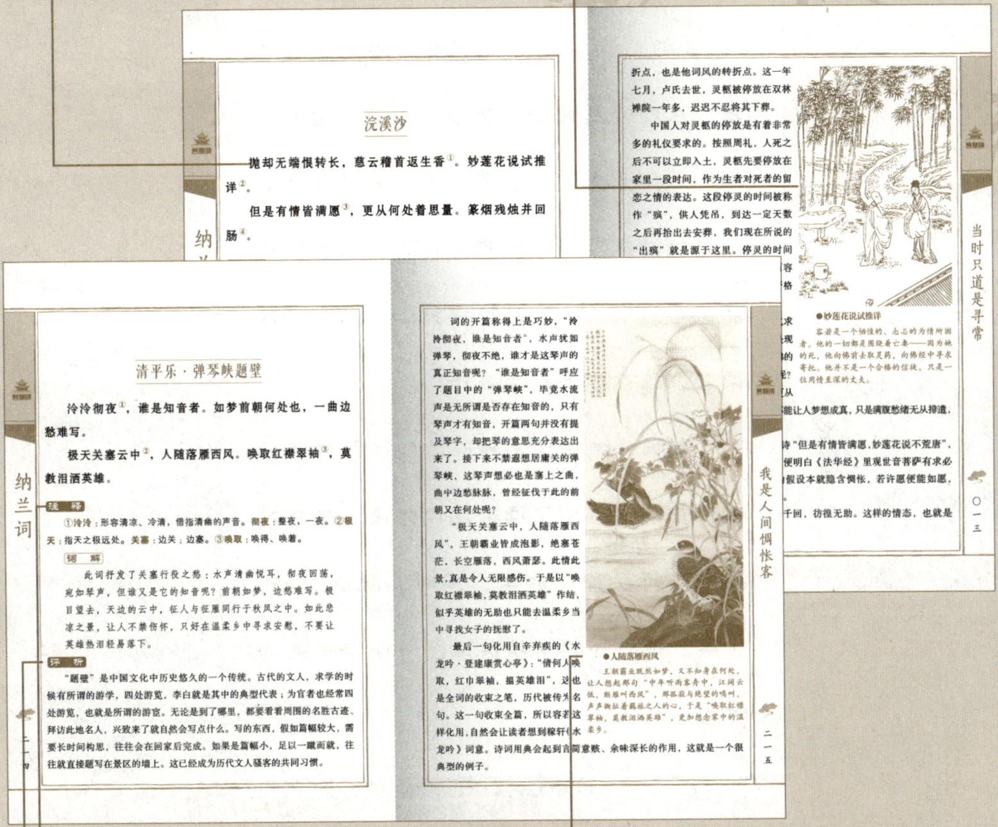

插图：精选历代精品古版画，
美妙传神，增强美感。

注释：准确、简明，极具启发性。

图注：以图释义，扩展阅读，
丰富全书知识含量。

评析：流畅、贴切，以现代白话完
整展现原著全貌。

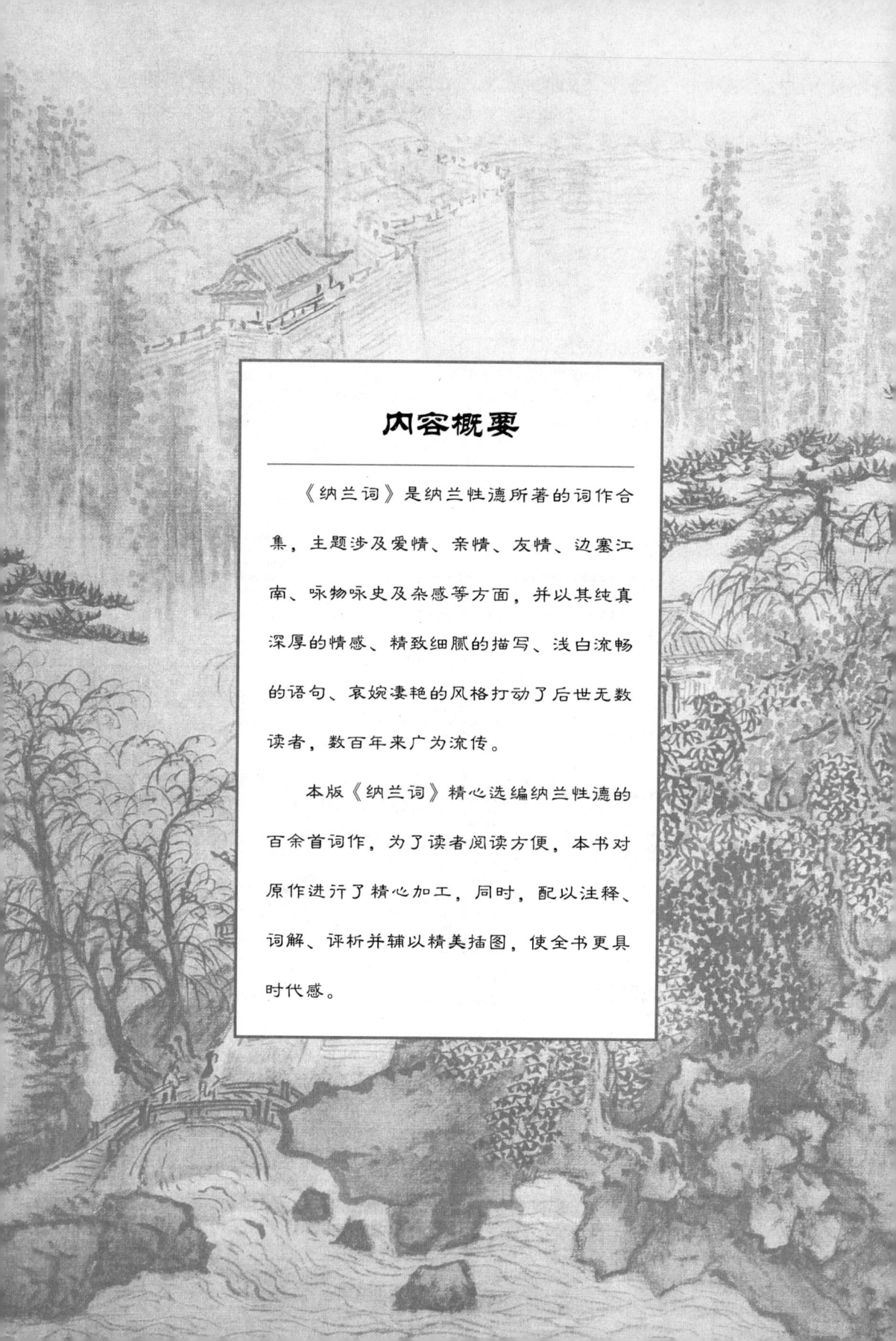

内容概要

　　《纳兰词》是纳兰性德所著的词作合集，主题涉及爱情、亲情、友情、边塞江南、咏物咏史及杂感等方面，并以其纯真深厚的情感、精致细腻的描写、浅白流畅的语句、哀婉凄艳的风格打动了后世无数读者，数百年来广为流传。

　　本版《纳兰词》精心选编纳兰性德的百余首词作，为了读者阅读方便，本书对原作进行了精心加工，同时，配以注释、词解、评析并辅以精美插图，使全书更具时代感。

目　录

当时只道是寻常

一生一代一双人

青眼高歌俱未老

已惯天涯莫浪愁

我是人间惆怅客

人生若只如初见

当时只道是寻常

容若与爱妻卢氏的生死情缘

　　纳兰词中最受后人称道的就是他的爱情词，尤其是写给妻子卢氏的词作，清丽哀婉，充满真情。

　　纳兰性德20岁时与两广总督卢兴祖之女卢氏成婚，两人情真意笃，举案齐眉，堪称绝代佳侣。卢氏的出现宛如冬夜中的一盏明灯，温暖着纳兰的人生旅途。夫妻间情投意合，卢氏以无微不至的关爱，让容若得到了十足的温暖，容若的生命展露出最为蓬勃的生机和活力。但是幸福的日子总是短暂的，婚后第三年，卢氏死于难产。此事也就此成为容若一生的分水岭，是他词风转变的一大原因。

　　容若遭遇了人生中最残酷的一次打击，相思相望却无法相亲相守，只能从记忆的碎片当中不断回想，搜寻有关妻子的点点滴滴，彻骨的思念无情地吞噬着他的全部身心。当平淡的幸福让人身心沉醉时，却以为只是寻常之事，等到永远失去时，才发现那原来是一生的无价之宝。"当时只道是寻常"，这一句看似简单，却是容若的血泪凝结而成的心声。

蝶恋花

　　辛苦最怜天上月，一昔如环，昔昔都成玦①。若似月轮终皎洁，不辞冰雪为卿热。

　　无那尘缘容易绝②，燕子依然，软踏帘钩说③。唱罢秋坟愁未歇④，春丛认取双栖蝶。

注释

　　①**一昔如环**：昔，同"夕"。玦：玉玦，半环形的玉，借喻没圆的月亮。这句是指一月当中，天上的月亮仅有这一夜是圆满的，其他的夜晚都是存在残缺的。②**无那**：无奈，无可奈何。③**软踏帘钩说**：燕子依然轻轻地踏在帘钩上，呢喃低语。④**唱罢秋坟愁未歇**：表示虽是哀悼过了亡灵，但是满怀的愁情仍不能得到排解。

词解

　　仰望夜空慨叹，明月不断流转，在天上奔走辛苦不息。但可惜好景不长，一月之中只有一夜成圆，其余的每个晚上都是残缺的。如果我们能像那轮圆月有团圆的时刻，那么即便是要我在风雪之中让身体冰冷为你降温，我也在所不惜。

　　无奈如今我们一个在天上，一个滞留人间，永不相见。物是人非，燕子依旧踏在帘钩上，不断呢喃，但爱人早已不在人间。那呢喃是否在诉说当年这屋内曾有过的旖旎柔情？哀悼逝者，悲歌当哭。花丛中的蝴蝶能够成双成对，我们夫妻却生死分离，无法团聚，惟愿死后同亡妻一起化作双宿双飞的蝴蝶，从此不再分离。

　　有一句话"爱情两个字好辛苦"，这样的情感体验，当在容若笔下娓娓道来时，得到了更加充满诗意的表述："辛苦最怜天上月"！你看那天上的月亮，一月内只有一天是圆的，其他的时间都是残缺状态，等得好辛苦，盼得也好辛苦！人间的夫妻也正是如此。词人夫妻二人更是如此。

　　"问君何事轻离别，一年能几团圆月？"容若担任宫中一等侍卫，时常入值宫禁或是随驾外出，因此尽管他与妻子卢氏新婚燕尔，伉俪情深，但由于自己地位特殊，身不由己，总是聚少离多，夫妇二人都饱尝相思之苦的煎熬。而今，不过是婚后的第三年，卢氏竟然撒手人寰，这更是为容若留下了终生无法弥补的痛苦与遗憾！卢氏与词人不仅仅是一般意义上的夫妻，更难得的是二人的胸襟、志趣，都非常投合，为世所罕见。

　　在难以排遣的痛苦中，词人心目中的爱妻渐渐化作了天上那轮皎洁的明月。词人在《沁园春·瞬息浮生》的序言中说过："梦亡妇淡妆素服，执手哽咽……临别有云：'衔恨愿为天上月，年年犹得向郎圆。'"这是一个极为凄切的梦，也是一个非常美丽的梦。

　　词人希望这个梦真的能够成为现实，希望妻子真的能如一轮明月，以温柔、皎洁的光时刻陪伴着自己。词人还想：假如"高处不胜寒"，我必定不辞冰雪霜霰，用自己的全部爱心，去温暖爱妻的身心，两人从此再不分离。

　　这句词源自《世说新语》中那段凄恻动人的故事："荀奉倩与妇至笃，冬月妇病热，乃出中庭自取冷，还以身熨之。妇亡，奉倩后少时亦卒。"荀奉倩就是荀彧之子荀粲，其妻曹氏，是曹洪之女。荀粲由于爱妻过世，悲痛欲绝而亡，死时年仅二十九岁。这一份夫妻深情实在是难能可贵。

　　上阕"辛苦最怜天上月，一昔如环，夕夕都成玦"，月光照耀下的世界，有一种非常朦胧的美感，容易惹人冥思遐想。离别的人们则更易勾起无限相思之情。作者仰望夜空的一轮皓月，浮想联翩，情感抑郁至极，最终叹

息道："辛苦最怜天上月，一昔如环，夕夕都成玦。""环"和"玦"都是用美玉制成的饰物，古人长期佩戴在身上。"环"似满月，"玦"似缺月。容若的词意精工入妙，但其长处还在于写景也是处处有情。此处以"辛苦最怜"四字总起，顿使天边那皎洁明月，漾起许多情思。

●辛苦最怜天上月

"若似月轮终皎洁，不辞冰雪为卿热。"随着情感的高涨，想象的飞腾，他开始了进一步的设想，那一轮明月仿佛化成他日夜思念的爱人，以她那皎洁的光辉

尽管有美丽的梦，也希望能如天上月亮，有团圆之时，但那终归是虚幻无定的梦。尘世姻缘终究已经断绝，令人徒唤奈何。只能不断追忆这画堂深处，昔日爱侣之间洋溢的那一份甜蜜与温馨。

时刻陪伴着他。此时，词人也发出了自己的誓言：要不畏"辛苦"，不辞"冰雪"来到爱人身畔，以自己的身躯、满腔的热血"为卿热"。无奈天路难通，一个在天上，一个在人间，遐想最终烟消云散，只剩下对往事的缅怀与物在人亡的沉痛感慨。

"无那尘缘容易绝，燕子依然，软踏帘钩说"——下半阕作者的思绪被拉回到现实中：室在人亡，双燕依然，一片凄清。燕子依旧是多情的，如今一对燕子出现在纳兰的帘钩上，也只有这娇小、轻盈的燕子才能够"软踏"在帘钩，一个"软"字非常传神，令人也想起了一样娇柔的亡妻。燕子会在呢喃着什么呢？是在述说着当年在屋内曾有那"一生一代一双人"的缠绵往事吗？我们从那个"说"字里仿佛能够想象出这里曾有过的旖旎柔情，随后又一切都消逝了，眼前依旧只剩下帘前的燕子。

"唱罢秋坟愁未歇，春丛认取双栖蝶"，容若是如此不甘心自己的这段感情就这样凄凉收场，他又开始梦想，能如纷飞嬉戏，双宿双栖的蝴蝶一般，

当时只道是寻常

〇〇五

长相厮守，不再彼此分离，但梦想虽然美好，终究是难以化为现实。

　　《蝶恋花》先从天上的明月写起，"一昔如环，夕夕都成玦"，"若似月轮终皎洁，不辞冰雪为卿热"，是对妻子梦中所言"衔恨愿为天上月，年年犹得向郎圆"的应答，上阕写自然现象是为了说明人世间没有绝对的圆满，而下阕"无那尘缘容易绝"，是容若站在思考人生的角度上，自悲自怜丧妻的遭遇，那一种凄婉情怀，令人不忍卒读。

蝶恋花

眼底风光留不住。和暖和香，又上雕鞍去。欲倩烟丝遮别路，垂杨那是相思树。

惆怅玉颜成闲阻[1]。何事东风，不作繁华主。断带依然留乞句，斑骓一系无寻处[2]。

注 释

①**闲阻**：间阻，阻隔之意。此处引申为无由相见。②**断带依然留乞句，斑骓一系无寻处**：割断的衣带上还留有请求你写的诗句，可你却早已离我远去了。断带，割断了的衣带。斑骓，毛色黑白相间的骏马。

词 解

眼前的良辰美景是无法留住的。温暖和芬芳仿佛还萦绕身畔，他却又一次上马，准备出发了。路旁垂柳依依，如丝如烟，多希望这烟柳能够遮断别路，但它们毕竟不是相思树，如何能解离人之相思呢。

为了今后难以再见伊人而惆怅不已。带来春天气息的东风，也不能让我变得快乐起来。割断的衣带上还留有请求你写下的诗句，可你却与我就此分离，难以再见。

评 析

"眼底风光留不住。和暖和香，又上雕鞍去。"在一个风和日丽、阳光温暖和煦的日子里，他坐上了马鞍，又将远行了。正值春日，垂柳依依，望着这些熟悉的景物，内心的思念之情不断涌上心头。

●垂杨那是相思树

"欲倩烟丝遮别路，垂杨那是相思树"，他胯下的马儿慢慢地走到垂柳边，一阵清风吹来，纤纤弱柳被风儿拂动着，千丝万缕似在牵系挽留。他伸手抚摸着这些杨柳，惆怅油然而生。既然这柳条千般挽留，索性遮断了行路，不要让我离开好了。但柳树毕竟不是相思树，如何能理解我心中的伤感与怀思呢？

"惆怅玉颜成闲阻。何事东风，不作繁华主。"我的痛苦惆怅都源于再也无缘见到你那如玉的容颜，那足以苏醒万物的东风啊，却无

那逝去的容颜已经是阴阳相隔，即使清风带去我的思念也无法传达到伊人身边。此时东风乍起，身处繁华美景之中的他悠然叹息。或许注定他一生只能在惋惜当中思念。不断地追寻的不过是一片幻影。

法唤醒我内心的快乐，因为我已经失去了你。在一年春天再次到来之际，回想起往日一起度过的温柔缠绵的岁月。如今佳人不在，形单影只，与"人面不知何处去，桃花依旧笑春风"的意境非常契合。

"断带依然留乞句，斑骓一系无寻处"，指割断的衣带上还留有请求你写下的诗句，可你却与我阴阳永隔。断带，指割断了的衣带。这里暗用李商隐《柳枝词序》所叙述的故事：商隐从弟李让山遇洛中里女子柳枝，诵商隐《燕台诗》。"柳枝惊问：'谁人有此，谁人为是？'让山谓曰：'此吾里中少年叔耳。'柳枝手断长带，结让山为赠叔，乞诗。"斑骓，本意是指毛色黑白相间的马，这里指离别时所乘的马。马已经驮着主人离去，空余断带题诗，有情人终究无法相聚。

浣溪沙

谁念西风独自凉①。萧萧黄叶闭疏窗②。沉思往事立残阳。

被酒莫惊春睡重③，赌书消得泼茶香④。当时只道是寻常。

①**谁念西风独自凉**：秋天到了，寒意袭人，独自冷落，有谁会想念起我呢？"谁"，指亡妻。②**疏窗**：镂刻花纹的窗户。③**被酒**：醉酒。④**赌书消得泼茶香**：往日与亡妻有着非常美满的夫妻生活。

词　解

　　秋风凉，落叶纷纷，疏窗紧闭却依然觉得孤寒彻骨。独立夕阳，回首往事，曾经一起醉酒入睡，一起赌书泼茶恩爱异常，当时觉得只是很平常的事情。如今独自一人，借怀念往事以排遣满腹抑塞，越发孤独寂寞。当年的平常之事已变成求之不得的梦想。

评　析

　　西风送来凉意，对每个人都是如此，可以吹进皇宫，也可以吹进寻常巷陌。而在纳兰词中，这凉意却似乎仅仅是针对他自己而来，也仅仅他自己才能体会出来。

　　面对萧萧黄叶，"伤心人"怎堪重负？纳兰或许只有关闭"疏窗"，设法逃避痛苦来换取内心的短暂平静。"西风""黄叶""疏窗""残阳""沉思往事"，一派肃杀凄凉景象。词中所展现出来的意象仿佛能让我们想象出容若那茕茕孑立、形影相吊的凄凉身影，衣袂飘飘，"残阳"下，陷入无尽的哀思。

下阕非常自然地写出了词人对恩爱往事的追忆。"被酒莫惊春睡重，赌书消得泼茶香"，春日醉酒，酣甜入睡，生活的情趣完全体现在其中，而睡意正浓时无人惊扰。"莫惊"二字写出了卢氏不惊扰其睡眠，对他体贴入微的特点。而这样一位温柔贤惠的妻子不但是生活上的贤内助，也是他在文学层面上的红颜知己。词人在这里借用"赌书泼茶"的故事，一方面在凸显自己与妻子的情真意笃不亚于当年的赵明诚、李清照夫妇，同时也是在暗示当年赵明诚的早逝是李清照一生不可言说之痛，而卢氏的早逝对自己的打击丝毫不逊于李清照。意在表明自己对卢氏的至深爱恋以及对妻子早丧的无限哀伤。

纳
兰
词

● 当时只道是寻常

当年李清照记录赌书泼茶时，曾经说甘愿过这样平淡的生活，终老于乡间，虽然没有波澜壮阔但却甜蜜。其实这也正是容若的心声。

如此美好的事物，在失去它后才懂得应当珍惜，而美好的事物又往往是稍纵即逝，犹如昙花一现。纳兰把全部的哀思与无奈都融入最后一句"当时只道是寻常"，当年李清照记录赌书泼茶时，曾经说甘愿过这样平淡的生活，终老于乡间，虽然没有波澜壮阔但却甜蜜。其实这也正是容若的心声。这样平淡的日常琐事只有在一去不返后，人们才意识到其真正不寻常的价值。这句词也道出了人生真谛，这样的慨叹又岂是容若独有的？每个人读到这里都会心有所感。

每一种平凡的快乐全都是弥足珍贵、来之不易的，如果只当它是寻常，

没有好好珍惜，那么等到永远失去时，便只能悔恨了。亲人、爱人、普通而甜蜜的家庭琐事，这一切看似寻常，又有多少人能够平静承受失去的痛苦呢？

当时只道是寻常

浣溪沙

抛却无端恨转长，慈云稽首返生香^①。妙莲花说试推详^②。

但是有情皆满愿^③，更从何处着思量。篆烟残烛并回肠^④。

注 释

①**慈云**：佛教语，比喻慈悲心怀如云之广被世界、众生。**稽首**：古时的一种跪拜礼，叩头至地，是九拜中最恭敬的。②**妙莲花说**：指《妙法莲华经》。莲花，喻佛门之妙法。莲花世界为佛教所称西方极乐世界。**推详**：仔细推究。③**满愿**：佛教语。谓实现了发愿要做的事。④**篆烟**：盘香的烟缕。**回肠**：喻思虑忧愁挥之不去，如愁肠百结。

词 解

此词描绘试图通过佛法求得心态平和，却求之不得。想丢去无端的烦恼，却转而幽恨更长了。在佛前祈求，希望得到能令死者复活的返生香，认真参译《妙法莲华经》，希望能得到开悟和解脱。但若要所有发愿的事都实现了，那人生还有什么要去思量的呢？还为什么要在夜里辗转反侧，愁肠百结呢？

评 析

在《金缕曲》中，容若曾发出"料也觉、人间无味"的无奈叹息。这一叹持续了容若的整个后半生。康熙十五年（1676）是容若人生的重要转

纳兰词

折点，也是他词风的转折点。这一年七月，卢氏去世，灵柩被停放在双林禅院一年多，迟迟不忍将其下葬。

中国人对灵柩的停放是有着非常多的礼仪要求的。按照周礼，人死之后不可以立即入土，灵柩先要停放在家里一段时间，作为生者对死者的留恋之情的表达。这段停灵的时间被称作"殡"，供人凭吊，到达一定天数之后再抬出去安葬，我们现在所说的"出殡"就是源于这里。停灵的时间长短也有规定，一般为三个月。而容若却将妻子的灵柩停了一年多，严格说来已经不合礼制了。

"有情皆满愿"其实就是容若乞求能够有情人再相聚，得偿所愿。但是现实生活中的苦难不计其数，天天念佛的人不在少数，但又有几人能够如愿呢？所以容若又说"但是有情皆满愿，更从何处着思量"，其实他也明白佛法并不能让人梦想成真，只是满腹愁绪无从排遣，只能向其中寻求寄托。

这两句原本是化用自王次回的诗"但是有情皆满愿，妙莲花说不荒唐"，意思是：如果众生都能得偿所愿，便明白《法华经》里观世音菩萨有求必应的说法并不是荒唐的。但词中的假设本就隐含惆怅，若许愿便能如愿，世间又怎会有这么多的烦恼痛苦呢。

焦虑之情依旧，心情也是百转千回，彷徨无助。这样的情态，也就是词的末句"篆烟残烛并回肠"。

●妙莲花说试推详

容若是一个恓惶的、忐忑的为情所困者。他的一切都是围绕着亡妻——因为她的死，他向佛前去取灵药，向佛经中寻求寄托。他并不是一个合格的信徒，只是一位用情至深的丈夫。

"篆烟"是指香火燃烧，烟在空气中抖动，犹如写下篆字，也可以理解为香火烧尽时，香灰的形状犹如篆字。残烛留下了融化而又凸凹起伏的残蜡，与篆烟相同，都与容若的心情一样，百转千回。

浣溪沙

十八年来堕世间，吹花嚼蕊弄冰弦①。多情情寄阿谁边②。

紫玉钗斜灯影背③，红绵粉冷枕函偏④。相看好处却无言。

注　释

①**吹花嚼蕊**：谓吹奏、歌唱，引申指反复推敲声律、辞藻。**弄**：指吹弹乐器。**冰弦**：冰弦玉柱，筝瑟之类乐器的美称。②**阿谁**：谁，这里指自己。③**紫玉**：紫色宝玉，古人以为祥瑞之物。④**红绵**：丝绵的粉扑，妇女化妆用品。**枕函**：又称枕匣，中间可以藏物的枕头。

词　解

在此词里作者描绘了心上人的姣好美艳：她既有高才又多情可爱，像天上的仙子一样，十八年来谪降在人世间，琴棋书画、诗词歌赋相伴，生活得高雅而快乐。她是那么美好的人，却将所有的爱都赋予了我。记得当年她紫钗斜坠，姿态美妙，在灯影恍惚中，偏倚着枕函。两情相悦，即使无声也胜似有声。

评　析

关于容若这一阕《浣溪沙》中提及的女子到底是谁，一直有争议。有说是写给妻子卢氏的，有说是写给青梅竹马的恋人的，也有人认为是写给沈宛的。容若的抒发爱情的词大多伤感凄美，此篇则完全打破了常规。在

纳兰词

●红绵粉冷枕函偏

她玉钗颤颤，云鬟如雾，眼波楚楚，仪态动人。他对她的迷恋，是如此的深邃。即便迷恋是万丈深渊，他也对其视之若归。

几百年后的今天，我们也只能猜测其究竟是写给哪一位红颜知己，超越时空去感受容若的刻骨铭心的爱恋。

"十八年来堕世间"，这是化用自李商隐《曼倩辞》的成句："十八年来堕世间，瑶池归梦碧桃闲。"曼倩指汉朝名人东方朔，字曼倩。据《太平广记》所载，东方朔死后，天上的岁星复明，于是汉武帝仰天而叹："东方朔生在朕旁十八年，而不知是岁星哉。"容若心中认为似乎这世间所有的美人都无法与她相比，在他看来，她是最好的，最为超凡脱俗，犹如天宫仙子错落于凡尘。因为容若与卢氏成婚的时间是清康熙十三年（1674），此时容若二十岁，卢氏十八岁。联系到这一句，所以有一些人认为这首词是写给卢氏的。

吹花嚼蕊，指吹乐、歌唱，与吹叶嚼蕊意思相同。后又引申为推敲声律、辞藻等文墨之事。冰弦，即琴弦，相传是以冰蚕丝来制作的琴弦。此处可以理解成乐器之类。洪昇的《长生殿》里写到杨贵妃的歌舞"冰弦玉柱声嘹亮，鸾笙众管音飘荡"，我们从中可以看出，容若所写是她的才情。她不但相貌出众，而且雅擅文墨，精通音律，称得起是才貌双全，人间罕有。

"多情情寄阿谁边。"阿谁，是指容若自己。她是如此的美好，是上天恩赐的礼物，落入他的怀中。于世间千千万万人中，他与她相遇。世间的千千万万男子，她唯独钟情于他。还有什么能抵得上这种两情相悦的称心

如意呢？

　　"紫玉钗斜灯影背，红绵粉冷枕函偏。"红绵，是女子往脸上搽粉用的粉扑。枕函，又称枕匣，指中间可以放置物件的匣状枕头。他将她端详，满心欢喜。烛影摇红，人赛桃花，光阴胜过醇酒。

　　她是千娇百媚，她是万紫千红，她是世上最美的花，开在他的生涯旅程当中。她是他春光里的月色如烟。然而他却认为，相看好处却无言。不尽言，继而静默。那一刻，他或是因为幸福而失声，或是因幸福以致忧伤。容若用这样的一句话来收束全篇，堪称美到惆怅。

浣溪沙

凤髻抛残秋草生①，高梧湿月冷无声②，当时七夕记深盟③。

信得羽衣传钿合④，悔教罗袜葬倾城⑤。人间空唱《雨淋铃》⑥。

注释

①**凤髻**：古代女子的一种发型，将头发绾结梳成凤形，或在髻上饰以金凤。一说是饰于鬓发上的假髻。此处指亡妻。②**湿月**：湿润之月。形容月光如水般湿润。③**深盟**：指男女双方向天发誓，永结同心的盟约。④**羽衣**：原指以羽毛织成的衣服，后常称道士或神仙所着衣为羽衣，此处借指道士或神仙。**钿合**：镶嵌金、银、玉、贝的首饰盒子，古代常用来作为爱情的信物。⑤**罗袜**：丝罗制的袜，此处指亡妻遗物。**倾城**：旧以形容女子极其美丽，是美女的代称，此处指亡妻。⑥**雨淋铃**：即雨霖铃。词牌名。相传唐玄宗因安禄山之乱迁蜀，霖雨连日，闻栈道铃声，为悼念杨贵妃而采声作此曲。

词解

此词是一首悼亡之作，借唐明皇与杨贵妃的典故，表达了对亡妻的深切怀念：凤髻抛掷，斯人已然逝去，孤单地沉睡在一片荒凉的秋草之中。面对这寂寞梧桐，冷月无声，回想起当年七夕之夜的海誓山盟，怎不叫人心中凄怆。曾经相信仙人可以传递有情人的信物，如今却后悔当时将伊人遗物都与她一同埋葬，唯有自己唱着《雨淋铃》空自怅痛了。

这是一首悼亡的作品。容若以他一如既往的深情与凄怆，为他的爱妻，填写了一曲催人泪下的寂寞空唱。

"凤髻抛残秋草生"。凤髻，原本是古代女子的一种发型。据唐代宇文氏《妆台记》载："周文王于髻上加珠翠翘花，傅之铅粉，其髻高名曰凤髻。"这里代指其亡妻卢氏。他从蚀骨的悲痛中，强迫自己来接受这一事实：她已经离他而去，而且是以最残忍的离别方式——死亡。从此之后，他的生命将注定残缺，如此痛入骨髓，伊人已被黄土掩埋，昔日温香软玉已成冢内白骨。秋草萋萋，泪迷离。

● 人间空唱《雨淋铃》

容若以唐玄宗与杨贵妃的故事为主题，以表达心中的无尽伤痛。耿耿此念，天地可鉴，闻之哀伤欲绝。记忆在无言的寂寞中恣意汹涌，无论怎样华美的文字都不能表达其万一。

"高梧湿月冷无声"。月亮依旧故我，如水般倾泻着自己的银光。明月最是照无寐。也正是这一轮月，曾照耀他们赌书泼茶时的伉俪情深，曾照耀她小窗梳妆时的如花笑靥，见证他的美满婚姻。也是这一轮月，看他孤灯相映，心灵千疮百孔。他在伤痛当中静默如雪中苍松，萧萧瑟瑟，独听冷月无声。

"当时七夕记深盟"。相传唐玄宗与杨玉环在骊山避暑，适逢七夕。玉环独自与玄宗比肩而立，因仰天对牛郎织女的故事有所感怀，密相誓心，愿世世为夫妇。在天愿作比翼鸟，在地愿为连理枝。容若与卢氏，势必也曾有过这样的愿望与约定——生生世世，永结同心。

"信得羽衣传钿合，悔教罗袜葬倾城"。羽衣，本意是指以鸟的羽毛制作而成的衣服，后代指神仙和道士所穿的衣服。钿合，指镶有金、银、玉、贝等物品的首饰盒，古代时常用其作为示爱的信物。罗袜，指代亡妻遗物。

白居易《长恨歌》中："惟将旧物表深情，钿合金钗寄将去。钗留一股合一扇，钗擘黄金合分钿。但教心似金钿坚，天上人间会相见。"指杨贵妃死后，唐玄宗悲痛不已，于是命一位能招魂的道士去寻找玉环。后来道士在蓬莱仙境中终于寻觅到玉环，玉环不忘旧好，取出金钗一股、钿合一扇让道士交给玄宗，说只要彼此情定心坚，天上人间总能相会。道士可以传递有情之人的信物，哪怕生死相隔，容若也曾相信这样的传说，希望能与妻子重逢。如今却感到后悔，把她的遗物都与她一同埋葬了。否则也能睹物思人，聊寄思念之情。

"人间空唱《雨淋铃》"。《雨淋铃》，即《雨霖铃》。据郑处海《明皇东录补遗》："明皇既幸蜀，西南行初入斜谷，属霖雨涉旬，于栈道雨中闻铃，音与山相应。上既悼念贵妃，采其声为《雨霖铃》曲，以寄恨焉。"唐玄宗为了江山放弃了美人，赐死杨贵妃，这种懊恼与悔恨是一曲《雨淋铃》所表达不完的，可谓是"天长地久有时尽，此恨绵绵无绝期"，容若借此来表达对妻子的追思之情。

这一首《浣溪沙》，容若以唐玄宗与杨贵妃的故事为主题，以表达心中的无尽伤痛。耿耿此念，天地可鉴，闻之哀伤欲绝。记忆在无言的寂寞中恣意汹涌，无论怎样华美的文字都不能表达其万一。他沉溺于刻骨铭心的思念当中，他对她的爱，从未改变，却难再续。他在别人的故事当中感同身受，比照喟叹，然后以空洞茫然的眼神，落寞地守望着曾经的浓情蜜意，心中只剩下满腔的遗恨。

金缕曲·亡妇忌日有感

此恨何时已！滴空阶、寒更雨歇，葬花天气①。三载悠悠魂梦杳，是梦久应醒矣。料也觉、人间无味。不及夜台尘土隔②，冷清清、一片愁埋地。钿钗约③，竟抛弃。

重泉若有双鱼寄④。好知他、年来苦乐，与谁相倚？我自终宵成转侧，忍听湘弦重理⑤。待结个、他生知己。还怕两人俱薄命，再缘悭、剩月零风里。清泪尽，纸灰起。

注释

①**葬花天气**：指春末落花时节，大概是农历五月，这里既表时令，又暗喻妻子之亡如花之凋谢。②**夜台**：指坟墓。③**钿钗约**：钿钗即"金钗""钿合"，都是女子的饰物。暗指爱人间的山盟海誓。④**重泉若有双鱼寄**：重泉即"黄泉""九泉"，指生死两隔。双鱼，指书信。⑤**湘弦**：即湘灵鼓瑟之弦。相传舜的妃子在湘水中淹死，死后成为水神，古代诗词中常用琴瑟来代指夫妻，这里指纳兰不忍再弹奏那哀怨凄婉的琴曲，否则会勾起对妻子的哀思。

词解

这种哀愁怨恨什么时候才能停息！在这葬花的时节里，冷雨淅淅沥沥滴在台阶上，直到半夜方才歇止。妻子已经去世三年了，如今香魂缥缈不知在何处，如果这是一场噩梦，那么三年之久也应该清醒过来了啊。现在感到人生在世毫无趣味，还不如长眠于坟墓当中，在冷清的土地下埋葬自己的

纳兰词

●寒更雨歇，葬花天气

物是人非，钿钗虽在，山盟海誓依旧，妻子已入黄泉，再坚定的誓言也无力实现了，正所谓"天长地久有时尽，此恨绵绵无绝期"，多情之人心丧若死，三年光阴依旧痛得难以言说。

哀愁。与妻子阴阳永隔，当年的海誓山盟都已成空。

如果黄泉当中能有书信邮寄过来，我也好知道她这几年来是苦是乐，与谁彼此依靠？我在夜里辗转反侧不能入睡，不忍再次弹奏起那曾与妻子共同唱和的琴。希望能与亡妻结下来生情缘，再做夫妻。但又怕来生二人还是薄命，早早分离，独留一人形单影只，心如刀绞。泪已流干，悼念亡妻的纸灰随风飘散。

评析

这首词是纳兰词中悼亡词的代表作。纳兰词中的悼亡词多达四十首，每一首都是血泪交溢，凄凉入骨。这一首词更是堪称绝唱。词从空阶滴雨，仲夏葬花开头，引起伤春之感和悼亡之思；又以夜台幽远，音讯不通，以至来生难以预料，感情层层递进，直到最后万念俱灰。

整首词虚实相间，实景与虚拟、所见与所想完全糅合在一起，历历往事与冥冥幻想紧密结合，毫无间隙，而联系起这一切的，正是痛感"人间无味"的夫妻间的真挚情怀，它能够穿越死生界限，跨越时空。纳兰词真可谓"哀感顽艳""令人不能卒读"。

词的开端很突兀："此恨何时已"，开头就是一个反问，道出词人心中

对卢氏之死悠远绵长、无穷无尽的哀思，"天长地久有时尽，此恨绵绵无绝期"！自卢氏死后，容若对她的思念从未停止。他既恨新婚三年就已永诀，欢乐不久而哀思无限；又恨阴阳永隔，相见无由，如今正当亡妇的忌日，这种愁恨更是空前高涨。

"滴空阶、寒更雨歇，葬花天气"三句，更渲染出悼亡的清冷，凄凉氛围。能清晰听到夜雨停歇后，残雨滴落空阶之声的人，必定有着极为郁闷难以排解的心事，因而无法入眠。如今的"葬花天气"，三年之前却正是"葬妻"天气。三年死别，犹如大梦一场，而且是一场无法醒来的噩梦。接下来"三载悠悠魂梦杳，是梦久应醒矣。料也觉、人间无味"，是说妻子去世虽然已有三年，但自己对这个悲剧始终无法相信，但假如说这只是一个悲伤噩梦，三年之久也该醒来了。妻子死后，人间便再没有了快乐，一切都索然无味。尽管平常，但正是这种直抒胸臆、不加任何雕琢掩饰的句子才最能直接道出众生共有的苦难，因其平实，故而感人。

容若对后一个问题进行了回答："不及夜台尘土隔，冷清清、一片愁埋地"，了无生趣的人世间还不如冷清的坟墓。"夜台"，指坟墓，由于把死者长埋于地下，不见光明，所以被称作夜台。

上阕的结尾，"钿钗约，竟抛弃"，与开篇的"此恨何时已"相呼应，都与《长恨歌》有一定关系。钿和钗都是女子的装饰品，唐玄宗和杨贵妃曾以钿钗寄情。但物是人非，钿钗虽在，山盟海誓依旧，妻子已入黄泉，再坚定的誓言也无力实现了。

下阕的开头，词人期望能了解卢氏死后在九泉之下的情况，情真意切由此可见一斑。"重泉若有双鱼寄。好知他、年来苦乐，与谁相倚？""重泉"，即黄泉、九泉，是民间所说的阴间。双鱼，指书信。古乐府有"客从远方来，遗我双鲤鱼。呼儿烹鲤鱼，中有尺素书"的诗句，后世就用双鲤鱼指书信。假如能与九泉之下的亡妻通信，必定要问问她，这几年的生活是苦是乐，她和谁人相伴。

这种无望的怀念严重影响了容若的心境，于是"我自终宵成转侧，忍

当时只道是寻常

听湘弦重理"。所谓湘弦，楚辞《远游》有"使湘灵鼓瑟兮，命海若舞冯夷"之句，后世诗词多以湘弦来代指琴弦或弹琴。容若与卢氏的闺房之乐，音乐唱和就是其中的一项。容若也经常帮妻子调琴。如今伊人已逝，湘弦怎忍重理？

辗转相思，还想和妻子再结来生之缘，是谓"待结个、他生知己"。这句话尽管平常却不简单，不把妻子当成家中的女主人或是贤内助看待，而是视其为知己。这在古代是个非常难能可贵的观念。

到了这一步，容若对亡妻的感情已经到达了"待结个、他生知己"的地步，但这还不是极限，结下来生情缘"还怕两人俱薄命，再缘悭、剩月零风里"。这几句源自晏几道的"欲将恩爱结来生，只恐来生缘又短"，但在情义深厚方面却超过了前者。容若担忧就算自己和亡妻真的结下来生缘，但来生如果再如今生一般，短暂的快乐之后便又永诀，脆弱的身心又怎能再次承受那凄凉的人生呢！想到这里，又回归到了现实，把无尽的感情归结成一句实景："清泪尽，纸灰起。"泪已流尽，为妻子烧的纸也烧尽了，只有纸灰随风飘荡。

沁园春

丁巳重阳前三日[1]，梦亡妇淡妆素服，执手哽咽。语多不能复记，但临别有云："衔恨愿为天上月，年年犹得向郎圆。"妇素未工诗，不知何以得此也。觉后感赋。

瞬息浮生，薄命如斯，低徊怎忘。记绣榻闲时，并吹红雨[2]；雕阑曲处，同倚斜阳。梦好难留，诗残莫续，赢得更深哭一场。遗容在，只灵飙一转[3]，未许端详。

重寻碧落茫茫[4]。料短发、朝来定有霜。便人间天上、尘缘未断；春花秋叶，触绪还伤。欲结绸缪[5]，翻惊摇落[6]，减尽荀衣昨日香。真无奈，倩声声邻笛，谱出回肠[7]。

注 释

①丁巳：即康熙十六年，公元 1677 年，容若时年二十三岁。②红雨：代指落花，这里应指桃花。③灵飙：轻灵的风。④碧落：天界。⑤绸缪：缠绵的情缘。⑥摇落：原指草木凋零，这里指妻子已逝。⑦回肠：弯曲的肠子。过去多用肠子屈曲迂回比喻愁怀萦绕。

词 解

丁巳年，距离九月初九重阳节还有三天，梦见亡妻身穿白色的衣服化着淡妆前来相会，夫妻二人牵手哭泣。说了千言万语，不能全部记下来，但临别时亡妻说："衔恨愿为天上月，年年犹得向郎圆。"亡妻生前并没不擅长写，不知为何会说出这样的诗句。醒后写下了这首词。

人生瞬息之间就到了尽头，红颜薄命到了如此地步，我怎么能忘怀你的身影。还记得当初我们彼此相依相偎的甜蜜时光，一起坐在榻上看桃花如雨，在精美的阑干的转角处共赏夕阳。好梦难以持久，残缺的诗文无法接续，让我更想大哭一场。亡妻的仪容尚在眼前，却如轻灵的风一般转瞬不见，没能端详。

想要重寻你的魂魄却一无所获，想来我的头发会因为忧愁变白吧。你我二人虽然一个在尘世，一个在天上，但缘分并没有割断，还得以在梦中相会。一年当中光阴荏苒，无不让人触景伤情。夫妻恩爱原本想百年携手，没想到突然就阴阳永隔，惟有相思不断，形容憔悴。思念与忧伤全都郁结于胸中，写下一首词来倾诉自己的相思与苦闷。

评　析

这首《沁园春》是纳兰词长调当中的名篇，有很多名家都很欣赏这一篇。长调要求既曲折，又流畅，这篇《沁园春》之所以能够成为名篇，一大主要原因就是它在表现手法方面跌宕起伏、一波三折，思念与忧伤仿佛永远萦绕着作者的心，也萦绕在读者的心头，经久不散。

这首词的写作时间为康熙十六年九月初六，是即将到重阳节的时候，此时卢氏已经去世一年多了。容若在梦中已经不知第几次与妻子相见。这一次梦中相会，说了千言万语，但醒来之后都遗忘殆尽，只记得临别时妻子赠了一句诗给自己："衔恨愿为天上月，年年犹得向郎圆。"妻子原本不擅长写诗，不知道怎么能够写出这样的句子。容若越想越是感叹，便填出了这首《沁园春》。

"衔恨愿为天上月，年年犹得向郎圆"，这当然是容若自己的心声。自己思念妻子，也设想着妻子正在如何万分不舍地思念着自己。月亮有阴晴圆缺，尽管缺多圆少，毕竟总有团圆的时候，总让人有着对团圆时候的期待。人生却更残酷，阴阳相隔便成永诀，期盼已经断绝，唯有忧伤始终缠绕在容若的心头。

"瞬息浮生，薄命如斯，低徊怎忘"，这首词的开篇依旧是慨叹妻子的早逝，红颜自古多薄命，三年的快乐恩爱换来的却是一生的忧伤。越伤心便越是要回忆，"记绣榻闲时，并吹红雨；雕阑曲处，同倚斜阳"，感怀的是当初相依相偎的快乐日子，在绣榻上共赏桃花如雨飘落，在精美的阑干的转角处共赏夕阳。这些平淡的快乐，在已经永远失去这份快乐的人眼中显得那样弥足珍贵。

"并吹红雨"，为什么要用"吹"字呢？这与词中提到"重阳节前三日"有关。重阳节也叫吹花节，杨万里的《贺皇太子九月四日生辰》诗之三有"重九吹花节，千龄梦锡时"的诗句。容若和卢氏应该也有过这样吹花题叶的日子，如今又快到重阳了，自然更加伤感。

"记绣榻闲时，并吹红雨；雕阑曲处，同倚斜阳"，这个句子值得多留意，因为它是《沁园春》这个词牌当中的典型句式，有一种独特的修辞与音律层面的美感。"绣榻闲时，并吹红雨"和"雕阑曲处，同倚斜阳"构成一组对仗。

"梦好难留，诗残莫续，赢得更深哭一场"，这里的"诗"，应该就是梦中卢氏临别时赠给他的那句"衔恨愿为天上月，年年犹得向郎圆"。只

● 倩声声邻笛，谱出回肠

同为悼亡词中的经典，苏轼的"十年生死两茫茫"犹如号啕痛哭；李清照的"物是人非事事休"则犹如低眉浅语，未语泪先流；容若的词则像是在爱人面前强颜欢笑，笑容背后却是满心的凄惨无奈。

有两句，是否要接续成一首完整的诗呢？既然人生已经是残缺的了，既然好梦也一去不返，诗，也就让它残缺好了。这里体现的是一种深深的无奈和感伤，作者已经心灰意冷。所能做的，只是在夜半醒来时痛哭一场，但哭又能挽回什么呢？又想起梦中妻子的模样，但那梦去得太快，妻子的身影仿佛惊鸿一瞥，让自己根本来不及端详。

"灵飙"是指轻灵的风，这里是比喻妻子在梦中出现的身影。尽管在梦中说了很多话，但容若依旧觉得过于短暂，能与深爱的妻子梦中相会，或许看多久都只觉得不过是一瞬间。

接下来转到梦醒之后，回到了现实。"重寻碧落茫茫"，源出于《长恨歌》"上穷碧落下黄泉，两处茫茫皆不见"：唐明皇在杨玉环死后，委托方士上天入地去寻找她的魂魄，结果天上人间都没能找到。容若想要与爱妻重见，同样了无头绪。"料短发、朝来定有霜"，忧伤到了如此地步，想到这里，心中又生出万千感慨："便人间天上，尘缘未断；春花秋叶，触绪还伤。"虽然阴阳永隔，但缘分未断，不然又怎会在梦中如此深情相会呢？春花秋叶，一年时光转瞬即逝，无时无刻不令人触景生情。这一句，也是一个对仗，和"记绣榻闲时，并吹红雨；雕阑曲处，同倚斜阳"采用同样的句式，形成了一个呼应。

"欲结绸缪，翻惊摇落"，"绸缪"原本是形容紧紧缠缚，后来引申为情意殷切，这里形容夫妻之间极为恩爱，"摇落"是形容草木凋零。"减尽荀衣昨日香"，是说明自己形容憔悴，丰姿不再。"荀衣"是个典故，《太平御览》中记载：三国时期著名谋士荀彧非常注重个人的仪表，到别人家里做客，所坐之处接连几天都香气不绝。后来人们便以"荀衣""荀香"或"荀令衣香"来比喻人的风流倜傥或花的异香扑鼻。

词到结尾，"真无奈，倩声声邻笛，谱出回肠"，思念与忧伤全都郁结于胸中，到最后只换来一声叹息。容若有显赫的家世，文武全才，具有倜傥丰姿，怀有满腔爱恋，却依旧无法逃脱生离死别的残酷现实，这是何等的哀伤啊。

沁园春·代悼亡

梦冷蘅芜①，却望姗姗，是耶非耶？怅兰膏渍粉②，尚留犀合；金泥蹙绣，空掩蝉纱。影弱难持，缘深暂隔，只当离愁滞海涯。归来也，趁星前月底，魂在梨花。

鸾胶纵续琵琶③。问可及，当年萼绿华。但无端摧折，恶经风浪；不如零落，判委尘沙④。最忆相看，娇讹道字，手剪银灯自泼茶。今已矣，便帐中重见，那似伊家。

注释

①蘅芜：香草名。②兰膏：头油。渍粉：残留的香粉。③鸾胶：比喻续娶后妻。④判：同"拼"，意为甘愿。

词解

梦中还可以闻到你的香气，恍惚间见到你的身影，思念不已。惆怅地看着你曾经使用过的头油香粉、装饰用品等，睹物思人，越发愁苦。在梦中与想象中的你终究不过是幻影。但恍惚间还是看到你回来了，在星月之光的照耀下，魂魄在梨花间徘徊。

就算再娶妻子，又怎么能比得上我们夫妻之间当年的恩爱情深。花朵没来由地遭受摧折，还不如零落成泥香如故的好。最怀念的是当年夫妻恩爱时，纠正你读错的字，一起修剪灯烛，赌书泼茶的赏心乐事。如今这些都无法再次来过，就算见到了幻影，又能够怎样呢？

评 析

第一句"梦冷蘅芜，却望姗姗，是耶非耶"化用了关于汉武帝的两则典故，第一个是据说汉武帝的宠妃李夫人死后，汉武帝日夜思念，一次梦见李夫人赠给自己蘅芜之香，醒后，香气依旧残留在衣枕之间，几个月过去仍旧没有消散。"蘅芜"原本是香草的名字。

第二个典故是，有个名叫少翁的方士声称自己可以沟通鬼神，可以把李夫人的魂魄招来以慰藉汉武帝的相思之苦。于是在一天夜里，少翁布置好灯烛、帷帐、酒肉，请汉武帝坐到另一座帐子当中，遥看李夫人的身影翩然而来。但汉武帝感觉李夫人的身影非常模糊，既不能接近，也无法搭话，愈发感觉相思悲苦，作诗道："是耶非耶？立而望之，偏何姗姗其来迟！"

思念亡妻从梦境入手，借用"蘅芜之香"和"姗姗来迟"的典故，手法巧妙，曲折委婉，借古喻今，为整首词定下了基调。

第二句"怅兰膏渍粉，尚留犀合；金泥蹙绣，空掩蝉纱"，有一种华贵的气息与氛围。兰膏，是一种头油；渍粉，是残留的香粉；犀合，是犀角制成的化妆盒；金泥，也就是金屑，代指化妆品；蹙绣，是一种编织手法；蝉纱，是如蝉翼一般轻薄的纱。古代的诗词中描写美女，典型的方法就是不去直接描写她本人

●趁星前月底，魂在梨花

香魂艳魄梦中归来，即便容若明知这不过是幻梦一场，终究忍不住心中欢喜，哪怕这欢喜是镜花水月，也能带给他无限的欣慰，用情之深，可谓极致。但最终"不如零落，判委尘沙"，梦醒时分，心中更痛。

纳兰词

的相貌如何，而是以细腻的表述方法去介绍其穿着打扮、化妆品的种类以及闺房的室内装饰。这一传统在花间派词人的作品中表现得尤为显著，让读者通过这些间接描写来想象女主角是何等的美丽。也是为了烘托物品尚在，而佳人已是阴阳永隔的悲凉气氛。

下一句"影弱难持，缘深暂隔，只当离愁滞海涯"，是承接前文汉武帝和李夫人的典故衍生出来的：那个叫少翁的方士弄出来的李夫人终究是个幻影，无法触摸，只能隔着帷帐远远地望着。但对于真正的有情人而言，离别或许只是暂时的，终有一天能够再次团聚。爱，已经变成了无比坚定的信念，只当是天涯海角，暂别不能相见罢了。幻影中爱侣归来，"归来也，趁星前月底，魂在梨花"，缥缈美丽，亦幻亦真，让相思者断魂。

接下来的部分转回到现实世界，"鸾胶纵续琵琶。问可及，当年萼绿华"，是说就算又娶了别的妻子，但新人怎能比得上旧人！这里又运用了两个典故，"鸾胶"是传说当中一种极为神奇的胶，是仙人用凤凰的喙和麒麟的角合在一起精练而成的，黏合力非常强，能把断裂的弓弦再次粘上，把断折的刀剑重新接好。古人经常用它来比喻丧妻后再娶。

"萼绿华"是传说中的一位仙女的名字，李商隐有"萼绿华来无定所，杜兰香去未移时"的诗句，这里代指亡妻。"华"就是"花"，所以"萼绿华"就是"萼绿花"，人名犹如花名。就是从这里出发，下一句的转折就是把人当花来写："但无端摧折，恶经风浪；不如零落，判委尘沙"，说的是花朵没来由地遭受摧折，还不如零落成泥香如故的好。

接下来开始回忆与妻子共度的那些美妙时光："最忆相看，娇讹道字，手剪银灯自泼茶"，最让人怀念的是妻子读错字时显露出来的那种娇羞神态，及日常生活中剪灯、沏茶的样子。"娇讹道字"是源于苏轼的"道字娇讹苦未成，未应春阁梦多情"，怀念亡妻念错字时的娇柔模样；"手剪银灯"剪掉的是灯芯，古代的灯烛烧上一段时间就需要剪断一截灯芯，让灯保持明亮；"泼茶"可以有两种理解方式，一种是以沸水沏茶，另一种则是"赌书泼茶"。南宋女词人李清照和丈夫赵明诚都同样爱好读书藏书，李清照的记忆力很强，所以每次饭后一起烹茶时，就用比赛的方式决定饮茶的先后。一人问某典故是出自哪本书哪一卷的第几页第几行，对方回答正确就可以先喝。可赢者往往由于太开心，反而将茶水洒了一身。伉俪和谐，成为千古佳话。

回忆了和亡妻一起生活的种种细节，最后则慨然长叹，叹息那些过往的美好日子以后再也不会有了。就算可以透过帷帐再见倩影，终究是虚幻泡影，可望而不可即："今已矣，便帐中重见，那似伊家。"呼应了开篇汉武帝和李夫人的典故。

纳兰词

忆江南·宿双林禅院有感

心灰尽，有发未全僧。风雨消磨生死别，似曾相识只孤檠①，情在不能醒。

摇落后②，清吹那堪听③。淅沥暗飘金井叶④，乍闻风定又钟声，薄福荐倾城⑤。

注　释

①**孤檠**：孤灯。②**摇落**：凋残，零落。③**清吹**：清风，此指秋风。④**金井**：井栏上有雕饰的井。一般用以指宫廷园林里的井。也指墓穴或骨瓮。⑤**荐**：进献、送上。**倾城**：形容女子艳丽，貌压全城。

词　解

如今我早已心如死灰，除了还保留有三千青丝之外，已经与僧人没有任何差别。只因生离死别，在那似曾相识的一盏孤灯之下，愁情萦怀，犹如陷入无尽的噩梦却无法清醒过来。

花朵凋零之后，秋风萧瑟，木叶秋声卒不忍听，冰冷的心再也无法恢复温暖。雨声淅沥，落叶飘零于金井之中，柔肠百转，衣上泪痕，诗里的字，满是相思意。忽然间听到风停后传来的一阵钟声，不由得感慨，自己的福分太浅，纵有如花美眷、可意情人，却最终在生离死别中，无法长相厮守。情在不能醒，大梦一场空。

评　析

这是一篇悼念亡妻卢氏的悼亡词，卢氏于康熙十六年五月去世，直到

当时只道是寻常

纳兰词

康熙十七年七月才安葬于皂荚屯纳兰祖坟当中，其间其灵柩被暂时安放在双林寺禅院中长达一年以上。词人在这一年多的时间里，多次进入双林禅寺中守灵，并写下了大量悼念亡妻的诗词。这首《忆江南·宿双林禅寺有感》，哀婉凄切，词人心灰意冷的感情，溢于言表。

● 乍闻风定又钟声

当时明月在，曾照彩云归，但如今却是落花人独立，人面不知何处去。忘却了《霓裳羽衣曲》，再没有琵琶弦上说相思的温柔缱绻，午夜梦回，在辗转反侧之间，依旧有椎心之痛。

"心灰尽，有发未全僧"，开头就直抒心曲，表明自己已经心哀若死，对滚滚红尘全然提不起兴致。"有发未全僧"，出自陆游的《衰病有感》"在家元是客，有发亦如僧"。陆放翁是由于国仇家恨，不能克服中原，光复大好河山而沉痛不已，郁结于心，于是有了万念俱灰的感觉。容若虽然心如槁木死灰，但始终对卢氏无法忘情，所以还是"未全僧"。但何以会这样呢？"风雨消磨生死别"，是因为与自己所爱之人生离死别，而风雨凄厉，无情消磨着这悲苦岁月。如今，往日的恩爱已经灰飞烟灭，似曾相识的仅仅是这一盏如豆的孤灯。"似曾相识只孤檠"，让人想起白居易的那句"同是天涯沦落人，相逢何必曾相识"，但白居易尽管被贬，还可以与琵琶女互诉衷肠，相怜相惜。而容若却只能够独对孤灯，黯然神伤。"情在不能醒"，一句话点出了词人此时最真实的心境：沉溺于往日的回忆无法自拔，纵然有心抽身退步，但"心似双丝网，中有千千结"，根本无法自已。

卢氏已经去世，但是他自始至终都不愿意相信，也不敢相信这一事实，但现实终究是如此残酷。"摇落后，清吹那堪听"，她的逝去宛如花朵的凋零，夜晚萧瑟的秋风，凄清到让人不忍卒听。"薄福荐倾城"，凄艳至极，同时也沉痛至极。

临江仙

点滴芭蕉心欲碎，声声催忆当初。欲眠还展旧时书。鸳鸯小字，犹记手生疏。

倦眼乍低缃帙乱①，重看一半模糊。幽窗冷雨一灯孤。料应情尽，还道有情无？

当时只道是寻常

愁人耳"；另一个意象是卷心芭蕉，芭蕉的叶子是聚拢在一起的，伴随着成熟而渐渐舒展开，正如令人忧愁的心绪变化，所以有"芭蕉不展丁香结，同向春风各自愁"的说法。

所以，当芭蕉与雨一起出现时，那就是表达忧愁或是孤独的心情。这首词的第一句"点滴芭蕉心欲碎"，从字面上来理解，"心"首先是芭蕉的心——芭蕉在雨滴无休止的敲击中，"心"已经快要碎了，而这颗心也是容若的心。

芭蕉很特殊，因为芭蕉是没有心的，其叶子是一层又一层的，一层层地剥开后，到最后里面是空的（类似于剥洋葱的感觉）。佛家有所谓"白骨观"的说法，当肉体被剥离之后人身空无一物，和芭蕉是一样的，所以佛教经常用芭蕉比喻肉体是虚幻不真实的。

●点滴芭蕉心欲碎

多年过去了，一般人也该走出阴影了，但在这个雨打芭蕉的夜晚，为什么我还是会如此痛彻心扉地想起你来？如果，能够一切能重新来过，我是否会甘愿舍弃那段短暂的快乐，以求免除漫长的刻骨忧伤？

经历了与爱妻的生离死别，又听到窗外雨打芭蕉的声音，想起当年犹如神仙伴侣的美好生活。"欲眠还展旧时书。鸳鸯小字，犹记手生疏"，快要睡了，却忍不住打开了过去的书笺，那些柔情蜜意的文字，想起当初教她书法时，她那笔法生疏的样子……

过往的恩爱越快乐，当失去爱侣后回忆起来就越发痛苦。容若在下阕转回眼前，"倦眼乍低缃帙乱，重看一半模糊"，我的眼睛已经疲倦了，低头看去，书笺散乱，看到一半，眼睛愈发地模糊起来。

这些书笺为什么会看起来"一半模糊"呢？是由于眼睛疲劳，还是因为眼中含泪了？过去的日子是"鸳鸯小字""弄笔偎人"；而如今呢，只是"幽窗冷雨一灯孤"，一切都是那样孤单寂寞，毫无生趣。这一切的孤独都只是由于你离我而去，而苟活于世的我才是最孤独的那个。"料应情尽，还道有情无"，如果一切能够重新来过，容若是否会甘愿舍弃那段短暂的快乐，以求免除漫长的刻骨忧伤？

当时只道是寻常

清平乐

麝烟深漾①，人拥缑笙氅②。新恨暗随新月长，不辨眉尖心上。

六花斜扑疏帘③，地衣红锦轻沾④。记取暖香如梦⑤，耐他一晌寒严⑥。

注 释

①**麝烟**：焚麝香发出的烟。②**缑笙氅**：犹如仙衣道服式的大氅。③**六花**：即雪花。雪花结晶六瓣，故名。**疏帘**：指稀疏的竹织窗帘。④**地衣**：地毯。⑤**暖香**：带有温暖气息的香味。⑥**一晌**：指短时间。

词 解

此词抒写相思愁怀：麝香焚起的烟在空中摇荡，孤独的人拥衣而眠，却无法入睡。月圆月缺，愁情苦绪与日俱增，在眉头也在心头。

雪花扑打着窗帘，红锦地毯上也落了些许白色的雪霰。犹记得我们当时共度的美好时光，如今且用这美好的回忆来驱散严寒。

评 析

这一首《清平乐》，是容若写于康熙十七年（1678）的作品，其妻子卢氏此时刚过世一年，这一首词，愁情伤怀，悲凄不绝，非常有可能是他怀念亡妻的作品。

麝烟，是指焚烧麝香时所飘散出来的烟。麝香的香味非常独特，浓厚

芳馥，是四大动物香料（麝香、灵猫香、河狸香、龙涎香）之首，古代的富贵人家非常喜爱。古诗当中就有"麝烟苒苒生银兔，蜡泪涟涟滴绣闱""台榭沉沉禁漏初，麝烟红蜡透虾须"的句子。"麝烟深漾"，在读者心中幻化出一片烟雾迷离的景致，整首词的情境也就显得深婉缠绵起来。

●不辨眉尖心上

容若一生用情至真，直抒胸臆，才使得这样的文字，读来余味绵延，一如淡烟流水画屏幽。清气入肌，忧伤入骨，一再吟诵，再也无法忘怀。

缑笙氅，指犹如仙衣道服式样的大氅，用来保暖御寒，以此来表明天气的寒冷。

"新恨暗随新月长，不辨眉尖心上。"范仲淹的《御街行》中有"眉间心上，无计相回避"的句子，李清照化用这一句写出了"此情无计可消除，才下眉头，却上心头"，抒发自己花自飘零水自流的闲愁相思，构意要比范仲淹更加精巧灵秀，所以被世人传诵。容若这一句"不辨眉间心上"，与"新恨暗随新月长"相接，愁意越发深沉刻骨，汹涌而来，几乎要将人溺盖。

六花，即雪花。雪花通常有六瓣，故称。屋内有麝烟炉、红锦毯，人也穿着缑笙氅，可容若依然觉得寒冷孤凄。他心头堆积的层叠痛苦，仿佛被拉伸成一根紧绷的弦，好像只需轻轻一撩拨，就会断裂开来。

"记取暖香如梦，耐他一晌寒严。"睡梦中的温柔缱绻，与梦醒后的残酷现实，相形之下让人感到分外寒冷，这种寒冷是一直冷到骨髓中的。梦中山盟海誓，梦醒后痛断肝肠。希望借梦中短暂的美好时光来抵御现实的严寒，但这镜花水月的幻景，最终只能像是一块冰抱紧另一块冰来取暖一般徒劳无功。

山花子

欲话心情梦已阑①，镜中依约见春山②。方悔从前真草草，等闲看。

环佩只应归月下③，钿钗何意寄人间④。多少滴残红蜡泪，几时干。

纳兰词

注　释

①**阑**：残、尽。②**依约**：仿佛，隐约。**春山**：春日的山。春日山色黛青，因而喻指妇人姣好的眉毛，进而代指美女。③**环佩**：古人衣带所佩的环形玉佩，妇女的饰物。④**钿钗**：金花、金钗等妇女首饰。

词　解

　　爱人虽然已经离开了人世，但容若依旧思念不已，这首词抒写对亡妻的思念：梦已经结束了，她那可爱的面容仿佛依然映在镜中，依稀可见。当初伊人在世时，没有珍惜那些美好时光，只是等闲视之，现在真的悔不当初。而今她早已逝去，魂魄只能在月下梦中归来相会，只有遗物仍然留在人间。物是人非，更令人悲痛难耐。睹物思人，烛泪不干，就如同我想念你的眼泪一般。

评　析

　　无限往事，无限愁绪，恐怕是永远难以说清、道明的了。到底还需要多久，才会逐渐淡忘你的身影呢？"多少滴残红蜡泪"，语自李商隐《无题》："春蚕到死丝方尽，蜡炬成灰泪始干。"容若将其化用为问句，怜惜之意更深，也蕴含了和亡妻之间的无悔深情。"滴残"二字更使得红烛似人，格外凄凉。

此词写容若在梦中见到恋人，醒来后顿感惆怅难过。

"欲话心情梦已阑"，这句化用自辛弃疾的《南乡子·舟中记梦》的"别后两眉尖。欲说还休梦已阑"，辛词正巧也是记录梦境，也是话还没说完，而人就已醒来，容若埋怨勾起他睹物思人情怀的那些钿钗环佩，辛弃疾埋怨的则是那个"不管人愁独自圆"的月亮。

●多少滴残红蜡泪

忘记关于你的一切，逃开你对我的身心的反复纠缠。如果时间能把我对你的思念稀释掉，就不会在醒来的时候，还是莫名地失神。你是我无法逃脱的心结。

山花子

一霎灯前醉不醒^①，恨如春梦畏分明^②。淡月淡云窗外雨，一声声。

人到情多情转薄，而今真个不多情。又听鹧鸪啼遍了^③，短长亭。

纳兰词

注 释

①**一霎**：谓时间极短。顷刻之间，一下子。②**春梦**：春夜的梦。比喻转瞬即逝的好景，也比喻不能实现的愿望。③**鹧鸪**：鸟名。体型似雷鸟而稍小，头顶紫红色，嘴尖，呈红色，脚短，亦呈红色。

词 解

此词写离恨：孤灯之前，一下子沉醉不醒，又不愿清理，怕醉中梦境与现实分明起来。窗外疏云淡月，细雨声声。人说若太多情，情就会变得淡薄，而现在我已经真的不再多情了。可是，窗外又传来鹧鸪啼鸣之声，那送别的短亭长亭之处是否有人驻足倾听？

评 析

开篇"一霎灯前醉不醒"，从意思上看，这句话有语病，因为"醉不醒"和"一霎"是无法搭配的，一瞬间就在灯前醉倒了，无法醒来，但只有一瞬间，又怎能谈得上是无法醒来呢？我们推想应当是这样的情形：容若在灯前出神，一个恍惚之间，似乎进入了醉梦之乡，进入了梦幻世界。

第二句"恨如春梦畏分明"，应当是入睡之后沉迷于梦境不愿意醒来的意思。

　　我们来看下一句"淡月淡云窗外雨，一声声"。先看句法的结构：这首词在句法结构上和《浣溪沙》很像，所不同的只是把《浣溪沙》上下阕的最后一句从原来的七个字转变为前七后三共十个字，等于打破了《浣溪沙》原有的节拍，产生了一个变奏。这样的手法，术语叫"摊破"，所以这个词牌也叫"摊破浣溪沙"，还有一些别名，如"山花子""添字浣溪沙"。

　　"淡月淡云窗外雨，一声声。"这一句写景，而前两句是写情，同时这一句是上阕的结束语，就不再继续写情了，而是利用景语来给写情的句子作总结。这是文学艺术作品在创作上的一个惯用手法。

　　因此诗词鉴赏既要精读，也要泛读。读过几千首诗词，就基本掌握了古人的诗词套语和修辞套路，"熟读唐诗三百首，不会作诗也会吟"，说的就是这个道理。

　　下阕转折，是这首词当中的名句："人道情多情转薄，而今真个不多情"，和另一首里的"人到情多情转薄，而今真个悔多情"在含义上有细微差别，一个是"不多情"，一个是"悔多情"，前者是说自己由于多情而受了伤，从此之后再也不多情了，后者也是说自己因为多情而受了伤，由于伤得太重，已经无法承受了，所以后悔当初会那样多情。

●恨如春梦畏分明

　　离愁让人在灯前的刹那间沉醉，不愿从美梦中惊醒去面对离别，温馨梦境与冰冷现实的强烈对比，让人望而生畏。窗外淅沥的雨声挑动人们的愁思，遥听外面鹧鸪的悲鸣；别离之苦也就涌上了心头。

这两首词一般都认为是容若缅怀卢氏的，从感染力而言，"不多情"显然比"悔多情"要好，表现出一往无前，为爱而始终执着的坚定信念。

　　"人道情多情转薄"也比"人到情多情转薄"要好，虽然"道"与"到"只有一字之差，但前者的意思是说"情多情转薄"是别人说的，似乎是一句人生格言，但自己根本不适用这句话。自己对妻子的爱，经历了风风雨雨，经历了生离死别，却从来没有变得淡薄。自己依旧会在灯下沉醉，恍惚中又与妻子在梦中相会。深爱不会因为多情而转薄，也不会因为时间而消逝。

納
蘭
詞

减字木兰花

烛花摇影，冷透疏衾刚欲醒①。待不思量，不许孤眠不断肠。

茫茫碧落②，天上人间情一诺③。银汉难通④，稳耐风波愿始从。

注 释

①**疏衾**：掩被而眠，感到空疏冷清。②**碧落**：天空。③**一诺**：谓说话守信用。④**银汉**：天河，银河。

词 解

此词为怀念亡妻之作：孤灯明灭，冷夜孤枕，欲睡还醒，不想思量，但孤眠之人总难免辗转反侧，愁肠百结。天上人间，阴阳两隔，即使情深一诺千金也不能相守。渴盼能够相逢重聚，如果能连通天上人间，我一定追随而去，无惧银河风波。

评 析

"烛花摇影，冷透疏衾刚欲醒。"烛花摇影，原本应当是一个极为温馨的场景。灯光在黑暗当中通常都能带给人无限的温暖与安定感觉，如果有良人相伴，或是温柔同眠，或剪烛细语，都是锦上添花的浪漫。而在这里，却成为映衬孤苦飘摇心情的一个佐证。疏衾正冷，鸳枕正孤，愁肠百转，无法纾解。此时，冷，是作者最直接最真切的感觉，蕴含着悲凉。

"待不思量，不许孤眠不断肠。"真是应了那句"惆怅双鸳不到，幽阶一夜苔生"。这样郁暗青苔一般的孤独惆怅，湿漉漉得可以滴出水珠来，落到心里，冷幽幽的，是那种发不出丝毫声响的孤寂落寞之感。孤，又总是与苦如影相随，苦至断肠。昨梦前尘，烟水微茫。不思量，自难忘。怎样才能在孤枕难眠之际抓住一些温暖呢？

"茫茫碧落，天上人间情一诺。"一诺，指说话非常守信用。碧落，道家所称的东方第一层天，因碧霞满空而叫作碧落，这里泛指天上。白居易的《长恨歌》中写道："上穷碧落下黄泉，两处茫茫皆不见。"容若取其句意，来安慰自己的执念。他想妻子应当是在天上做了神仙，而并非前往黄泉做了鬼魂。天上人间的茫茫之遥，隔不断一诺千金的誓言。盟誓依旧温热在他耳畔，始终扎根于心里，岿然如山。他依旧牢记当初的海誓山盟。

"银汉难通，稳耐风波愿始从。"世间之事，正所谓千金难买"我愿意"。若能重逢，即便银河风波，千难万险，他说，我愿意。生死异路，他年盼相逢。这是他心心念念的自白。情之凄绝，好个情痴。你，我，就是整个人间。永永远远，生生世世，始终不离不弃。

在午夜时分来读这样的一阕词，很容易感动得心神恍惚，很容易沉醉在那烛花摇影、冷透疏衾的时光里。光影迷乱，身心沉溺，孜孜不悔。

生查子

散帙坐凝尘①，吹气幽兰并②。茶名龙凤团③，香字鸳鸯饼④。

玉局类弹棋⑤，颠倒双栖影。花月不曾闲，莫放相思醒。

注　释

①**散帙**：打开书帙，亦借指读书。**凝尘**：积聚的尘土。②**吹气幽兰**：谓美人气息之香更胜兰花。③**龙凤团**：茶名，即龙凤团茶，又称龙团凤饼，为宋代著名的贡茶，饼状。④**香字**：犹香篆，指焚香时所出现的烟缕。**鸳鸯饼**：古代形似鸳鸯的焚香饼，一饼之火，可终日不灭。⑤**玉局**：棋盘的美称。**弹棋**：古代的一种棋类游戏。

词　解

　　读书时，虽然四周积聚了些许的微尘，然而身边却有吐气如兰的爱妻伴坐。品味着龙凤团名茶，燃着鸳鸯饼的香料。月光下，玉石棋盘映出双栖鸟的影子，仿佛古时"弹棋"一样。花好月圆，好不惬意。

　　这对少年夫妻无限恩爱，柔情万般。这个时期的诗词中，任何人都能感受到神怡心醉的燕尔之悦。纳兰为夫人画像填词，赌书对弈，可谓琴瑟和鸣、美意融融。那种在世俗人眼里几近完美的家庭环境，郎才女貌，无论从物质到精神都构成所谓天设地造的金玉良缘。

评析

　　这一阕《生查子》，被认为是容若早期的作品，词中生动地描绘了贵族之家绮艳优裕的生活，这种内容的描写，在纳兰词中是很少见的。但在优裕的生活背后，却隐藏着更多的情绪在里面，这是我们应当注意的。

　　"散帙坐凝尘，吹气幽兰并。"散帙，原本指打开的书帙，此处借指读书。凝尘，尘土聚积。这里是不过分讲究起居住宿条件。《晋书·简文帝纪》："帝少有风仪，善容止，留心典籍，不以居处为意，凝尘满席，湛如也。"吹气幽兰，指美女气息的香味更胜于兰花。有一部分书对此句的解析是这样的：读书之时，身边有爱妻（或指美人）伴坐。但如果这样解释的话，此句便与结尾处有所矛盾。既然有美人相伴，又何必相思呢？坐凝尘这里也应引申成久坐，假如说是不过分讲究读书的环境，显然与后面提到的龙凤茶、鸳鸯饼等句子不符。"并"，此处应当作"相同"解。嵇康《卜疑集》中有"行与世异，心与欲并"句。

　　玉局，即棋盘，诗词中非常多见。"玉局类弹棋"，与贺铸"玉局弹棋无限意，缠绵"最为相近。容若于此处引用，正合当初相悦之情。

　　写尽繁花，只是因为落寞。身边的华丽场景，却无处安放心中相思。纳兰这首小令，遣词造句雍容精致，却流露些许怅惘之情。正如夏敬观《蕙风词话诠评》所言："寒酸语不可作，即愁苦之音亦以华贵出之。饮水词人所以为重光后身也。"

虞美人

春情只到梨花薄①，片片催零落。夕阳何事近黄昏，不道人间犹有未招魂。

银笺别梦当时句，密绾同心苣②。为伊判作梦中人，长向画图清夜唤真真。

注　释

①薄：指草木丛生之处。梨花薄，梨花丛密之处。②同心苣：相连锁的火炬状图案花纹。古人常用来象征爱情。

词　解

春天已经到来，梨花盛开，但是人们还来不及欢喜，就已经风吹花落，片片凋零。为何已经到了黄昏时分，岂不知人世间还有没被召唤来的魂魄。

银笺当中还记录着海誓山盟的话语，同心苣代表的爱情还没消逝，我对你的爱依旧未变。我希望能身处于幻梦之中，像古人呼唤真真那样，对着图画声声呼唤，将你唤醒，复生于人间。

评　析

"春情只到梨花薄"，春天到来，梨花盛开，还来不及欢喜就已经风吹花落。这里是用春光来比喻与恋人相处的美好时光，用凋谢的梨花来指代爱人的不幸逝去，不写悼亡却曲折地流露出悼亡之伤，感情抒发流畅自然。

同心苣是编织有相连的火炬形图案的同心结，与记载誓言的素笺一样，

都是爱情的信物。这些现实的东西每时每刻都在对容若证明着当初的恩爱与欢娱。面对这些几乎是要仓皇而逃的容若,迅速由实入虚,用"清夜唤真真"的典故,写出自己想象当中的情景。容若似乎幻想着像传奇故事中那样,只要不断呼唤,爱人就会从画上走下来与自己团聚。

容若提到的真真是唐朝传奇爱情故事当中的女主角,杜荀鹤《松窗杂记》记载,进士赵颜购买了一个屏风,上面画有一个美貌女子。赵

●长向画图清夜唤真真

容若多么渴望自己的爱人像画中人那样能够在自己的声声呼唤当中复活过来,如果能成真的话,他一定情愿呼唤千万声始终不放弃,哪怕是穷尽一生之力,也一定要把爱人唤醒,可是幻梦终究是幻梦,伊人已逝,不复相见。

颜说:如果这个女子是个真人的话,我愿意娶她为妻。画画的人说:"这个女子我给她起了个名字叫真真,你如果能连续一百天呼唤她的名字,昼夜不停,她一定会回应你的,回应的话,就用百家的彩灰酒喂她,必能变为活人。"赵颜按照他的建议去做了,果然画上的女子活了过来,与他结为夫妻。

鹊桥仙

倦收缃帙^①，悄垂罗幕，盼煞一灯红小。便容生受博山香^②，销折得、狂名多少。

是伊缘薄，是侬情浅，难道多磨更好？不成寒漏也相催^③，索性尽、荒鸡唱了^④。

注　释

①**缃帙**：浅黄色的书套。代指书卷、书籍。②**容生**：作者自指，即容若。**受**：享受。**博山香**：博山炉所焚的香料。③**不成**：语气助词，表示反诘语气。④**荒鸡**：指三更之前啼叫的鸡。古人认为其鸣叫为恶声，是不祥之兆。这里指彻夜不眠，漏壶滴尽，天快亮了。

词　解

感到非常疲倦，于是收拾了书卷，悄然垂下了帘幕，只盼着灯火暗淡，可以夫妻相依而坐。享受着从博山炉中传来的香气，与妻子温柔缠绵，抵消这狂生之名。

是爱人之间的缘分太薄，还是我的感情太浅，使得这段感情无法持久延续，难道有着诸多磨难才更好？彻夜未眠，天已经快亮了，但我依旧忧愁难解。

评　析

此篇上下两阕，情绪迥异。"倦收缃帙，悄垂罗幕"一句，说的是室内风光旖旎，脉脉含情。"红袖添香伴读书"是多少读书人的终生愿望！容若能够得一知己，二人在书斋当中秉烛夜读，不知让多少人艳羡。二人

泉音松吹

懒收书卷，四目对望，只盼灯火暗淡，能够恩爱。"倦收""盼煞"一松一紧，把二人内心的无限恩爱，刻画得极为细致。场面不涉轻狂，庄重而不狎兴，而情意已是浓得化不开了，两情相悦，正是如此。然而下阕一转，往事已成空，"是伊缘薄？是侬情浅？"原来这所有的一切，只是陶醉在回忆当中而

● 是伊缘薄，是侬情浅

"是伊缘薄，是侬情浅，难道多磨更好？"犹如泻落床前的皓洁月光，照见人心。

已。情深情浅，自是难以揣测，昔日恩爱已经成为如今痛苦的记忆。一连三问，情绪急转直下。词人此刻已经痛不欲生，当以愤恨之语结尾。"索性尽、荒鸡唱了"，这样的一场相思，搅动了心神，干脆彻夜难眠，直待黎明到来。

《鹊桥仙》是以欧阳修的"鹊迎桥路接天津"为名。此调因吟咏牛郎织女鹊桥相会而得名，大多还是写情之词。容若把身世感喟融入情语之中。说自己销折狂名，不过是文人风雅的说法。

书籍散乱，罗幕轻垂，昔日的闲逸风流永不复回。俗话说"好事多磨"，而这首词中，因缘薄、情深而来的"多磨"，却令人无限感伤。

纳兰词

于中好·十月初四夜风雨，其明日是亡妇生辰

尘满疏帘素带飘①，真成暗度可怜宵。几回偷拭青衫泪，忽傍犀奁见翠翘②。

惟有恨，转无聊。五更依旧落花朝。衰杨叶尽丝难尽，冷雨凄风打画桥③。

注　释

①**疏帘**：编织稀疏的竹制窗帘。②**犀奁**：以犀角为饰的妆奁。**翠翘**：古代女子的首饰，即翡翠翘头。此处代指亡妻生前的遗物。③**画桥**：饰有彩绘的桥。

词　解

灰尘落满了稀疏的珠帘，素带飘舞，我孤独可怜地在屋内度过这令人伤感的夜晚。几次都偷偷地擦去了自己的眼泪，眼望着妻子生前的遗物陷入沉默伤痛。

对妻子的逝去有着满腔悔恨，感到自己的心灵没有依靠。已经到了五更时分，依旧是落花时节的早晨。柳树叶已经飘零满地，柳絮却依旧缠绵难舍，冰冷的雨滴打在画有彩绘的桥上。

评　析

《于中好》这个词牌也就是《鹧鸪天》，而《鹧鸪天》还有一个别名叫《半死桐》，源自宋代词人贺铸的一首词：

重过阊门万事非。同来何事不同归。梧桐半死清霜后，头白鸳鸯失伴飞。

原上草，露初晞。旧栖新垄两依依。空床卧听南窗雨，谁复挑灯夜补衣。

《半死桐》是历史上最负盛名的悼亡词之一，以即将枯死的梧桐来比喻丧妻的自己，成为千古名篇。这一词牌辗转相传，到了容若手里，依旧用它来抒发自己对亡妻的追悼。跨越了几百年时光，贺铸与容若对亡妻的拳拳心意却是相同的。

容若丝毫没有掩饰自己内心的失落与悲伤。妻子离去之后尘满疏帘，素带飘空，一片凄凉景象。他独坐屋中，看到亡妻的遗物，总是忍不住暗自落泪又偷偷拭去。

●冷雨凄风打画桥

卢氏的亡日是农历五月落花时节，同样的"落花朝"，相同的画桥，画桥未断情已断，彼此擦身而过，却再不相见，生死殊途。

"惟有恨，转无聊。"犹如一个人随口说出的真情话，根本无须进行刻意雕琢，唯有一腔真情倾泻而出，情丝难断。从"五更"两字可以推知，容若又是彻夜未眠。偏偏新的一天依旧不能艳阳高照，还是凄风冷雨打画桥的阴雨压抑的天气。

欲说又不可明言，何况斯人已逝，言明又有何意义？容若心中苦楚可想而知。他总是无限伤心，也只能在孤寂无人处偷拭清泪！唯有恨，转无聊。即使跨越了三百年的时空，容若依旧是寂寞的，那种寂寞在他心里，也直透纸面扑入我们的眼睛里、脑海里与心里。

一生一代一双人

其他表达炽热情感的词作

　　纳兰词的一大特点是意境朦胧，对一些事物的表达似是而非，这样一来，很多词作就难以判断究竟是写给谁的，于是很多表达追忆爱恋之情的词作难以精确地判断出是向哪一位惊才绝艳的女子表达思慕追忆之情，但这样一来，也带给读者无尽的想象空间与遐思的余地。这也是符合诗词鉴赏习惯的，诗意不可尽解，否则会显得索然无味，我们仔细体会其中营造出的人物形象与抒情氛围，然后根据自己的想象去构思一位惊才绝艳、温柔娴淑的女子形象，让自己的鉴赏力插上想象的翅膀，把自己的心灵带往更高远的地方。

秋　水

　　谁道破愁须仗酒，酒醒后，心翻醉[1]。正香销翠被[2]，隔帘惊听，那又是、点点丝丝和泪。忆剪烛幽窗小憩[3]，娇梦垂成，频唤觉一眶秋水。

　　依旧乱蛩声里[4]，短檠明灭[5]，怎教人睡？想几年踪迹，过头风浪[6]，只消受，一段横波花底[7]。向拥髻灯前提起[8]。甚日还来，同领略，夜雨空阶滋味。

注　释

①**翻**：同"反"。②**香销翠被**：指爱妻已经不在身边，自己极为孤单寂寞。③**忆剪烛幽窗小憩**：曾经一起在小窗前休息，剪烛夜话。④**蛩**：蟋蟀。⑤**短檠**：短柄的灯。⑥**过头风浪**：比喻生活中不是很平静。⑦**横波**：水波闪动，比喻女子明亮流转的眼睛。⑧**向拥髻灯前提起**：在灯烛前对着你拥髻相思的情景。向，对着的意思，介词。拥髻，捧持着发髻，用来表达女子心境凄凉的情态。

词　解

　　谁说消除愁闷需要以酒浇愁，酒醒了之后，心中反而更加痛苦。如今爱人已经不在身边相守，自己极度寂寞，隔着帘子能够听到外面滴滴细雨声，和着泪落下。回忆起爱妻曾在小窗前休息，自己唤醒了她，欣赏着她乍然惊醒的娇憨样子，眼波流转，别有一番风情。

如今依旧在蟋蟀杂乱的鸣叫声中，灯光忽明忽暗，让人怎能入睡？当年经常需要外出，相聚之后不久又别离，你对我相思不已，眼中宛如有秋水荡漾。如果我们还能见面，一定要一起聆听夜雨滴落空阶的声音，相偎相守。

评　析

仔细分析词意，这首词应当是容若在酒醒之后，独自聆听夜雨时所写下的。采取了现实与回忆交错参差的手法进行描写，一段写眼前，一段写回忆，将现实的孤寂和往昔的情深义重毫无痕迹地交织融合在一起，给人以鲜明的对比，不必过多的赘述，容若就把自己夜阑独听雨时的落寞，细致准确地刻画出来了。

"忆剪烛幽窗小憩，娇梦垂成，频唤觉一眶秋水"一句情微景幽，所描摹的情景既真切又生动，非常真挚感人。他想起当年自己某夜晚归，她已经入睡，绮窗烛影淡，他小声地唤醒了她，惊扰了她的美梦，乍然醒来时她满脸的娇憨，眼波流转，可爱至极。

●夜雨空阶滋味

原以为会与词人长相厮守的人，到最后能够怀念的，却剩下那记忆中的一点依恋不舍的目光。

可如今，身边只剩下虫鸣、雨滴，窗外的嘈杂喧闹，眼前的孤灯明灭，凄切的夜雨让人无心安眠，人世这样嘈杂难安。我想起你温柔的眼波，与你在花前月下秉烛夜谈的热切缠绵，内心的安宁舒心。思念如海水般深远，绵延直到暗淡无光的心灵深处。你是我的妻子，更是我的知音。假如我没有你的温柔慰帖，我只不过是黯然行走在幽凉世间的孤单之人，

势必更加彷徨，越发冷落。

　　爱是一种牵系，更是一种约定。一生，我们会遇见多少人，又与其中的几人有约？这约定又是否饱满崭新如花苞，一定会安稳地在枝头等待绽放的那一天？

　　失约的原因并非两个有情人彼此变心，而是某些不可预知明言的外界因素的介入造成了终生的遗憾——"原是瞿塘风间阻，错教人恨无情"。

一生一代一双人

念奴娇

　　人生能几？总不如休惹、情条恨叶。刚是尊前同一笑，又到别离时节。灯灺挑残①，炉烟爇尽②，无语空凝咽③。一天凉露，芳魂此夜偷接④。

　　怕见人去楼空，柳枝无恙，犹扫窗间月⑤。无分暗香深处住，悔把兰襟亲结⑥。尚暖檀痕⑦，犹寒翠影，触绪添悲切。愁多成病，此愁知向谁说？

注　释

①**灯灺挑残**：灯烛将熄。"灺"亦作"炧"。②**爇**：燃烧。③**凝咽**：形容悲泣幽咽的声音。④**芳魂**：美人的魂魄。此处指某位意中人或是指亡妻。⑤**犹扫窗间月**：柳枝遮掩住了窗间的月色。⑥**无分**：指没有机缘。**暗香**：幽香。**兰襟**：原本指芬芳的衣襟，又比喻知己之交，心心相连，这里指与情人的浓情蜜意。⑦**檀痕**：带有香粉的泪痕。

词　解

　　人生能够有多久呢？还不如别去沾惹那些与爱恨情仇有关系的事情。刚刚短暂相聚，转眼间又是别离时刻。灯烛已经燃尽，香炉当中的香料也已经焚烧殆尽，只能无言地暗自悲泣。在这满是凉露的凄冷夜晚，或许又可以与美人的魂魄梦中相会了。

　　怕看见她曾经居住过的楼阁，害怕见到人去楼空的场景，

当初的柳枝依旧遮掩住了窗间的月色，但却已经物是人非了。既然最后彼此有缘无分，当初与她就不该对彼此用情太深，那么多的浓情蜜意，以致到如今还难以遗忘。现如今仿佛还能看到她流下的珠泪与凄冷的倩影，触动了心中无限的悲伤之情。此时孤独无依的寂寞填满身心，又能向谁倾诉呢？

评　析

本篇是容若长调的重要代表作之一。上阕写的是幽会，似乎是在回忆当时与意中人"暗夜偷接"的相会，又似乎是由于过度怀念亡妻而产生的幻觉，词意扑朔迷离，实在是耐人寻味。

开头便直言人生苦短却又忍不住坠入情感的纠葛之中，有些自怨多情的含义。语言浅显而不鄙陋，真挚感人。接下来就说"刚是尊前同一笑，又到别离时节"。欢乐与幸福永远都是短暂的，如今只剩下自己孤独无依，空自凝噎了。接下来的两句陡转，诗人突发奇想，认为此夜倒可乘"一天凉露"，与她的"芳魂""偷接"了。似真非真，似幻非幻，非常富有浪漫色彩。

下阕转回到现实，写"人去楼空"后的孤独寂寞。怕看见她曾经居住过的楼阁，却偏偏又看到了，如今已是人去楼空，彻底物是人非。接下来的二句转而写痛悔之思，说既然没有缘分结合，当初与她就不该彼此用情太深，那么多的浓情蜜意，以致到现在还难以消解遗忘。又三句再次转折，说一想到她也不免伤心流泪，只要想到如此情景可能出现，就更令人增添伤悲。最后以此时孤独无依的寂寞收束全词。一句反问，让一切都尽在不言中。全词转折跌宕，递进层深，读来令人黯然销魂。

对于岁月的短暂和无情，不光是多情公子会怆然感慨，连一代霸主在人生的高峰时都会感叹"对酒当歌，人生几何"。一世枭雄桓温途经三十七年前的旧地金城，看见自己当年亲手栽种的柳树都已达到十围，不由得感慨万千，脱口而出千古名言"树犹如此，人何以堪"。

情爱的曼妙在于不受自己思想控制，无法预知。你永远不会知道，你

纳兰词

● 柳枝无恙，犹扫窗间月

　　人生有时就犹如一场聊斋艳遇，走进去的时候看见周遭花开成海，灯下美人如玉，一觉醒来，发现所处的地方仅仅是山野孤坟，周围灵幡残旧，冥纸飘飞。感情培养得艰难，逝去却如此容易。

会在何时何地爱上一个人，又在什么时候，你发现即使近在咫尺，心却远隔万水千山。

　　誓言是开在舌上的莲花，它的存在是教人领悟，爱已入轮回，你们之间已过了那个无须任何承诺就可以彼此无条件信任的年代。而这基本上都是徒劳的，人总以为得到誓言，才能把握住实质性的结果，就像女人认为拥有了婚姻，就等于拥有了安全感。于是，给的给，要的要，结果，在誓言不可以真正兑现的时候，彼此心生怨怼，最终只有劳燕分飞。出尘的莲花也转变成了愁恨。愁多成病，此愁还无处说。

　　若早知与你只是有缘无分的一场风花雪月的过往尘烟，在交会的最初，按捺住激动的灵魂，也许今夜我就不会在思念当中沉沦。

　　可惜我们并非是圣人，无法真正做到清心寡欲。拒绝一场情事，当感情终结时，可以那么简单轻快吗？

画堂春

一生一代一双人，争教两处销魂①。相思相望不相亲，天为谁春？

浆向蓝桥易乞②，药成碧海难奔。若容相访饮牛津③，相对忘贫。

注 释

①**争教**：怎教。②**蓝桥**：在陕西蓝田县东南蓝溪上，传说此处有仙窟，相传唐代秀才裴航与仙女云英曾相会于此桥，求得玉杵臼捣药，终结为夫妇。借指情人相遇之处。③**饮牛津**：指天河。传说海边居民曾乘槎至天河，"见一丈夫牵牛渚次饮之"。这里指与恋人相会的地方。

词 解

这是一首爱情词，是词人对可遇不可求的恋情的独白：既然我们是天生一对，为何又让我们天各一方，两处销魂呢？相思相望却不能相亲相爱，那么这春天又是为谁而设呢？蓝桥之遇并非难事，难的是纵有不死之灵药，但却难像嫦娥那样飞入月宫去与你相会。若能渡过迢迢银河与你相聚，便是做一对贫贱夫妇，也心满意足了。

评 析

这一首《画堂春》以心为源头，经由文字流淌而来，最终浇灌入读者心田。

这首词的第一句"一生一代一双人，争教两处销魂"，直白浅显，没

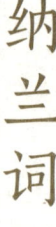

有经过刻意的修饰，素面朝天，但却是真情流露。

容若其实是借用前人的心曲浇自己胸中块垒。化用骆宾王《代女道士王灵妃赠道士李荣》诗中成句："相怜相念倍相亲，一生一代一双人。"诗词的化用，有略加点染者，有原文照录者，这是文人的成法，自古以来的惯例。只要化用得好，能够与作品水乳交融，就不失为一种好的写作方法。

下阕进行转折，多次引用典故。小令一般是不会频繁借用典故的，因为会显得很拖沓，影响词的整体表达。但容若不愧是大家，能够把多个典故有效整合在一起，杂而不乱，达到很好的艺术效果。

"浆向蓝桥易乞"，这是唐传奇中

纳兰词

●药成碧海难奔

容若从嫦娥的典故中，想起自己与爱人本是天生一对，却偏偏被分离在两处，只能彼此销魂神伤、相思相望。彼此都是度日如年，仿佛灵魂都被抽离开来。外面的大千世界依旧不断变幻，但仿佛都与我无关。

的一段故事：裴航是一个秀才。一次坐船时，他向同船的樊夫人用诗歌表达倾慕之情。樊夫人回诗："蓝桥便是神仙窟，何必崎岖上玉清。"随后离开。之后，裴航路过蓝桥驿，向一位老婆婆要水喝。老婆婆让孙女云英为他倒了杯水。裴航看到云英貌美如花，便想娶她为妻。老婆婆要他用玉杵臼将玄霜灵丹捣一百天，给她服下帮其长寿。裴航答应了，并定下百日期限。裴航费尽周折买下了玉杵臼，然后步行回到蓝桥，日夜捣药。月宫玉兔被裴航的毅力感动，每天都来悄悄帮他捣药，老婆婆也受到感动，终于答应婚嫁之事。迎亲之日，樊夫人也来了，其在船上的回诗，就是向他暗示这段姻缘。最后裴航夫妇成仙升天，得以天长地久。

作者借用这一典故，并说裴航的遭遇对我来说不难，应当是暗示自己曾经遇到过心上人。

　　接下来说"药成碧海难奔"。说的是嫦娥吃了仙药，却无法再见后羿，正所谓"嫦娥应悔偷灵药，碧海青天夜夜心"，而容若借用这一典故，暗喻即便有无限深情也难与情人相见。

　　接下来"若容相访饮牛津"依旧是用典。《博物志》记载：传说大海尽头就是天河，一位冒险家希望能去天河探险，于是驾船出海，经过无数时日的漂泊，突然看到城池与房屋，有一名男子在河边饮牛，这人就问那男子这里是何地，男子回答："你回到蜀郡询问严君平便知道了。"

　　冒险家后来千辛万苦回到陆地，找到严君平，严君平掐算后说："某年某月，有客星犯牵牛宿。"那天正是冒险家见到那个男人的日子。也就是说那个男人就是牛郎星，那个地方就是天河边牛郎织女每年相会的地方。

　　"若容相访饮牛津，相对忘贫"，容若运用这一典故，其实是表达与恋人不能团圆相守的遗憾，幻想如果能与爱人长相厮守，即便贫困潦倒也心甘情愿。情真意切，让读者不胜唏嘘。

临江仙·寒柳

飞絮飞花何处是，层冰积雪摧残。疏疏一树五更寒。爱他明月好，憔悴也相关①。

最是繁丝摇落后②，转教人忆春山。湔裙梦断续应难③。西风多少恨，吹不散眉弯。

纳兰词

注 释

①**关**：关切、关怀。②**最是**：特别是。**繁丝**：指繁茂的诸多柳丝。这两句当中的"柳丝"和"春山"，都用来比喻女子的眉毛。③**湔裙梦断**：涉水相会的梦中断了。湔裙，溅湿了衣裙。李商隐《柳枝词序》中提到一位男子偶遇柳枝姑娘，柳枝表示三天后将涉水湔裙来与他见面。此首词是咏柳的，所以用这一典故。

词 解

柳絮与花朵飘飞去了何处，最终被层层冰雪所摧残。在寒冷的夜里，孤独的柳树忍受着夜半寒风的折磨。只有明月最为无私，无论柳树是否憔悴，都会把月光照耀在它的身上。

每当柳丝摇落时，我更不可遏制地去追忆当年那位女子。当年我们之间的相会约定再也无法继续。寒冷的西风吹动着冰冷的心，眉间心上无数哀怨，却都无法随风而逝。

评 析

这是一首咏物词，咏的是寒柳。柳树是诗词当中非常多见的一个吟咏对象，如"不知细叶谁裁出，二月春风似剪刀""岸南岸北往来渡，带雨

带烟深浅枝"等。正是由于同类题材的作品太多，因此要写出新意很难。

但容若填词，是讲究独抒性灵的，真情所致，诗文灵感自然喷发而出，只要说出自己的真情实感，即便与前人偶有相合，那又能怎样呢？所以他的诗词都是充满灵气，能够与读者产生心灵共鸣的佳作。

"飞絮飞花何处是"，开门见山就提到四散飞扬的柳絮与飞花，究竟随风飘到哪里去了呢？柳絮是柳树的种子，大家都见过，而柳絮有一个特别的称呼，也是一个非常特殊的文学意象，那就是"杨花"。

●层冰积雪摧残

柳树杨花是一个飘零无依的意象。民间传说杨花假如飘落到水中，就会变成浮萍。杨花与浮萍同样是飘零无根的事物，"飘零无根"最容易受到摧残，有着宿命般的悲剧感——正像容若与那位故去的女子。

杨花在诗词中，是特殊意象，例如苏轼《水龙吟》结尾句："细看来，不是杨花，点点是离人泪。"柳树与杨花放在一起，柳树的意象是想留而留不住（柳与留谐音，古代将其看作挽留亲友的象征），杨花的意象则是想安稳在这里而不得。

"飞絮飞花何处是，层冰积雪摧残"，柳絮飘飞不定生涯的命运将会作何归属？答案是"层冰积雪摧残"，"层冰积雪"出自《楚辞·招魂》，这是一首呼唤逝去者灵魂的诗歌，结合这一背景，我们再分析这首词，就会读出新的含义：柳絮远离了柳树的怀抱，犹如魂魄般飘飞到了冰雪覆盖的地方，可那里太寒太冷了，为何你无法归来呢？这首词咏的是"柳"，目的却是"留"，挽留逝去者的魂魄。那么至此本词的主题也就明朗了，就是悼亡。

"疏疏一树五更寒"。"疏疏一树"正是寒柳的意象，而"五更寒"原本就是一个时间概念上的意象，此时交叠在一起，却将夜阑、更残、轻寒这些意象都赋予柳树，使柳树获得了人格化色彩。

"爱他明月好，憔悴也相关"，递进一层，表面上是说明月无私，不管柳树是否繁茂，都会把光芒照耀在它身上。其实是作者的自况：柳树即便"疏疏"，即便"憔悴"，也无法减少分毫得到的喜爱；伊人即便永诀，也无法让自己的思念减少分毫。

"最是繁丝摇落后，转教人忆春山"，下阕开始转折，从柳树转回到女子，由眼前转换到回忆，意思是在柳丝摇落时，我更免不了去追忆当年那位女子。

春山在诗词中可以指春色中的山峦，也可比喻为女子的眉毛。这里用颇具诗情画意的手法暗喻了自己无限思慕那位已故去的女子。

接下来"湔裙梦断续应难"。李商隐《柳枝词序》中提到一位男子偶遇柳枝姑娘，柳枝表示三天后将涉水湔裙来与他见面。容若借用这一典故是说湔裙之约已经彻底梦断，无法再续，那么为何难续呢？因为伊人已逝，阴阳永隔。呼应了上阕隐约提及的"悼亡"主题。

纳兰词

采桑子

彤霞久绝飞琼字[1]，人在谁边？人在谁边，今夜玉清眠不眠[2]。

香消被冷残灯灭，静数秋天。静数秋天，又误心期到下弦[3]。

注　释

①**飞琼**：指许飞琼，传说中西王母身边的侍女，后泛指仙女。②**玉清**：道家仙境，亦指仙人。③**心期**：心愿、心意。

词　解

　　热切地盼望得到她的信息，然而她却音容杳然。她如今在哪里呢？到底在哪里呢？今夜她是否也在相思徘徊，不能成眠？香消被冷灯灭，令人增愁添恨，唯有在这寂静的夜里一遍遍默数着与她相逢的日期，然而相约之期已过，会面无期，怎不叫人愁苦怨尤呢！

评　析

　　这首《采桑子》，上阕写仙境，下阕写人间。天上人间，凡人仙女，音书隔绝，唯有心与心相连，此情地久天长。

　　首一句"彤霞久绝飞琼字"，便点出仙家的意境。道家传说，仙人居住的地方有彤霞环绕，于是彤霞便成为仙家居住之地的代称。飞琼是一位名叫许飞琼的仙女，居住在瑶台，是西王母的侍女。据说瑶台住有仙女三百多人，许飞琼只是其中之一，她在某一个与凡人相通的梦境中不小心泄露了自己的名字，为此而感到懊恼不已——因为在古代，女子的姓名是不能随便示人的。最后"飞琼字"的"字"指书信，这句话就是说许久没接到仙女许飞琼从仙境寄来的书信了。

那么，既然没有书信相通，就不知道仙女的近况，于是很是想念，叠唱"人在谁边"，叹息辗转反侧。

"今夜玉清眠不眠"，"玉清"也是仙家语，是道家的三清天之一。玉清天里有什么呢？据唐人笔记记载，玉清天有一位姓梁的仙女，曾是织女的侍女，后来犯错被天帝贬谪。

容若说："今夜玉清眠不眠"，其实是在惦记着那位仙女：今夜你在玉清天上是否也与我一样失眠了呢？容若自己无眠是这句当中隐含的意思：正由于我无眠，才惦记着你是否和我一样无法入睡。

容若是在思念谁呢？当然不会是真的仙女，而是自己的某一位红颜知己，仙女只是一个代称，说明她在自己心中的地位。

词的下阕，从天上回落到人间，从想象仙女的情态转入到对自身状态的描写。"香消被冷残灯灭"，房间是如此清冷，因此房间的主人也必定是清冷的。那么，房间的主人为何不把熄灭的香重新点燃，为什么不盖上被子去暖烘烘地睡觉，即便是夜深独坐，又为什么不把熄灭的灯烛重新点起呢？

这是因为房间的主人根本没想到

● 又误心期到下弦

情人眼里出西施，在多情的容若眼中，心爱的女子足以与仙女比肩，但可惜正如月有盈缺，人常分离，彼此不得不经常在分离中苦闷度日。

这些，他只是静静地坐在漆黑的房间当中"静数秋天"，静静地计算着日子。或许仙女应该来信了吧？也许该定一下相约见面的时间了吧？也许再过几天就能收到仙女的音讯了吧？等待的日子总是极为难挨，等待的时间总是过分漫长。待到忽然惊觉时，才发现"又误心期到下弦"。

心期，也就是心意、心愿。就在这一天天的苦挨过程中，不知不觉地耗费了多少时光。

这最后一句，语意朦胧，难以明确解读，但意思再明朗不过。"着相"来解，可以认为容若与仙女有约于月圆之日，却始终苦等不来，挨着时光度日，便已到了出现下弦月的时间了；也可以理解为容若用满月象征着团圆，用下弦月象征着缺损，人生总是等不来与爱侣团圆的日子，一天一天便总是在分离之中苦闷地度过。

一生一代一双人

采桑子

冷香萦遍红桥梦①，梦觉城笳。月上桃花，雨歇春寒燕子家。

箜篌别后谁能鼓②，肠断天涯③。暗损韶华④，一缕茶烟透碧纱⑤。

注　释

①**冷香**：清香。**红桥**：桥名，在江苏省扬州市，明崇祯时建，为扬州游览胜地之一。②**箜篌**：古代拨弦乐器名。有竖式和卧式两种。③**肠断**：形容极度悲痛。④**韶华**：美好的光阴，比喻青年时期。⑤**碧纱**：绿纱窗帘。

词　解

此词旨在伤离念远：梦中，与她相会红桥之上，那时清香弥漫，忽而梦醒，听到的却是城头传来的胡笳呜咽的悲鸣。月光照在桃花枝上，洒下一片疏影，犹是风雨初歇，春寒料峭。自从离别之后，断肠人如今已在天涯之外了，谁再来弹奏箜篌呢？美好的青春年华就这样暗暗地消耗，就像那一缕轻烟透过碧纱一般让人难以觉察。

评　析

这是一首伤离念远之作，叙述所爱的女子离开自己的苦闷心情。上景下情，景象的描绘由虚到实，虽未言愁而愁绪自显。抒情之笔又直中见曲，且再以景语做连接。其黯然伤神之情状跃然纸上。

上阕细致描写春夜。红桥指扬州的红桥。作者曾跟随康熙皇帝南巡到达扬州,此时是康熙二十三年（1684）十月至十一月间。红桥是夜宿地点，用"冷香"，与下面"雨歇春寒"有关。"萦遍"二字，用来描写花香的浓郁，梦中都可以闻到。"梦觉"句，是写梦醒之后的情景。雨已停歇，月亮破云而出，城楼上隐隐传来了笳声，窗外的桃花在月光下散放出阵阵清香，帘栊间燕子静静地栖息着。作者以白描的手法，描写着春夜的景色，简练而贴切。正如张继《枫桥夜泊》只用"月落乌啼""江枫渔火"数字，就烘托出秋夜的整体氛围。所以王国维在《人间词话》中说："大家之作，其言情也，必沁人心脾。其写景也，必豁人耳目。其辞脱口而出，无矫揉妆束之态，以其所见者真，所知者深也。"

下阕是描写别后的怀念，一别之后，筌篌空悬，睹物思人，黯然神伤。而令人肠断者，不是无人会弹筌篌，而是所怀念的伊人远隔天涯。正如辛弃疾《满江红》词："人去后，吹箫声断，倚楼人独。""暗损韶华，一缕茶烟透碧纱"二句慨叹自己大好年华的无情消逝。一缕茶烟，飘进碧纱窗帘，使人产生"今日鬓丝禅榻畔，茶烟轻飏落花风"的犹如老僧入定般的心情，却又不能完全忘情，于是在孤寂中忍受着难耐的寂寞与悲凉。

采桑子

谁翻乐府凄凉曲①，风也萧萧。雨也萧萧，瘦尽灯花又一宵。

不知何事萦怀抱②，醒也无聊。醉也无聊，梦也何曾到谢桥③。

注释

①**翻**：演唱或演奏之意。**乐府**：诗体名，初指乐府官署所采制的诗歌，后将魏晋至唐可以入乐的诗歌以及仿乐府古题的作品统称乐府，宋以后的词、散曲、剧曲，因配乐，有时也称乐府。②**怀抱**：心胸。③**谢桥**：谢娘桥，晋王凝之妻谢道韫有文才，后人因称才女为"谢娘"。

词解

这是一首爱情词，抒写对情人的深深怀念：是谁在翻唱着那凄凉幽怨的乐曲？伴着这萧萧雨夜，听着这风声、雨声、望着灯花一点一点地烧尽，让人寂寞难耐、彻夜不眠。在这不眠之夜，不知道是什么事情萦绕在心头，让人或睡或醒都如此无聊，梦中追求的欢乐也完全幻灭了。

评析

第一句"谁翻乐府凄凉曲"中的"翻"字，是演奏与演唱的含义；"乐府"这里是泛指所有能够入乐的诗歌；"风也萧萧，雨也萧萧"，说的是在这雨夜当中，夹杂着萧瑟的风雨声。

"瘦尽灯花又一宵"，是说烛火一点点地被燃烧殆尽，犹如一个人逐渐消瘦的样子。

"梦也何曾到谢桥"，古人习惯用"谢娘"来指代心仪的女子，谢桥和谢家都是从谢娘衍生出来的词汇，指代"谢娘"所居的地方——也有人说六朝时确实有一座桥叫作谢娘桥，无论怎样，都是指代与心上人的相会之地。

●梦也何曾到谢桥

不知道是怎样的情感萦绕在自己的心胸之中，无论是醉酒还是清醒，都有一种难以捉摸的情绪在激荡。仿佛心神飘荡到了与爱人相会之地，希望携手走过无常人生。

上阕写凄凉，下阕写无聊。凄凉，就凄凉到彻夜无眠；无聊，就是无聊到醉梦都无奈。但是，这到底是怎样的一种无眠与无聊，是为了什么，又如何才可以解决，却模模糊糊地说不真切，只在最后的一句"梦也何曾到谢桥"里隐约透露出这是对一位不知名女子的相思之情。

这相思当中却隐藏着几分怪异，不但丝毫没有山盟海誓的决绝与一往无前的深情，反倒透露出一分倦怠，透着一种聚散无妨、醉梦随缘的消沉。容若似乎在说：我自己也说不清横亘在自己心中的愁绪到底是什么，反正醉了可能会想起你，也可能不想起你，反正醒了就会想你，也会不想你，午夜梦中本该去找你，却一次也没有梦到过你。

这首词似乎是在描述一种说不清、道不明的隐约情愫，并怀有一种非常矛盾的心理，也许还带有几分自责，或是几分自嘲。容若或许是由于冷落了一位不该冷落的人而事后自我开解，也许是由于陷入了和另一个谢娘的故事而猛然想起了从前的一段情事，今天的我们已经很难去弄清楚当时的情况了。

采桑子

谢家庭院残更立^①，燕宿雕梁。月度银墙^②，不辨花丛哪瓣香？

此情已自成追忆，零落鸳鸯。雨歇微凉，十一年前梦一场！

注 释

①**谢家庭院**：代指美人（或恋人）所居的地方。谢家，泛指闺中的女子。晋代谢奕之女谢道韫、唐李德裕之妾谢秋娘等皆负有盛名，所以后人多以"谢家"代指闺中女子。②**月度银墙**：月光之下，墙壁泛着银白的颜色。

词 解

夜残更漏，独立于当年恋人的所居的庭院。燕子依然宿于深间旧巢，月光下墙壁泛着银白的颜色，不知道花丛中哪朵花散发着香气？

我们的恋情如今只能追忆了，彼此相恋的鸳鸯已经分开。此到雨停了下来，天气有些寒冷，十一年前的往事恍然如梦一场。

评 析

《采桑子》全词共有四十四字，前后阕各三平韵。唱起来显得婉转清丽。

容若这首《采桑子》没有这词牌常见的流转和婉丽，只有回忆的凄凉。他在夜间辗转无眠，走到她曾经居住过的院子里。想起少年时曾经与恋人共立庭院当中，夜已深了，燕子栖息在雕梁上，月儿照在墙上，映得一片银白。分明是月夜夏雨过后，蔷薇水晶帘。夜色微茫当中，闻得阵阵花香，却又分辨不清究竟是哪一丛花儿送来的，也不知道是哪一种花的香气，然而这种渺茫的喜悦却犹如春情烂漫，难以收束。可惜人事变迁，风波乍起。两人后来并没能长相厮守。上阕回忆当年恩爱的场景，犹如人世间的春光无限。而下阕的"零落""雨凉"则打碎了春光，道出现实犹如寒冬的残酷清冷。

●十一年前梦一场

昔日的爱情宛如梦境，梦醒与否都已万事皆休。活下来的，留在梦境中走不出来，才是最为哀苦的。被困在回忆里，终生追念着两个人曾经的一切，但美好却永不再来！

有一句话让人感慨万千——"时间太瘦，指缝太宽"。滔滔逝水，匆匆流年，十一年弹指一挥间，回首前尘往事，恍如一梦。凄凉又如何！

《饮水词》当中的某些爱情词，意境迷离，很类似于李商隐的无题诗。我们说不清他究竟是写给谁的，是少年时代的恋人，还是早亡的妻子？诗词有两种风格，主旨鲜明的是一种，主旨朦胧暧昧的则是另一种，只要妙语迭出，引人深思，就自然有人喜欢。

此情已自成追忆，十一年前梦一场！相比李义山的"此情可待成追忆，只是当时已惘然"，容若的词句更有现实的痛楚。"惘然"还有自谅的余地可言，能够用来悔恨凭吊。梦醒了，唯有碎片还扎在心上，连凭吊都是一件太过奢侈的事。

并非每个人都能在蓦然回首时，有机会见到灯火阑珊处等候的那个人。于是只能无限遗憾地在回忆中"众里寻他千百度"。

如梦令

纤月黄昏庭院，语密翻教醉浅[1]。知否那人心，旧恨新欢相半。谁见？谁见？珊枕泪痕红泫[2]。

注　释

①**翻**：反而、却，表转折。②**珊枕**：即珊瑚枕。珊瑚多红色，因此这里指的是红色枕头。**红泫**：红色眼泪，因为女子脸上敷胭脂，所以流下的眼泪是红色的。

词　解

一弯残月升起在黄昏的庭院，那絮絮的情话，缠绵的叙语，反而驱散了深浓的醉意。那人的所思所想是否有人明了？旧时的遗恨与新近的欢乐错综交织。有谁看见了？有谁看见了？那珊瑚枕上的人幽独孤单，以泪洗面，难以入眠。

评　析

在《饮水词》中，容若记录与自己的恋人相聚一处的情景，一般都会出现诸如"黄昏""灯影""深夜"等语。似乎只有在晚上才能与恋人相见，只有晚间的相会情景在他的记忆里，最为鲜明深刻。这大约是由于大户人家习惯晚睡晚起，俾昼作夜，况且容若是位贵公子，日间要在书房读书，要学习骑射，归来时往往天色已晚，所以所记录情景以"夜景"为多。

这首《如梦令》即是如此。小令前两句是在回忆旧情。想那时，正值黄昏时分，一弯新月映照在庭院当中，虽然没有落霞与孤鹜，却有秋水长天。词人大概是心有所萦，便只能借酒沉醉。然而恋人翩然而来，悦然相伴，情话绵绵，叙语呢喃，本来浓浓的醉意都被这缱绻的温柔软语的安慰给驱

散了。这回忆的甜美，如饮醇醪。然而"知否那人心"一句将词人从甜蜜的回忆当中拉回到残酷的现实里。真不清楚在分别以后，恋人此时内心若何，说不定早就已把自己忘了，虽言"旧恨新欢相半"，但那人的心之所叙有谁能明了呢？这里的语气似乎是句句埋怨，声声质问了。然而多情自古空余恨，埋怨也无所助益，于是词人只好幽独孤单，相思彷徨，以泪洗面而无法入睡。

词人写到此，一定是想起了南宋诗人陆游与其妻唐琬的爱情悲剧。陆游初娶唐琬，琴瑟和谐，感情甚笃，但其母不喜欢这个儿媳妇，终于导致两人分离。几年后的一个暮春时节，陆游重游沈园，与唐琬邂逅，陆游无限惆怅，唐琬为其敬酒，陆游追忆往昔，情不自禁地赋词一阕——《钗头凤》。这首《钗头凤》里有"春如旧，人空瘦，泪痕红浥鲛绡透"的句子。这句"泪痕红浥鲛绡透"，其实就和纳兰词里的这句"珊枕泪痕红泫"词意相仿佛，指因为流泪过多，脸上的红脂粉与泪水混合都把手帕浸透了，足见心中何其悲伤。

●珊枕泪痕红泫

词中蕴含的怅惘之情自不待言，然而也只能空自惆怅，徒呼奈何，也只能在深夜里独自低吟："谁见？谁见？"在怅忆伤感中收束全篇。

如梦令

正是辘轳金井①，满砌落花红冷。蓦地一相逢，心事眼波难定。谁省，谁省。从此簟纹灯影②。

注　释

①辘轳金井：装有辘轳和精美栏杆的水井。辘轳，古代安置在井上用来汲水的起重装置。金井，指设有金碧辉煌的雕栏之井，多用于宫廷或富贵之家。②簟纹：指竹席之纹络，此处借指孤眠幽独之景况。

词　解

这首小令像是纳兰在追忆往日的恋人，深深怀念那一段美好的恋情。正是在一架有提水辘轳的金井边上，满地的落花的时节。两人蓦然相逢，心事只能靠眼波来传达，都给人一种捉摸不定的幻想。有谁知道她的心思呢？有谁知道她的心思呢？从此以后，在灯光烛影下，只剩下孤独寂寞的一个人。

评　析

小令首句点明了彼此相遇的地点。纳兰生长于深庭豪门，辘轳金井原本是非常常见的事物，但从词句一开始，这一再寻常不过的井台在他心中代表的意义就非同一般了。"正是"二字，托出了其中的分量。纳兰在其他作品中也经常使用"辘轳金井"这一意象，如"淅沥暗风飘金井，乍闻风定又钟声，薄福荐倾城"（《忆江南》），"绿荫帘外梧桐影，玉虎牵金井"（《虞美人》）。玉虎，也就是辘轳。"满砌落花红冷"既渲染了辘轳金井周围的环境浪漫而感伤，又点明了相逢的时节。金井四周的石阶上层层落红铺砌，使人不忍践踏，而满地的落英又不可遏止地勾起了词人多愁善

○八○

纳兰词

感的心绪。常人大多以落红来比喻无情之物，红色原本是暖色调，"落红"便反其意而用，既是他自己寂寞阑珊的心情的真实写照，也是词中所描写的恋情最终必然的结局象征吧。"蓦地"是何等惊奇，是何等出人意表，故而这种情感是突发的、不可预料的，也是不可阻挡的。在古代男女授受不亲的情况下，一见钟情所带来的冲击是完全无法想象的。可是，恋人的心是最不可捉摸的，"心事眼波难定"，惊鸿一瞥的美

●满砌落花红冷

最美最动人的事物旋即就如落花飘坠，不可挽留地消失殆尽，余韵袅袅香香。在这阑珊的暮春时节，两人突然相逢，但是那女子心思如何却揣测不明，看她的眼波道是无情却有情。

好情感转而制造了更多的内心忧虑，所以，"谁省，谁省。从此簟纹灯影"，这是一种直转而下的心理变化，刹那间的欣喜随即陷入了绵绵不尽的忧愁与疑惑当中——对方的心思无法捉摸，未来的不可测又平添了一份恐慌，于是，深宵的青灯旁、孤枕畔，又多了一个辗转反侧、彻夜难眠的身影。

蝶恋花

又到绿杨曾折处，不语垂鞭，踏遍清秋路。衰草连天无意绪，雁声远向萧关去[①]。

不恨天涯行役苦，只恨西风，吹梦成今古。明日客程还几许，沾衣况是新寒雨。

注 释

①萧关：古代重要关隘，位于宁夏回族自治区永固县附近。这里指非常遥远的地方。

词 解

又来到了当年与爱人折柳相别的地方，默然无语，低垂着马鞭，在清秋时节独自上路。道路两边衰败的枯草绵延到远方，大雁鸣叫着飞往遥远的地方，一片萧瑟的凄凉景象。

我并不恨浪迹天涯、四处奔波的辛劳，只恨阴冷的西风使得我如今的美梦破灭。明天还要继续踏上旅程，又将有冰寒的雨滴打湿衣衫，让人身心绝望。

评 析

这首词当中最让人心动，也最让人难忘的一个构想，就是穿越时空的思念。在古诗当中，全部的思念，其实都与时空隔绝相关。地域广阔，路途坎坷，加上交通的不够便利，遥远的思念便更让深情者刻骨铭心；而人生无常，盛时难再，加上红颜易老，岁月的无情流逝便更让被迫劳燕分飞者感到惊心动魄。时空的阻隔，往往会催生出很多绝望痛切的相思。

纳兰词

首句"又到绿杨曾折处"，词人没有直接陈述自己的痛楚，而是将其深藏在"绿杨"依依之中，这种隐忍使情意又更加深了一层。更重要的是，一个"又"，一个"曾"，完成了时空层面上的移位及重叠。故地重游，绿杨依旧，与当初折柳相望、依依不舍之时的环境没什么不同（因"柳"与"留"谐音，古人在送别时有折柳送别的习俗）。不料如今物是人非，竟只剩下自己孤独上路。过去与现在，两个既相同又存在差异，亦幻亦真的片段，彼此重叠，诗句便多了一层凄婉迷离的意趣。这种不经意（这种不经意的写法必定经过诗人精妙地提炼才能够不露斧凿痕迹）营造的时空意义上的错乱，近乎幻觉，也接近思念上的极致。试想一下，假如不是最深沉、最痛切的思念，又怎么会令人如此恍惚、迷惘？

承接首句，"不语垂鞭，踏遍清秋路"，布局非常精巧。"不语"承接首句的恍惚迷离状态，而"垂鞭"则把诗人的思绪带回到现实之中。"垂鞭"意指诗人心绪沉重，纵马缓行。马蹄所及，又轻轻勾连"踏遍"一句。从时间上看，这两句完成了从"昨"到"今"的转换，回忆转瞬即逝，只留下寂寞伤怀的现实、意念成灰的自己；而从空间上看，这两句把思绪从"折柳处"引向了"衰草连天"这一更为广袤的空间。

下阕的"天涯"收束了上文，表明"行役"的遥远、漫长。分明苦不堪言，偏偏还说"不恨"，翻出新意，更为后文"只恨西风"做出伏笔——原来还有可恨之事要超过"天涯行役"之苦。"只恨西风，吹梦成今古"，"吹梦"的说法并非纳兰首创，较早见于

●只恨西风，吹梦成今古

忧愁的人踟蹰于无边秋色当中，正梦沉沉地怀念曾有的美好时光，忽然一阵无情的西风将一切剪碎、摧毁，记忆里的那个人、那些事随风消散，顿时变得遥不可及！

南朝民歌《西洲曲》："南风知我意，吹梦到西洲"。但两者的意境和含义并不雷同。风吹梦，原本让人感到无限怀思、无尽期冀，但从典故中熏暖的"南风"变为可恨的"西风"，却陡增几分凌厉、残酷的意味。假如说南风是传递爱情的信使，为何西风却要猛然间将美梦吹散吹灭呢？只因为诗人所要抒发的是物是人非，长相别离的怨恨，而并非《西洲曲》中少年春心萌动的闲愁。把梦吹成了"今古"应当属于诗人首创，妙就妙在：它在前面对空间进行了极力拓宽的基础上，让词的时空结构更加辽阔、苍茫了。

最后以"明日客程"作为收束，"明日"，意味着时间上的继续绵延，"客程"意味着空间还在不断扩大，"新寒"更使诗人惊觉时间流逝与生命短促。全词中，诗人着意拓展了时空，天之悠悠、地之苍茫，无处不相思，写出了思念的极致，这才是思念上的"地久天长"。

浣溪沙

旋拂轻容写洛神①，须知浅笑是深颦②。十分天与可怜春。

掩抑薄寒施软障③，抱持纤影藉芳茵④。未能无意下香尘⑤。

注　释

①**轻容**：一种无花薄纱。**洛神**：中国神话人物，即洛水的女神，相传她是宓（伏）羲的女儿，故称宓妃。溺死于洛水，成为洛水之神。②**须知**：必须知道，应该知道。**浅笑**：犹微笑。③**薄寒**：微寒、轻寒。**软障**：即幛子，古代用作画轴。④**纤影**：清瘦的身影。**芳茵**：茂美的草地，亦指华美的裀褥。⑤**香尘**：芳香之尘，多指女子之步履而起者。语出晋王嘉《拾遗记·晋时事》："（石崇）又屑沉水之香如尘末，布象床上，使所爱者践之。"

词　解

此词写的是一位美貌女子的画像，表达对她的由衷赞美和怜爱：在画布上轻轻地描摹她如洛神般美丽的姿容，连不高兴时皱眉的样子都好像是在微笑。如春天般让人怜爱。怕画中的她衣着太单薄而受寒，就加上了屏障，又以华美芳香的裀褥护持她的身体。她也情意绵绵，犹如仙女下到了凡间。

评　析

容若对女子，天性当中就带有丝丝怜意。这种怜意渗透到了他的笔端，落在哪里，哪里就充满了温柔轻软。这一首词，写的是为一位美貌女子画像，笔调极为清丽自然，情致也堪称曼妙。

轻容，薄纱名。唐代的元稹就曾经把"轻容"赠送给好友白居易，白居易写诗一首作为答谢："绿丝文布素轻容，珍重京华手自封。贫友远劳君寄附，病妻亲为我裁缝。"有着这样袅娜轻盈名字的纱，用在女子身上更显相得益彰。似乎无须赘述，就可以引发无限薄柔之思。

容若以洛神来比喻，可见她在他眼中，一定是位风华绝代的佳人。她是这样的天生丽质，散发出动人心魄的美丽，气质美如兰，才华馥比仙，真能与群花遍开的春天一争高下。

"掩抑薄寒施软障，抱持纤影藉芳茵。"软障，即幛子，古代用作画轴，这里借指屏风。芳茵，这里指华美芳香的褥垫。与之前的软障一样，都是给美人御寒用的。她太过纤弱，也太清瘦，他担忧她是否能抵挡得住这薄寒的气候。于是，他想，应该给她加上一道屏风，再把她放置在芳美的褥垫之上。

只有这样，才能给予她温暖。这是他心念当中的情深意切，带着甘醇，带着执拗，带着尊崇，带着欣喜。

最后，容若以"未能无意下香尘"一句来收束全篇，又迎合了洛神的比喻。香尘，这里借指凡间。他看她，饱含深情，越看越觉得心中的欢喜不断激增，越看越感觉到伊人的珍贵。她是降落至凡尘的仙

●旋拂轻容写洛神

他频频拂拭薄软的绢纸，来试图画出这眼前的倾城绝色，希望能在画纸上留下她的神韵。只见她蛾眉似蹙非蹙，明眸似喜非喜，纵使是深颦，也与浅笑一样好看。宛如传说中的洛神仙子。

纳兰词

子啊！至于这位得到如此高赞誉的女子是谁，现在的我们已经无从知晓了。

　　行云有影月含羞，有伊人如玉，端坐在面前。只感觉时光脉脉，透过一阕词表达深情，轻轻掀开流年的窗帷，我们依旧可以感受到，他此刻的饱满爱意与绕指柔情。这是一种强烈的呵护之意与缠绵悱恻的柔情。

浣溪沙

五字诗中目乍成^①，尽教残福折书生^②。手揉裙带那时情^③。

别后心期和梦杳^④，年来憔悴与愁并。夕阳依旧小窗明。

注　释

①**五字诗**：即五言诗。**目乍成**：即乍目成，刚刚通过眉目传情而结为恋人。②**残福**：残存的薄福，也可谓短暂的幸福。③**揉**：揉搓。④**心期**：心中相许，引申为相思。

词　解

此词写别后相思：一首五言诗让我们心有灵犀，眉目定情，为何偏偏要把这短暂的幸福降临到我的身上呢？她神情羞涩，紧张地揉搓身上的衣带，那时的情景至今仍历历在目。可惜自从离别之后，我们便天各一方，音讯渺茫，怎使我不生相思之恨？衣带渐宽，为伊憔悴，日日凭窗眺望，愁绪难以排遣。

评　析

"五字诗中目乍成"，这是引用王次回《有赠》诗"矜严时已逗风情，五字诗中目乍成"当中的原句。"尽教残福折书生"，也是化用自王次回《梦游十二首》之四"相对只消香共茗，半宵残福折书生"的后句。王次回，名彦泓（1593—1642），江苏金坛人，是明代后期著名的抒情诗人，尤其擅长情诗，诗风清丽而绝艳。容若在自己的词作当中多次化引王次回的诗词。

纳兰词

○八八

五字诗，也就是五言律诗。目乍成，即乍目成，指刚通过眉目传情而结为恋人的意思。有些悲欢，是幽幽长歌也无法承载的，但却可以隔着时光彼此融通。

于是他回忆起，那时他们互赠五言诗，交换眉目间的情意。他的记忆在那里定格。是啊，那样眉目传情的甜蜜，要怎样来进行表述呢？那样的眼波流转是如此动人心魄，是暖日晴风初破冻的灼灼一枝春花，明艳得令人难以逼视。"残福"，是指短暂的幸福。"尽教残福折书生"，情念当中明显多了几分沉溺。四目相望，就是彼此之间的天荒地老。

"手挼裙带那时情"，她是非常羞涩的，沉溺于爱情中的女子，羞涩也带着不可思议的魅力。他始终记得，她那时的腼腆模样——纤纤裙带被她缠绕在指间不断拨弄，此时对于这两人来说，真的渴望就此地老天荒永不分离，拥有真正满满的幸福，忘却世间俗事，欢悦不思归。

●年来憔悴与愁并

词中曾有这样的一段恋情，在无涯的时间当中，渗透着恋人之间最旖旎的欢喜。他用一遍又一遍地回忆让其沉淀为心间最美丽的珍珠，保留犹如花朵绽放时的缱绻与温柔。

上阕，容若写的是回忆。下阕，转而写如今的相思之愁："别后心期和梦杳，年来憔悴与愁并。"他看到了自己的极度脆弱，来自命运当中的无可奈何。他与她，最终分离成永别。曾经心相期许的盟誓也宛如镜花水月杳然而逝。相遇，相思，是无法化解的缘分，他在回忆当中沉迷，以致憔悴和忧愁与日俱增。

"夕阳依旧小窗明"，以景语收束，忧伤当中添加了一种无穷的余味。

夕阳无意傍小窗，离人依旧怨长夜。对往昔的一往情深，是容若心中最深远的挚念。得不到，忘不了，只有苦了自己。黯然销魂者，多在离别。离别后的想念与孤单，正如幽蛩韵苦，哀鸿叫绝，断音难偶。沉溺于回忆，不过是饮鸩止渴的事情。容若不会不知道这个道理，但他用情太深，无法阻止自己的思绪去思念那个女子。

浣溪沙

伏雨朝寒愁不胜[①]，那能还傍杏花行。去年高摘斗轻盈[②]。

漫惹炉烟双袖紫[③]，空将酒晕一衫青[④]。人间何处问多情。

注 释

①**伏雨**：指连绵不断的雨。②**斗轻盈**：比赛看谁的动作迅捷轻快。轻盈，多用以形容女子体态的轻快、灵活。③**炉烟**：香炉中的熏烟。④**酒晕**：喝完酒后脸上泛起的红晕。

词 解

此词描绘了一种意兴阑珊、多情而又无奈的意绪：这连绵不断的小雨，让人平添了无尽闲愁，不能像往常一样在杏树下漫步了。记得去年还曾经在一起攀上枝头摘取花枝，比赛谁最轻盈利落。而今却只能百无聊赖，看着炉烟轻轻地萦绕，双袖在炉火映照中泛着紫红的颜色，醉颜酡红，人却依然青衫寥落。试问什么叫作多情呢？

评 析

《浣溪沙》，是唐宋时代填词数量最多的词牌，在纳兰词集里收录的《浣溪沙》就多达40首，也是纳兰词中采用得最多的一个词牌，足见容若对这一词牌的偏爱。

纳兰词

●人间何处问多情

此时的容若，愁意盈满他的眉心，无法排遣，性灵所至，发出"人间何处问多情"，这句堪称千年一叹。人间何处问多情，问而无答，声音与心绪就低落了下去，无泪湿青衫，忧愁满腹空嗟叹。

容若的这阕《浣溪沙》转承之间，跌宕迷离，无限阑珊怅惘，欲语还休，尽在言外。

伏雨，指连绵不断的雨。杜甫《秋雨叹》里有"阑风伏雨秋纷纷，四海八荒同一云"。杜甫慨叹的是秋雨，容若愁的是春雨。雨非但是连绵不断，更是普天之下都在降雨，无处不雨。去年早春时节，却已经是非常温暖的天气。她也是天真烂漫，娇憨不失俏皮，还要比赛到高处摘花，看谁的身姿更轻盈。当时的场景，依旧历历在目。

这样的阴冷清寒，他想借熏炉取暖，但是心底的寒意却始终驱之不去，火光徒然映红了人的双袖。这样化不开的忧愁，他希望借酒浇愁，谁知酒入愁肠愁更愁，青衫映照着他俊秀而又略显迷茫的脸庞，徒增酒晕，而愁绪却难以消除。"一曲新词酒一杯，去年天气旧亭台，夕阳西下几时回？"她会再次来这里吗？还是不过是似曾相识燕归来呢？

《浣溪沙》下阕的前两句一般采用对偶句，容若这一阕也是如此，且词句精致，对仗非常工整。"双袖紫"与"一衫青"中，隐约可以想象他的丰神俊逸，也是他此时形单影只的真实写照，读着令人倍感辛酸。唐代时，八品、九品文官的官服为青色，也是古代书生的常见穿着。在白居易写下《琵琶行》"座中泣下谁最多？江州司马青衫湿"后，青衫又时常被借指为失意官员。容若喜穿乌衣，词中也多处提到青衫泪零，想来，从内心深处，他一直把自己归为伤心失意之人。

　　倘若，伊人还在，在炉火旁，两人十指紧扣，又会有多少暖意由心而生呢？一个漫字，一个空字，越发显出他内心的失落。此处，漫和空都有徒然的意思。伊人不在，无论再怎样努力，这种失落也是无法补偿的。这是生命当中的残缺，时光，只会侵蚀，无法填补。

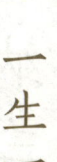

浣溪沙

消息谁传到拒霜①？两行斜雁碧天长②，晚秋风景倍凄凉。

银蒜押帘人寂寂③，玉钗敲竹信茫茫④。黄花开也近重阳⑤。

注　释

①**拒霜**：花名。木芙蓉的别称。冬凋夏茂，仲秋开花，耐寒不落，故名。
②**斜雁**：斜飞的雁群。**碧天**：青天，蓝色的天空。③**银蒜**：银质蒜头形帘坠，用以压帘幕。④**玉钗**：玉制的钗。由两股合成，燕形。⑤**黄花**：菊花。**重阳**：节日名，古以九为阳数至极，九月九日故称"重九"或"重阳"。

词　解

这是一首爱情词，为所恋之人而作。是谁传来了消息，说待到秋天木芙蓉花开的时候他便回来？如今大雁都已经飞过了，晚秋浓重的景色让人倍感凄凉。金屋空旷，斯人憔悴，心事难耐，只有以玉钗轻轻敲竹借以排遣愁怀。眼看菊花开了，又近重阳，思念的那个人却依然音信渺茫。

评　析

这首词在凄凉的意境当中，似是隐约指出了一段情事与彼此约定的失落。词学家吴世昌认为："此必有相知名'菊'者为此词所属意，惜其本事已不可考。"

首句，"拒霜"，指木芙蓉，由于这种花在农历八月才会开放，所以有此名。上阕提到时日已近八月，正是拒霜开放的时节。碧空中有两行斜雁飞过，晚秋之时的风景，分外凄凉。

下阕从上阕广阔的视野当中凸显主人公的身影，场面从大变小。蒜形的银块垂吊在帘子的下端，以避免其被风吹起，而在这里的人，也只是寂静得犹如波澜不惊的帘子。玉钗敲竹的清空之声，落寞地回响着，可见这里的人确实闷极无聊，只是下意识地重复着这种举动。又或许是心中太过孤寂，只得敲出一些声音来，来慰藉自己极度失落的心情。

这不断地盼望，又不断地失望，随后又不断地等待煎熬，非亲身经历过的人难以理解其中的痛苦。

●玉钗敲竹信茫茫

让人想起湘妃竹上那斑斑血泪痕，想起因为丈夫死去而不断悲泣的娥皇、女英，再联想到容若形单影只，不断哀悼亡妻的可怜身影，真的让人不胜唏嘘。

而一心期盼的书信，又或者曾约定的佳期，眼下仅剩下一片浑茫。"银蒜押帘人寂寂，玉钗敲竹信茫茫"两句，一静一动，一无声一有声，却分外凸显出落寞孤单。

"黄花开也近重阳"，重阳快到了，主人公在企盼什么，又在担心失落什么，词中并没有提示，只有寂寥伤感的情绪弥漫期间。这一场景不由得让人心有戚戚，让人们能够想象到一个落寞而又苍白的形象。

"玉钗敲竹"，竹意象的运用，教人感到更加清冷、幽深。

浣溪沙

雨歇梧桐泪乍收，遣怀翻自忆从头①。摘花销恨旧风流。帘影碧桃人已去②，屧痕苍藓径空留③。两眉何处月如钩④？

注　释

①遣怀：犹遣兴。**翻**：同"反"。②**碧桃**：桃树的一种。花重瓣，不结实，供观赏和药用。一名千叶桃。③**屧痕**：即鞋痕。④**两眉**：两弯秀眉，这里指所思恋之人。

词　解

　　这是一首遣怀之作，表达对恋人的怀念之情：秋雨停了，梧桐树叶不再滴雨，好像是停止了它滴落的眼泪。我将与她度过的美好时光细细地从头追忆，追忆那些当初曾与她有过的美好的风流往事。那帘影碧桃下美人的情影已经不在，而长满苍藓的小径上却空留下她那娇小的鞋痕。我思念的人儿啊，你如今在哪里呢？

评　析

　　从内容看这或许是容若写给他早年曾经爱慕过的一位女子的。从哪里又出现了这样一位惊鸿照影的美人？史籍已经不可考，可那份深切悠长的思念之情却力透纸背，犹如岁月一般悠长，就算青丝变为白发也无法忘怀。

　　此词的上阕从写景开端，情景交织，"泪乍收"已经是伤怀之情全面展现，又接之以"遣怀"二句，点明伤感的缘由。"摘花销恨"中既写了

纳兰词

对方，又写了自己，有人有己，低回惆怅。"遣怀"二句谓为排遣愁怀反而回忆起过去的恋情，也就是摘花销恨这件风流韵事。

　　下阕由回忆转回到现实，写眼前空寂之景。"帘影"二句写的是眼前所见。竹帘上映着碧桃树影，花径的苔藓上还留下她的鞋印，然而伊人已去，睹物思人不过是徒然无用的，徒增伤感。"空留"二字透露出无限的感慨和无奈。结尾处以遥遥相问表达了自己深切的怀念之情。从看见天上弯弯的新月而联想到伊人的双眉，但不知她如今身在哪里，人在何处？一种刻骨的相思之情跃然纸上，情深意苦。词句也是缠绵凄婉，令人倍感惆怅。

菩萨蛮

梦回酒醒三通鼓①，断肠啼鴂花飞处②。新恨隔红窗，罗衫泪几行。

相思何处说③，空有当时月。月也异当时，团圞照鬓丝④。

纳兰词

注释

①**三通鼓**：古人夜里打更报时，击鼓一轮为一通，这里指更数，一夜分为五更，三更鼓即半夜时。②**啼鴂**：杜鹃鸟啼鸣。相传此鸟为蜀主望帝魂化，春末夏初，在群花凋谢时啼叫，其声惹人生悲。③**相思何处说**：韦庄《应天长》有"暗相思，无处说，惆怅夜来烟月"，韦庄词意正和容若心境非常符合，所以用来贴切入神。④**团圞**：圆貌，指明亮的圆月。**鬓丝**：鬓发。

词解

半夜酒醒，情意阑珊，此刻耳边却又传来了凄苦的杜鹃悲啼之声。隔着红窗，别有忧愁暗恨生，点点珠泪悄然坠落，伤感彻骨。

心肠百转，总是为了情字，如丝如缕，萦绕不绝，但又能到何处去述说这相思之情，只能空对着当时的明月发出感慨。如今的月亮也与当年恋人团圆时的不同，那时明亮的满月照着伊人的鬓发是那样柔美。

评析

此阕词是月夜怀人的作品。三更鼓时就已经酒醒梦回，显然是伤痛彻骨，连酒精也无法彻底麻痹自己悲伤的神经。偏偏又听到了令人伤悲的杜

鹃啼叫，更是心如刀绞，泪水
止不住地滴落下来。

在古代，月亮对于恋人来
说有着特别的意义，素雅而明
亮的月亮正是恋人约会的最佳
陪衬，所谓"月上柳梢头，人
约黄昏后"就是典型代表。晚
上约会时，尤其凸显出月亮的
好处：皓月当空，两个人在月
光下山盟海誓或者牵手散步，
都是非常好的氛围。即便恋人
两地分离，也可以约好共同观
看天涯明月，寄托相思。因此明月时常成为爱情的见证。

●新恨隔红窗，罗衫泪几行

半夜酒醒，情意阑珊，杜鹃悲啼更幽怨，愁绪
如山岂可解，清泪涟涟湿衣衫，可恨此情此怨又无
处可说，当时明月在，伊人却无踪。

张若虚在《春江花月夜》当中写得非常贴切："江畔何人初见月，江
月何年初照人？人生代代无穷已，江月年年只相似。不知江月待何人，但
见长江送流水。"时光如水，明月依旧，但当年一起相守相知的恋人，却
已不能在一起。由月思人，物是人非，悲从中来，这是文人写这类诗词常
用的手法。容若的"月也异当时，团圆照鬓丝"和崔护在桃花树下徘徊不
去，感慨"人面不知何处去，桃花依旧笑春风"的心境非常相似。可惜的是，
他与心爱的人之间不如崔护与桃花女间的缘分深重。

青眼高歌俱未老

诚挚友谊的见证

　　容若一生重情，这个情不只是爱情，也包括友情，他有一批莫逆之交。其中交情最好的就是顾贞观，二人都是当代才子，声名远播，二人一见如故，遂成莫逆之交，恨不能日日相见，朝夕相处，容若的《饮水词》得以扬名天下，和顾贞观的大力揄扬也是分不开的。后来二人携手一起营救了顾贞观蒙冤受屈的老友吴兆骞，轰动一时。容若费尽心力，耗时多年，奔走于朝堂。在容若、其父明珠、其师徐乾学等人的共同努力下，终于使吴兆骞得以赦免。康熙二十年，吴兆骞历经万千磨难，终于返回关内。这个故事对当时的汉族文人来说是极大的慰藉，纳兰的重情重义温暖了一大批汉族文人，又有多人与容若倾心相交。

　　在与这些友人交往的过程中，容若写下了很多词作，有送给友人的，也有与友人彼此唱和的，其中不乏精品。

金缕曲·赠梁汾①

德也狂生耳②。偶然间、缁尘京国，乌衣门第③。有酒唯浇赵州土④，谁会成生此意⑤？不信道、竟逢知己。青眼高歌俱未老，向尊前、拭尽英雄泪。君不见，月如水。

共君此夜须沉醉。且由他、蛾眉谣诼⑥，古今同忌。身世悠悠何足问，冷笑置之而已。寻思起、从头翻悔。一日心期千劫在⑦，后身缘⑧、恐结他生里。然诺重⑨，君须记。

注 释

①**梁汾**：顾贞观（1637—1714），字华峰，号梁汾。江苏无锡人。康熙五年（1666）顺天府举人。著有《积书岩集》及《弹指词》。康熙十五年（1676）与容若相识，从此成为至交，直至纳兰去世。②**德也狂生耳**：我原本是个狂放不羁的人。狂生，指作者自己。③**缁尘**：风尘。**京国**：京城。**乌衣门第**：东晋时王、谢等名门望族都居住在乌衣巷，后世就以"乌衣"借指贵族之家。④**赵州土**：平原君好养士，死后虽然没有安葬在赵州，但他是赵国公子，又是赵相，所以称他的墓为"赵州土"。这里借用这一典故表明作者仰慕平原君的人品，又有平原君那样礼贤下士、喜好交游天下豪杰的品格，但如此的性格又有谁能够理解？⑤**成生**：指纳兰自己，因为容若原名成德。⑥**蛾眉谣诼**：造谣中伤。⑦**一日心期千劫在**：劫，是佛家语，认为天地一成一毁为一劫。这里的意思是你我一日情投意合，成为知己，就算遭受千重劫难，情谊也会地久天长。⑧**后身缘**：佛家认为人死后还能投胎转世。

这里是指来生二人还要继续做朋友。⑨**然诺重**：守信义，不食言。然诺，答应。

词 解

　　我容若乃是狂放不羁的人，由于生长于富贵豪门，才在京城中任职，实属偶然。我向来仰慕像平原君那样礼贤下士、交游天下豪杰的人，但这种人的品格又有多少人能理解呢？真的没想到能与你这样的豪杰成为知己。我们两人互相看重，青眼有加，快意高歌。年齿俱未老，酒到酣时也无须伤悲，应拭去悲伤慨叹之泪，振作起精神。月光如水，正是我们友谊的见证。

　　今夜我和你必须开怀畅饮，一起沉醉，小人们的造谣中伤就由他去吧，要知道这种卑鄙的事自古以来就很多见。个人的前途迷茫又哪里值得我们过度关心呢？冷笑着将它放置在一旁即可。在污浊的社会中，过去的生平，毫无意趣，将来命运如何，也不值一提。如果非要寻思这些事，那么从前所做的错误决定就太多了。你我现在情投意合，成为知己，就算遭受千重劫难，情谊也会地久天长。今后的缘分，要在来生继续我们的友谊。一句承诺重如泰山，请你一定谨记。

评 析

　　梁汾，是顾贞观的别号。顾贞观是清初著名诗人，但其一生都郁郁不得志，早年曾担任秘书省典籍，由于受人轻视排挤，最终愤而离职。容若在这首词里说，"蛾眉谣诼，古今同忌"，也正是针对这种情况而发。顾贞观四十岁时，才与容若结识，他说："岁丙午，容若二十有二，乃一见即恨识余之晚。"当时，顾贞观又一次上京，经人介绍，成为明珠府上的家庭教师，与容若相见恨晚，对时局、对诗文都有着类似的观点，于是成为忘年之交。

　　顾贞观有一位好友吴兆骞，由于受丁酉乡试案牵连（顺治十四年为丁酉年，这一年顺天府、江南和河南的科举乡试都出现了舞弊，被揭发后，大批考官和考生受到牵连），被诬陷而获罪，被流放宁古塔，顾贞观希望能将其营救回来，就给容若看了自己写给吴兆骞的两首《金缕曲》，容若看后异常感动，决心参与营救吴兆骞的活动，并且给顾贞观写下了这首披肝沥胆的诗篇。后来在容若的帮助下，利用其父纳兰明珠的影响力，使吴兆骞成功被赦免，离开了居住二十二年之久的流放地，返回关内。

"德也狂生耳"，词的开头就自命"狂生"，"狂"者，指慷慨激发、忘形尘俗。由于容若的父亲明珠是当时权倾朝野的宰辅之臣，风头正劲。容若自身风华正茂，文武双全，他的前途正是一片光明。然而，他竟然自称"狂生"，而且还带有颇为不屑的语气，一下子就紧紧抓住了读者的心，使人不得不仔细品味其中的含义。接下来的三句，是他对自己家世的看法，"偶然间，缁尘京国，乌衣门第"。缁尘也就是尘污，比喻世俗的污垢。容若化用谢朓"谁能久京洛，缁尘染素衣"的诗意，说明自己成长于京师的富贵人家，蒙受尘世的污浊。"偶然间"三字，说明他并不稀罕豪门贵族那繁华喧嚣的生活。在词的开头，他就坦率地将自己鄙薄富贵家庭的心意告诉顾贞观，是希望出身寒微的朋友们能理解他，不要把他看成是一般的贵族公子。

"有酒唯浇赵州土"，源自唐代诗人李贺的诗句："买丝绣作平原君，有酒唯浇赵州土。"表示自己景仰平原君，欣赏其广纳贤才的作为，而这样"见才必怜，见贤必慕"的品行，竟无人领会！"谁会成生此意"，透露出孤独落寞的悲哀之情。

前几句，作者将心情的抑郁铺展开来，这正好是为得遇知己朋友的兴奋蓄势。就在感到山穷水尽的时候，他与梁汾结识。"不信道、竟逢知己"，在"不信道"之后，又加上"竟"字，略显累赘，但重复强调意外的感觉，是为了表达自己得逢挚友的狂喜。这几句，笔势驰骤，颇得腾挪变化之妙。

接下来，是写与知己相逢的情景。"青眼高歌俱未老，向尊前、拭尽英雄泪。"青眼是高兴、青睐的眼色，容若用青眼的典故，说他们相遇时

青眼相向，慷慨高歌。但在举杯痛饮之余，又不由得涕泪滂沱。英雄失落，惺惺相惜，得逢挚友的喜悦、落拓的悲哀，一齐涌上心头。但既逢知己，俱当盛年，又何必酒酣而坠泪呢？辛弃疾有"倩何人，唤取翠袖红巾，揾英雄泪"的慨叹，容若的心情与此类似。不过，辛词中"揾"字较为含蓄，纳兰用"拭尽"一词，却是淋漓尽致地宣泄内心情感。这几句，诗人把歌、哭、笑、怒交织在一起，显得鲜明而奔放。

●后身缘、恐结他生里

人生难得一知己，有如此挚友相伴，夫复何求。虽然挚友境遇坎坷，更有远方友人颠沛流离，发配边疆，不由得悲从中来，但友谊终究会成为心灵的慰藉。

以"君不见，月如水"作为上阕的收束，它是全篇唯一的景语。那一夜，月亮皎洁，月光如水，似乎是在映衬他们无人理解的情怀，又似乎是他们友谊的见证。

纳兰从同情顾贞观、吴兆骞的坎坷遭遇入手，"共君此夜须沉醉"，这里的"须"字非常值得玩味。它说明诗人要有意识地让自己麻木。从写法上看，这一句与杜甫的名句"白日放歌须纵酒"很相似，但意境有所不同。"纵酒"不见得是大醉，"沉醉"却是醉得人事不省。为什么必须喝到这种地步呢？下面进行了回答："且由他，蛾眉谣诼，古今同忌。"在容若看来，古往今来，才识超卓之士惨遭排挤，不得重用的情况不计其数，顾贞观等人受到不公的待遇也是不可避免。不合理的现实既然已无法改变，他便劝慰好友，大家不要总是去想这些不开心的事情，一醉了事。这种一醉解千愁的做法，虽然是逃避现实的表现，但诗人愤怒的情绪却也是按捺不住的。

"身世悠悠何足问，冷笑置之而已"。古往今来，空有一身才学却无缘施展的人太多了，从顾贞观等人的遭遇中，诗人想到了自己。在污浊的社

会中，过去的生涯，毫无意趣，日后的命运，也不值一哂，因而他发出了"寻思起、从头翻悔"的慨叹。在词的开头，诗人已透露出他对自己豪门出身的不屑，这里再一次申明，是强调他与顾贞观有着相同的烦恼，对现实有着共同的认识，一起承受着不合理社会所给予的压力。在这里，反映了词人对朋友的安慰体贴及相濡以沫的态度，还有对现实生活的不满。

在激动之余，容若将笔锋拉回，用沉着而又坚定的调子抒写他对友情的无尽珍惜。"一日心期千劫在，后身缘，恐结他生里。"劫是梵语"劫波"的省略，是用来计算时间的数量词。在不期然得遇知己的时刻，他郑重表示，一旦倾心相交，友谊便会地久天长，足以经历千年万载。同时，彼此相见恨晚，只好期望来世能够继续做朋友，弥补今生错过的时间。这番誓言，灼热如火。结尾"然诺重，君须记"，再三叮咛，强烈表达着想与顾贞观世世为友的愿望。

金缕曲·慰西溟①

何事添凄咽？但由他、天公簸弄，莫教磨涅。失意每多如意少，终古几人称屈。须知道、福因才折。独卧藜床看北斗，背高城、玉笛吹成血②。听谯鼓③，二更彻。

丈夫未肯因人热④，且乘闲、五湖料理，扁舟一叶。泪似秋霖挥不尽⑤，洒向野田黄蝶⑥。须不羡、承明班列⑦，马迹车尘忙未了，任西风吹冷长安月⑧。又萧寺⑨，花如雪。

注　释

①**西溟**：姜宸英（1628—1699），字西溟，又字湛园，浙江慈溪人。擅词章，工书画。他屡试不第，后被人举荐去修著《明史》，七十岁才成为进士。又因为主持顺天乡试受牵连而死在狱中。纳兰与之交情深厚。②**藜床**：用藜（莱草）茎编织而成的床。**北斗**：指北斗七星，古代诗文当中时常用北斗比喻朝廷，所以蕴含不忘朝廷的含义。**玉笛**：笛子的美称。③**谯鼓**：指谯楼上的鼓声。古代在城门望楼之上放置大鼓，作为鼓楼，击鼓来报时。④**因人热**：指借他人之权势。热，热衷、急躁之意。**料理**：安排、安置。⑤**秋霖**：秋雨。⑥**野田黄蝶**：指郊野田间黄蝶蹉跎蹁跹的景象，可引申为家园、知己。此二句是说纵有伤情之泪，亦当洒向知己者。⑦**承明班列**：承明，承明庐，汉代侍臣值宿居住的屋子，后代指在朝为官。班列，位次，即朝班之位次。⑧**吹冷长安月**：比喻在京为官的希望破灭。⑨**萧寺**：寺庙代称，姜宸英在京时曾寓居于佛寺。

词　解

　　为了什么事情而感伤呢？既然命运不济，屡试不第，那就放开胸怀，任由上天设下苦难，不能为此来折磨自己。人生不如意事常八九，古今又有几人能够幸免。要知道，才华太高往往会减损福分。如今先生独居陋室，背高城而望北斗，笛声慷慨怨怒。与谯楼之上二更鼓声一起，响彻夜色。

　　身为大丈夫，自然应当顶立天地，不会仰人鼻息。何不学范蠡不为功名利禄所累，退隐安享湖光山色之福。这么多年来的辛酸苦累融入泪水中倾泻出来，还是洒向知己的好。不必羡慕那些在官场中钻营的人，车马繁来，争名逐利没有止境。还记得你住在萧寺时，那里绽放如雪的花朵，我会不断想念你的。

评　析

　　这一阕词，是容若写给姜宸英的，副题为"慰西溟"。姜西溟与容若结识非常早，西溟在京时，他们二人彼此之间经常进行诗词唱和，堪称莫逆之交。西溟在康熙十八年（1679）落选"博学鸿词"后，容若深表怜惜，特赋词慰勉，情出肺腑，感人至深。

　　容若说，如果要探究缘由，只能怨命运无常的捉弄、世事的颠簸，又让你再增添一段忧愁。我是清楚你的才情的，此次落第，权且当作是一次考验，人生不如意之事十之八九，古今又有几人能够幸免？你要知道，福气与才气往往不可兼得，又能奈何呢？

　　磨涅一语，源自《论语·阳货》中的"不曰坚乎？磨而不磷；不曰白乎？涅而不缁"。意思是真正坚韧的东西，是不怕因磨砺而变得脆弱的；真正洁白的东西，不怕反复浸染洗涤而会掉颜色，也不会有污渍。容若将西溟比作是在浊世当中挣扎求存的洁净君子，遇浊而不乱其身、污其心，也是勉励西溟不要丧失清操峻守，更不可因此而自我折磨，丧失志意。

　　"独卧藜床看北斗，背高城、玉笛吹成血。听谯鼓，二更彻。"这两句

是上阕的结语，仔细读来倍感其中气势苍健，意味深沉，徘徊行踞，久久难以消散。仿佛置身于一片宁静浩瀚的星空下，从远方涉水而来的深深悲怆，气血俱动，又有凉意逼近人心。

藜床，意思是藜茎编织而成的床榻，泛指简陋的坐榻，这里指隐居的陋室。北斗，古代诗文当中常以北斗来喻指朝廷。如果能远离繁华尘嚣，归隐于丛林之间，独自高枕而远离朝中纷争，吹笛赋诗而自乐流年，这是最为惬意的。容若以此句来劝慰西溟，原本是轻松怡然之境，却由于他的心底终究是苦楚的、担忧的、隐忍的、不平的，于是就流露出无奈的悲凉。

"丈夫未肯因人热，且乘闲、五湖料理，扁舟一叶"，是说西溟乃是大丈夫，自然应当顶立天地间，而神情自若，更不会仰仗别人的权势。容若相信其气度，这里，他对西溟的精神给予了肯定。希望西溟能学范蠡不为功名利禄所累，退隐安享湖光山色之福。

"泪似秋霖挥不尽，洒向野田

● 又萧寺，花如雪

时光流逝一直都是安静又迅疾的，西溟到京，转眼经年。又萧寺，花如雪。这样辗转难安的怅惘，也像是一朵不为浊世所容的冰凉雪花，静默消融在那深深的叹息中。

黄蝶"。野田黄蝶，原本指郊野田间黄蝶缱绻的景色，也可以引申为家园、知己。男儿泪，点滴断肠，为知己者而流，不是由于自身的脆弱，而是为了相知的感动。

"须不羡、承明班列，马迹车尘忙未了，任西风吹冷长安月。"承明即承明庐，指汉代侍臣值宿所居住的屋子，后为入朝为官之意。容若劝西溟，你不必羡慕京城当中忙于仕途而不断奔走的那些人，功名权力的追逐是没有止境的，不与他们同列，也并非就是坏事。这句话其实也是容若在宦途中的真切感受，与西溟共勉。

金缕曲

生怕芳樽满①，到更深、迷离醉影，残灯相伴。依旧回廊新月在，不定竹声撩乱。问愁与、春宵长短。人比疏花还寂寞②，任红蕤、落尽应难管。向梦里，闻低唤。

此情拟倩东风浣。奈吹来、余香病酒，旋添一半。惜别江郎浑易瘦，更着轻寒轻暖。忆絮语、纵横茗碗③。滴滴西窗红蜡泪，那时肠、早为而今断。任角枕，倚孤馆④。

注 释

①**芳樽**：精致的酒杯。②**疏花**：指稀疏的花枝。③**絮语**：连绵不断地低声说话。④**倚孤馆**：寄寓在孤独寂寞的会馆中。

词 解

夜深人静的时刻，醉眼迷离当中思念起了自己的故友，酒无法排解心中的忧愁，只有残灯与我相伴。从回廊上向外望去，依旧能看到一轮新月，传来纷繁的竹子摇曳的声音。长夜漫漫，而胸中的悲闷比这长夜更漫长无尽。红花摇落，花枝萧疏，这花固然孤独寂寞，但是此时的人又比疏花还要寂寞，只能任凭繁花落尽了。还是入睡吧，梦中仿佛听到你轻声呼唤。

准备依靠东风来消解哀愁，但东风吹来的是更多的哀愁。我本已为离别而消瘦，如今又偏逢这乍暖还寒的时节，于是

纳兰词

就更令人生愁添恨了。记得当初与友人一边品茶，一边谈笑，西窗边的红烛滴落点点红泪，愁绪足以让人断肠。我只能在这孤独寂寞的会馆中躺在床上，忆及当初的情景，心里更是情浓恨深。

● 惜别江郎浑易瘦

为卿相思如瘦花，偏又遇这轻寒轻暖的世界，身心竟似不堪其累。原来当年剪烛西窗，对面絮语之时，我们已在为可能到来的离别而伤心了。

评 析

　　这一首词，有人认为是怀念旧友，有人认为是悼亡之作，而这种含义的似是而非，恰好是一种很值得玩味的优点。上阕读来感觉是在怀念伊人，下阕读来则是怀念故友。一句"人比疏花还寂寞"意境清疏，用情真切。容若将自己与庭前花相比，红花落尽，花枝萧疏，这花是如此的孤寂，然而人却比这疏花还寂寞。梦中仿佛听到故人呼唤，醒来确是形单影只。在这乍暖还寒时节，回忆起当初的好时光，再看看现下的孤独寂寞，怎能不满心凄凉呢。

青眼高歌俱未老

一一三

梦江南

新来好，唱得虎头词①。一片冷香惟有梦，十分清瘦更无诗②。标格早梅知③。

注释

①**新来**：新近前来，近来。**虎头词**：指好友顾贞观客居苏州时所填之词。虎头，晋代画家顾恺之小字虎头，顾贞观与之同姓，因此这里借指顾贞观。②**"一片"二句**：此二句用顾贞观《青玉案·梅》词，"物外幽情世外姿，冻云深护最高枝。小楼风月独醒时。一片冷香惟有梦，十分清瘦更无诗。待他移影说相思。"冷香，指清香的花，这里指梅花的清香。③**标格**：风范、品格。

词解

此词借用顾贞观的词赞美其品格：近来心情很好，闲来吟诵你的词句。梅花的冷香与清瘦以及高洁的风骨正是你的写照，你的风范与品格，大概只有那冷香傲雪的早梅可称知己了。

评析

"一片冷香惟有梦，十分清瘦更无诗"，这两句清丽的对仗是这首短小的词章里最为抢眼的句子。《梦江南》这个词牌属于小令，字数很少，因此如果想要出彩，关键就在第三、四两句的对仗方面。例如大家都非常熟悉的白居易《梦江南》里"日出江花红胜火，春来江水绿如蓝"就是其中的经典。

这句词并非容若的原创，而是其好友顾贞观所写，顾贞观写了一首小词《浣溪沙·梅》："物外幽情世外姿，冻云深护最高枝。小楼风月独醒时。一片冷香惟有梦，十分清瘦更无诗。待他移影说相思。"

顾贞观把这首词寄给容若，礼尚往来，纳兰自然也回了一首。古人的诗词唱和，最常见的形式就是步韵，也就是依照对方诗词的体裁也写上一篇，韵脚的用字要与对方完全一致。纳兰这回用的是另外的形式，以《梦江南》作答，写的是读顾贞观词的感受。

开头"新来好，唱得虎头词"，"新来"也就是"近来"，"虎头词"是个不大好理解的典故，这与老虎没关系，晋代书法家顾恺之小字虎头。顾恺之和顾贞观姓氏相同，而且都是无锡人，所以用虎头来代指顾贞观，这是古人诗词里经常使用的一种修辞手法。例如吴伟业有句诗："当时只有黄公覆，西上偏随阮步兵。"黄公覆指的是三国时大将黄盖，阮步兵是竹林七贤当中的阮籍，吴伟业这句诗并不是在怀古，而是在写时事，这两个人名分别指代将军黄得功和兵部尚书阮大铖。

所以，"新来好，唱得虎头词"，就是最近很不错呀，唱着顾贞观寄来的《浣溪沙》。接下来就是直接摘引顾贞观的

●一片冷香惟有梦

梅花晶莹如玉，花开姣姣，傲雪绽放，凌霜斗雪，风骨俊傲，无数谦谦君子以之自比，在梅花的清香中砥砺品格，奋发向上，这其中蕴藏着无数文人墨客的志意与风骨，君子的标格也正从中凸显，容若与顾贞观就是其中的代表。

点睛一联了，最后一句才是容若的点睛之笔，即"标格早梅知"。

　　"标格"就是风格与格调，顾贞观表面上是写梅花，其实是在写自己，这是文人创作诗词书画的常用套路，写完了再寄给朋友，是以梅花的格调与友人共勉，并诉说思念之情。容若这一句"标格早梅知"，既夸赞了顾贞观（字面意思是梅花能够理解你的风骨气格），也表达了自己对顾贞观的相识相知之情（能够理解他的创作意图与为人品性）。

采桑子

明月多情应笑我，笑我如今。辜负春心^①，独自闲行独自吟。

近来怕说当时事，结遍兰襟^②。月浅灯深，梦里云归何处寻。

注　释

①**春心**：春景所引发的意兴或情怀。②**兰襟**：芬芳的衣襟。比喻知己之友。襟，连襟，彼此心连心。

词　解

　　此词是怀友之作：明月如果有感情，一定会笑我，笑我辜负这大好春光，独自在春色中徘徊沉吟。最近很怕说起当年的那些往事，当时高朋满座，彼此惺惺相惜。如今月夜幽独寂寞，只能在梦里寻找往日的美好时光！

评　析

　　此词是怀念友人的作品。纳兰是非常看重友情的人，广交友，善交友，志同道合的朋友数量不少。容若虽然家世显赫，但从来不以身份地位压人，"在贵不骄，处富能贫"，无论对方经济条件如何，社会地位如何，只要能有共同语言，就可以结交成为朋友，其中不乏知己好友。容若天性多情，不过，重情又往往成为他的负担。正如词中所写，怕说当年的事情，恰恰是心中害怕去面对的事情。昔日与知共度的美好时光如此欢悦，现如今的孤单冷寂相形之下更让人难以禁受。容若曾在一枚印章上刻有"自伤多情"

●独自闲行独自吟

　　容若踽踽独行，独自吟唱，怀念着当年的快意与欢乐，友人或爱人为自己带来的种种温暖，再想到如今之茕茕孑立，不由得恻然，或许只能在梦里去重温当年的情感。

四字，也正是表明他因为"多情"而时常给自己带来失落、烦恼和惆怅。

　　还有一种说法认为容若曾娶江南艺妓沈宛为侍妾，但最终被迫分离，这首词似乎是为怀念沈宛而作。以看似豁达的心态去抒写情人离去后内心的煎熬。可能也有悼亡的含义。

　　这首词与《采桑子·而今才道当时错》基本写作于同一时段。如果视其为情词，上阕以自嘲的口吻直抒自己现在辜负了心上人的一片深情厚谊，表面上看来风流自赏，其实是暗含悔恨交加之意。痛惜自己过去没能珍惜幸福时光，而今劳燕分飞，只能独自承受离别之苦。"明月多情"，责备自己的无情。如今形单影只，无人做伴，独自吟诗，却无人唱和，实在是因为自己无情，辜负了心上人一片真心。因此自怨自艾，清楚眼前的孤单落寞，理应被多情明月所耻笑，不由得悔恨莫及。

　　下阕进一步抒发悲悔之情。前两句是回顾当时两人相亲相爱的情事，如今已经不敢再提起，反衬当时相处的美好和快乐。后两句拉回到现实。面对淡淡月光，深深灯影，伊人早已远去，往事如烟，犹如楚襄王梦中的朝云，别离之后，已无处追寻，叹息情人就宛如梦里云归。自己想要补赎此前的缺憾都不可能。在这首词中，作者并没有提及自己与情人之间的具体情事，只是用抒情之笔，倾诉他此时此刻的愧悔之情。这种悔恨交加的复杂情感，是每一个有过爱情经历的男女都可以感受到的，从而引起读者

的强烈共鸣。这首词结构严谨，以明月开端，以云归结全篇，首尾呼应，将情感附着在人们早已熟悉的自然风景上，意象本身就有着非常强的感染力量。

菩萨蛮·为陈其年题照①

乌丝曲倩红儿谱②，萧然半壁惊秋雨③。曲罢髻鬟偏，风姿真可怜④。

须髯浑似戟⑤，时作簪花剧⑥。背立讶卿卿⑦，知卿无那情⑧。

纳
兰
词

注 释

①**陈其年**：陈维崧，字其年，号迦陵，江苏宜兴人。其年工诗词文赋，为清初阳羡词派之首，与朱彝尊齐名。有词1629首，辑为《湖海楼词》，著有《湖海楼全集》50卷。②**乌丝**：指陈其年之作《乌丝词》。**红儿**：杜红儿，唐代名妓，后世用以泛称歌妓。③**萧然**：空寂环堵萧然，不蔽风日，形容空虚四壁萧然，没有任何东西。④**风姿**：风度姿态。⑤**须髯浑似戟**：胡须又长又硬，怒张如戟，形容外貌威武。须髯，络腮胡子。⑥**簪花**：谓插花于冠。⑦**讶**：讶然，惊诧。**卿卿**：男女间表示亲昵的称呼。⑧**无那**：无限，非常。

词 解

此词是为好友陈维崧的题照：其年谱好词曲，令歌儿舞女谱唱。其年虽然清贫，笔下却有天风海雨，令世人为之震惊。歌儿一曲唱罢，髻鬟略偏，风姿惹人怜爱。其年长相威武，络腮胡子又长又硬，怒张如戟，然而却时常簪花为戏，风流不羁。与歌女低声笑语，诉说无限衷情。既富江湖豪气，又不无绮艳，可谓刚柔相济。

陈其年在扬州时，广东著名诗画僧释大汕为他画了张小像，名为《迦陵填词图》。康熙十八年（1679），陈其年已年逾五十，朝廷召举博学鸿词，授予他翰林院检讨，参与修撰《明史》，也把画像带到了京城，当时引得三十余位名士争相题咏。容若此阕《菩萨蛮》就是其中之一，这首词是纳兰词罕有的风趣之作，也彰显了他性格当中纯真俏皮的一面。

乌丝，是指陈其年的《乌丝词》。陈其年旅居京华时所填的词结集为《乌丝词》，词风绮丽瑰艳，非常受世人赞赏。红儿，即唐代名妓杜红儿，相传美色无双，聪慧灵悟，非一般妓女可比，后来泛指歌妓，此处是借指画像上其年旁边的歌女，意为

● 知卿无那情

李白的《长干行》中就有"妾发初覆额，折花门前剧。郎骑竹马来，绕床弄青梅"的句子，那是青梅时光里的月圆花好，情意无猜惹人美。陈其年风流倜傥，时常头上戴花吟耍于风月脂粉之中，又是何等的香软。

其年词被舞女所谱唱，可见其年的作品影响深广，是赞扬，也是打趣。

"萧然半壁惊秋雨"这一句是这阕词里最为大气而又浓墨重彩的一笔，遒劲而苍越。

容若引用"惊秋雨"的典故来映衬其年的才学。诗鬼李贺《李凭箜篌引》中有一句"女娲炼石补天处，石破天惊逗秋雨"，箜篌乐声引得补天的女娲入迷，女娲忘记守候补天处以致石破天惊秋雨倾泻，这是李贺的名句，想象力超群。容若以凤首箜篌之音来比喻陈其年的词曲——他对陈其年，真是至热至诚，情透肺腑。

容若生性当中就对女子抱有温存之心，他比照画像上的两人，一个是

玉箫丽人，一个是虬髯中年男子，不免开玩笑打趣其年"须髯浑似戟"来。容若将其年的胡须比作长矛钩戟，可谓活灵活现。

最后两句峰回路转，又写到画像中的吹箫女子。她吹罢曲子亭亭而立，又莺莺软语来嗔怪"知卿无那情"。卿卿，是男女之间彼此亲昵戏谑的称呼。无那情，即无限情。

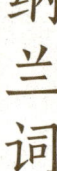

纳
兰
词

菩萨蛮·过张见阳山居，赋赠

车尘马迹纷如织，羡君筑处真幽僻①。柿叶一林红②，萧萧四面风。

功名应看镜，明月秋河影③。安得此山间，与君高卧闲④。

注 释

①**幽僻**：幽静偏僻。②**柿叶**：柿树的叶子，经霜即红。诗文中常用以渲染秋色。③**秋河**：即银河。④**高卧**：高枕而卧，比喻隐居，亦指隐居不仕的人。

词 解

　　此词表达对张见阳山居的羡慕和自己归隐山林的愿望：自己身在繁华中，门前车尘马迹来来去去，喧闹至极，而你幽居山间，实在令人羡慕。面对一片殷红的柿叶，享受四面的萧萧来风。功名利禄之事无非是镜中之月、河中之影一样，转眼即成泡影。什么时候才能跟你一样在这山间隐居，与你一起高卧于这深山云中该有多好。

评 析

　　这一阕《菩萨蛮》，没有具体的创作年代，但张见阳赴任江华县令的时间是康熙十八年（1679），因此这首《菩萨蛮》应该写在其赴任之前。张见阳在前往江华赴任之前，曾在京中西山一带隐居。

　　从词意来看，这是一个秋天，容若并非专程拜访，或是陪伴皇驾路过，他有感于见阳山居的幽僻，于是赋词一首以抒情及感怀心事。

　　通常，人在对自己所处现状不满之时，对照的心思就会凸显得愈发强烈。那一刻，他的整个情绪，都完全落入了一个"羡"字里。正值秋季，山林当中处处叶红，犹如被旖旎云霞所笼罩，林野寂寂，树叶萧萧，清风徐徐吹来，顿感四面清凉，通透怡然。面对此地此景，是如此清幽僻静，他不禁想到，自己身处繁华当中，楼台锦衣，车尘马迹，纷纷如织，又是如此的喧嚣……不由得，他便在心底产生了极为热烈的情意，又羡，又叹。

他叹道："功名应看镜，明月秋河影。安得此山间，与君高卧闲。"人生在世，功名利禄不过是镜中之花，水中之月。镜中之花多娇艳，却犹如海市蜃楼般不可得，转瞬即逝；水中月影虽明亮，但也不过是一搅即碎的幻影罢了，如果一心强求，到头来终究是两手空空，富贵荣华能够得享几时呢？如果能在此山间安然而居，与友人共同高枕山风而卧，宠辱不惊，看庭前花开花落；去留无意，望天上云卷云舒，饮酒赋诗写字作画，一生隐逸，岂不堪称神仙？

仕途之中的人若非经历过太多的争斗杀伐，也未必就会生出隐逸之心来。这是人心对自然的皈依与向往，只是有些人在中途明白了这里面的道理，有些人却至死也没有明白。

容若厌倦仕途，一心向往着隐逸的生活，这阕词里更是将这种思想表现得淋漓尽致。他一生重情，一句"与君高卧闲"，可谓是情真意切。

蝶恋花·散花楼送客

城上清笳城下杵[1]。秋尽离人，此际心偏苦。刀尺又催天又暮[2]。一声吹冷蒹葭浦[3]。

把酒留君君不住。莫被寒云，遮断君行处。行宿黄茅山店路[4]。夕阳村社迎神鼓。

注　释

①**杵**：捶衣用的棒槌，这里指捣衣声。②**刀尺**：剪刀和尺。裁剪工具。
③**浦**：水滨。④**黄茅山店**：荒村野店。

词　解

城上响起凄清的胡笳声，城下响起了砧杵声。秋天已经到了尾声，远行之人即将离去，此时离愁使人们的心里感到分外凄苦。天气转寒，天色已晚，冷风吹过了芦花荡。

举杯相劝，挽留你却终究不能留住。希望寒云不要遮断你的前路，不要隔断我遥望你离开的目光。离别之际，牵挂与思念却愈加绵长。住宿在荒村野店当中，那里有夕阳之下淳朴的村落，能听到农家祭祀时迎神的鼓声，想必旅途也不会孤单寂寞吧。

评　析

张见阳前往湖南江华赴任的那一年，容若曾写下多首诗词相送。据张见阳于康熙三十年所刻《饮水诗词集》，此篇题有副题"送见阳南行"。由此能够推断，散花楼所送的客人，正是容若的好友张见阳。

青眼高歌俱未老

一二五

那一日在散花楼前，他为他设宴饯行。城上清笳降降，城下砧杵声声。凄凄复凄凄，声音起伏而又清越想和，真是寒凉中生出悲切。秋天逢离别，是怎样的心意苦楚呢？更哪堪这秋已暮，刀尺催寒衣，冷风吹蒹葭。

　　清笳，是指凄清的胡笳声。笳，源自西域的乐器，其声音悲怆辽远，犹如大漠的彻骨荒芜，又犹如幽幽无底深井荡起的寒意，无法捉摸。所以，"清笳"之意象，经常与秋寒、离愁、羁旅等冷色意象相关联，所以古人填写一纸凄凉意，清笳是字里行间时常响彻的声音。杵，即捣衣的棒槌，古时砧杵之声往往意味着要赶制寒衣，送远方的征人。此情此景，触动了离人心中最为柔软的部分，又怎能不让送客的容若黯然伤神而"心偏苦"呢？

　　刀尺，是缝制衣服的器具，刀尺又催，是借指赶制寒衣。秋天将尽，严冬欲临，正是赶制御寒衣物的最佳时机。蒹葭浦，也就是长有芦荻的水湄。蒹葭即芦荻、芦苇，源自《诗经·秦风·蒹葭》："蒹葭苍苍，白露为霜。所谓伊人，在水一方。"

　　张见阳前往赴任的地方，刚经历了战火还没恢复，于此，容若的离别情意，依依不舍之余更增添了几分身世蹉跎的飘零之感。

　　"把酒留君君不住"，李太白云："人分千里外，兴在一杯中。"既然无法相留，只能把离愁别意斟入杯中，一饮而尽。此地距离江华，相隔又何止千里。心偏苦，留不住。距离阻断了我的目光，牵念却更加绵长。秋瑟瑟，寒云遮。君行处，暮霭沉沉，烟波远。自此后，千山万水访君难。

　　黄茅山店，意指荒村野店。"行宿黄茅山店路"与"夕阳村社迎神鼓"这两句，是容若从眼下的饯别之情而想象张见阳在旅途当中可能会见到的景象。村社，古代每年立秋后的第五个戊日称作秋社日，一般在秋分前后，农家秋收完毕之时，村落会立社设坛祭祀与土地有关的诸神。相传这样的日子在农村里非常隆重，杀猪宰羊，锣鼓喧天。神鼓，是村社祭祀时的一种民俗鼓乐。

　　容若时时处处为好友着想，心念如此细腻与纯真。最后的两句虚拟是把最苍凉寂寞的行程与扑面而来的淳朴民风彼此比照，希望好友在旅途中不至寂寞。那样的惆怅与温暖，闪耀着不锈不蚀的诚意。

金人捧露盘·净业寺观莲①，有怀荪友

藕风轻，莲露冷，断虹收②，正红窗、初上帘钩。田田翠盖，趁斜阳鱼浪香浮。此时画阁垂杨岸，睡起梳头。

旧游踪，招提路③，重到处，满离忧。想芙蓉湖上悠悠。红衣狼藉，卧看桃叶送兰舟。午风吹断江南梦，梦里菱讴④。

注释

①**净业寺**：据《啸亭杂录》云："成亲王府在净业湖北岸，系明珠宅。"所以净业寺大概在净业湖边，其旧址大概在今北京什刹海后海宋庆龄故居附近。②**断虹**：一段彩虹。③**招提**：梵语，原为"四方"的意思，后北魏太武帝造伽蓝，创招提之名，于是"招提"又为寺院的别称，这里代指净业寺。④**菱讴**：即菱歌，采菱人所唱的歌。

词解

河塘当中风轻露冷，一段彩虹消退。在小窗前卷帘挂起帘钩，窗外荷叶田田，阳光斜照。鱼儿游来游去，涌起层层绿波，荷香阵阵飘来。垂杨水岸，画阁之上，有人刚刚睡起，正在梳头。

故地重游，在净业寺中漫步，在这熟悉的地方，只是少了一个能与我共同欣赏风景的好友。此时的你，可在芙蓉湖上逍遥而乐，正在看漫天花树下，桃叶渡口兰舟渡烟波吗？午间的风吹醒了我对江南风景的幻梦，也吹断了梦里采菱人的歌声。

纳兰词

此刻，要怎样来说出这种美呢？读到这一阕词，算不上缠绵魂销或是深情一往，只是那种风露凝愁的亭亭之态，静好明澈。犹如少女撑开了油纸伞，素衣淡妆，轻风，落花。捧出一道拾级而上的美丽，越是清幽反倒越动人心魄。

　　净业寺，大概在纳兰明珠府邸附近，靠近净业湖，湖中植莲极多，岸边柳槐芳草茵茵，是结侣携觞，赏景吟赋的绝妙去处。

　　那一日，应当是雨后新晴。空气当中依稀悬浮着绚丽清馨的光影变幻，虹桥才刚隐去。一顷夏荷，袅袅气息，随风扑面。风香露净，心旷神怡。窗前卷帘，挂上帘钩，太阳光线穿透了窗格，涂抹上一层熏红的暖色调。荷叶翠，斜阳里，鱼儿在一湖波光潋滟中游动。且看垂杨烟，画阁岸，谁人睡起梳头。

　　寥寥几笔，清景无限。纳兰喜欢这韶光明媚藕风轻的旖旎景色。所以，他的笔端是带有情意来描绘这风景的。上阕词境，其主旨在景物的描绘，到了下阕，转而改为怀人。

　　"旧游踪，招提路，重到处，满离忧。"招提，原本是梵语，是"四方"的意思，音译为"佳拓斗提奢"，简称"拓提"。在汉字传写的过程中，因形近而误写作"招提"。后来北魏太武帝造伽蓝，创招提之名，后"招提"成为寺院的别称。这里是代指净业寺。故地重游，美景依旧，只是缺少了一个曾经一同赏景的人。而那个人就是严荪友。

　　"想芙蓉湖上悠悠。红衣狼藉，卧看桃叶送兰舟。"芙蓉湖，是荪友家乡无锡的一座湖，也叫上湖，又名射贵湖。桃叶，桃叶渡之意。相传东晋书法家王献之有一位爱妾，叫"桃叶"，她往来于秦淮两岸时，王献之每次都要亲自前往渡口迎送，并为之作《桃叶歌》："桃叶复桃叶，桃树连桃根。相怜两乐事，独使我殷勤。桃叶复桃叶，渡江不用楫。但渡无所苦，我自迎接汝。"此后，渡口因此情此诗而名扬千里。后来南浦渡也就改称为桃叶渡了。桃叶渡并不在无锡，这里借指风景优美的渡口。

这是对友人的怀思，同时也是对江南风光的美好想象。此时的你，可在芙蓉湖上逍遥而乐？也在看满湖的荷花，渡口兰舟渡烟波吗？那一个"卧"字，真的是将闲情逸致展现到了极致。容若引桃叶送兰舟之意境，正如他在《浣溪沙·寄严荪友》里的那句"画眉闲了画芙蓉"，带着欣羡与戏谑，这样俏皮而深情的想念，只怕荪友知道了，也会会心一笑的。

"午风吹断江南梦，梦里菱讴。"菱讴，即菱歌。"人在绿阴深处宿，午风枕箪凉如沐。"江南一寐，菱歌半曲，那是梦中才会有的清景如画。容若以这句结尾，饶有烟水迷离的兴致，呼应篇首，如风仰面，以求光影。

《金人捧露盘》这个词牌，是很少见的，《饮水词》当中仅录有这一阕，又名《铜人捧露盘引》《上西平》《西平曲》。相传调名源自唐代李贺《金铜仙人辞汉歌》诗序："魏明帝青龙元年八月，诏宫官牵车西取汉孝武捧露盘仙人，欲立置前殿，宫官既拆盘，仙人临载，乃潸然泪下。"见证过汉武昌荣的金铜仙人塑像，对故地有着极为深厚的感情，内心不愿侍奉魏明帝，又无可奈何，抚今怀昔，泪雨潸然。后乐家用其制曲，一般用于表达苍凉凄楚之音。

容若选用这一词牌来填写这样的一阕怀人作品，想必有他的婉转情意，映衬其念念之思，实在是用心良苦。

水龙吟·再送荪友南还①

人生南北真如梦，但卧金山高处②。白波东逝③，鸟啼花落，任他日暮。别酒盈觞，一声将息，送君归去。便烟波万顷，半帆残月，几回首，相思否。

可忆柴门深闭。玉绳低④、篝灯夜语。浮生如此，别多会少，不如莫遇。愁对西轩，荔墙叶暗⑤，黄昏风雨。更那堪、几处金戈铁马⑥，把凄凉助。

注　释

①**荪友**：严绳孙（1623—1702），字荪友，自号勾吴严四，复号藕荡老人、藕荡渔人。江苏无锡人（一说昆山人）。清初诗人、文学家、画家，是容若的知己好友。本篇是为荪友南归的赠别之作。②**金山**：山名，指江苏镇江西北的金山，这里代指荪友的家乡。③**白波东逝**：指光阴流逝。白波，水流，这里喻指时光。④**玉绳低**：指夜已深。玉绳，北斗七星的斗勺，位于北斗第五星玉衡的北侧，即天乙、太乙二星。⑤**荔墙**：即薜荔墙。荔，薜荔（又称木莲）的简称。象征着人格的美好与芳洁。⑥**金戈铁马**：指战争。纳兰填此词时三藩之乱刚被平定，但收复台湾、雅克萨，平定噶尔丹等战事仍在进行中，因此提及战争。

词　解

这一去南北相隔，距离遥远，等到再次相见不知要到何年何月，人生的际遇恍然如梦，醒来不知身处何处。先生且

青眼高歌俱未老

一三一

回故乡隐居吧，这之后高山日暮，遥望山河；鸟啼落花，临风而卧，任由时光荏苒，逝者如斯。送别的酒已经盛满，一声叹息，送君离去。此去残月半帆风，浩渺烟波里，是否会殷勤回首，思念今日此地送行的友人呢？

想当年我们闭门深谈直至深夜的场景，已经一去不复返了。人生就是如此无常。离别的时候多，相会的时候少，还不如当初就没有结识。你我天涯相隔，就连西苑的薛荔墙也将叶暗萧冷，独对光阴当中的黄昏落日，风霜雨雪，无比落寞。再想想如今天下战乱仍未平息，四海风波，真是更感凄凉。

评　析

"人生南北真如梦，但卧金山高处。"金山，指江苏镇江西北之金山，在这里代指荪友的家乡。荪友此次一别，南北迢迢山水远隔，再相见不知是何年何月。作者不由得感叹，人生果然是恍若一梦。"白波东逝，鸟啼花落，任他日暮。"白波，这里应当是喻指时光。这一句，是容若想象荪友南归之后的情境——闲居山林，任时间逐渐流逝，日暮相看云走山闲，鸟啼落花随风而卧。

严荪友志不在仕途，但在他任编修期间，是"纂修明史，平定三逆方略，昼夜不辍"，并"奉命典试山西，誓得真士"，称得起是尽职尽责。尽管如此，康熙二十二年，他与朱彝尊一道遭人弹劾。目睹了官场之中的各种倾轧排挤，他提出回乡，远离是非之地。离京时他写《春日荣恩予假南归》感怀："不是恩深便拂衣，涓埃生死报应稀。吴牛避热先愁喘，宋鹡冲风且退飞。十载青云双凤阙，三春红雨一渔矶。去来我亦无心者，何必从人定是非。"由此可见，荪友辞归故里之心念已很明显了。

容若懂得荪友的心。所以他说："别酒盈觞，一声将息，送君归去。"他明白此刻情意所赋予的慎重与静默。敬君一觞酒，和着我的想念与叹息，请你一饮而尽。此后，便是归途中残月半帆风，浩渺烟波里，不知老友是否会像我一样，频频思念故人？

"可忆柴门深闭。玉绳低、剪灯夜语。"容若在词的下阕开始回忆往事。玉绳低，指夜已深。玉绳，北斗七星的斗勺，在北斗第五星玉衡之北，即天乙、太乙二星。容若曾留苏友住在自己府邸中长达两年时间，情谊尤深。那样的时光如此静好，给人以触目可及的温和感。他们"既而论文之暇，闲与天下事，无所隐讳"。多少剪灯夜话仿佛犹在耳畔，而此后柴门寂寂只可追忆。

于是，"浮生如此。别多会少，不如莫遇"。在容若并不算长的一生中，似乎注定离别远多于相遇。而且，每一场离别都足以让他身心俱损。假如当初没能与你相遇，今日我还会不会如此痛苦？友情当中的羁绊从来就不逊色于爱情。

"愁对西轩，荔墙叶暗，黄昏风雨。"西轩，即西苑，苏友在容若府内的居

●更那堪、几处金戈铁马

容若一片挚诚，离恨牵念两交织，拳拳之意满溢于字里行间。他们的友谊，犹如寒秋中用彼此血液温热的酒，必然清醇千载，历久弥香。容若用自己的一字一叹息，一句一深切，在茫茫人世间，在漫漫流光当中，见证了一场灵魂中的情之滂沱。

所。两人性情相投，性灵相通可见一斑。愈是珍贵的，便愈是难忘，就连回忆一下过程，都是忧愁的。容若，他从来都不是一个乐观的人，在其内心深处积满了哀伤，此为生性，没有人能够改变得了。所以，因与苏友离别，西苑的薜荔（木莲）墙将叶暗萧冷，独对光阴当中的黄昏落日、风霜雨雪。

"更那堪、几处金戈铁马，把凄凉助。"金戈铁马，此处指兵事、战争。这一年三藩之乱刚平定，但清廷收复台湾、雅克萨，平定噶尔丹等战事依旧在进行中。国逢战乱，受苦最多的莫过于百姓。容若用结句把国事与友

情融为一体，词境从幽怨当中拓展开来，蓦地开阔起来。他们曾时常咏叹朝代的兴衰，这一句，恰与苏友所写的那句"闲语天下事"对应。而如今，他又要与谁坦荡相对，一起剪烛夜论战事，共话民生呢？这样一想，更添凄凉。

潇湘雨·送西溟归慈溪

长安一夜雨，便添了、几分秋色。奈此际萧条，无端又听，渭城风笛。咫尺层城留不住，久相忘、到此偏相忆①。依依白露丹枫，渐行渐远，天涯南北。

凄寂。黔娄当日事②，总名士如何消得③。只皂帽蹇驴④，西风残照，倦游踪迹。廿载江南犹落拓⑤，叹一人、知己终难觅。君须爱酒能诗，鉴湖无恙⑥，一蓑一笠。

注　释

①**层城**：高城。**相忘**：即"相忘于江湖"，比喻优游自得者。②**黔娄**：人名。相传黔娄家贫，不肯出仕，隐居，死时衾不蔽体。后世将其作为隐士、贫士的代称。③**消得**：受得起、禁得住。④**皂帽蹇驴**：皂帽，黑色的帽子。蹇驴，跛脚的驴。⑤**落拓**：指穷困失意、景况凄凉，又有放荡不羁的含义。⑥**鉴湖**：湖名。位于浙江省绍兴市西南，又名长湖、大湖、庆湖、镜湖等。西溟的故里慈溪位于绍兴的东北，故云。

词　解

京城里下了一夜的雨，秋天的萧瑟气息与凄凉景象更加令人伤怀。此时如此萧条，偏偏你又要离开这里，返回故乡。你我以前曾经共同相处、优游自在的日子，如今即将成为过往，怎能不让我悲伤追忆？无限落寞，眼望着西溟的身影不断远去，从此南北相隔。

这情景是多么凄凉孤寂啊，您就像古时的隐士一样，清贫而意志不改，不为世人所理解。戴着青头小帽骑着跛脚的驴子，在西风与斜阳下，满身疲倦地向前行进。江南成名二十载，却依然落拓青衫，潦倒不堪。虽说得一知音足矣，但知音是多么难以寻觅。希望您此去有酒有诗相伴，一蓑一笠，逍遥于鉴湖烟雨。

评 析

　　京城一夜雨后，秋意又浓重了几分。而秋色秋景当中充塞的萧条孤寂，还不及此刻他心里的离愁别绪来得寒凉。无可奈何，最是别离。有人无端弄风笛，声色幽幽岂堪听。王维曾写《渭城曲》："渭城朝雨浥轻尘，客舍青青柳色新。劝君更尽一杯酒，西出阳关无故人。"如此青青柳色，历经千年依旧年年相送远行人。这一杯酒，依然饮不下肚肠，执杯的人已被送别的深情哽咽住喉咙。渭城，由于这一首诗而被依附上离别的意义。

　　"咫尺层城留不住，久相忘、到此偏相忆。""层城"，即天庭，后来引申为京师帝都。"相忘"一词，有"相忘鳞"的含义，出自《庄子·大宗师》中"泉涸，鱼相与处于陆，相呴以湿，相濡以沫，不如相忘于江湖"。后来也有用"相忘鳞"来比喻那些不拘礼仪与优游自得者。昔日你我之间悠然共处已久，佛相忘于江湖，如今将要离别，别情愁绪都汹涌地弥漫上来。秋风当中，有点点滴滴的离人泪。

　　白露依依，枫丹染霜，万叶千声皆是愁。纳兰怀着无限落寞，眼望着西溟的身影不断远去。孤雁南飞，触目凄凉包含多少忧愁。他在下阕用"凄寂"过渡，宛如天地尽入一抹荒烟当中。

　　黔娄，是战国时著名贤士，齐、鲁两国都想请他做官，而他坚辞不就。齐威王亲自前去恳求，但他一意隐居，不为所动。后因家中赤贫，死时竟衣不遮体。后多为隐士、贫士以作代称。容若用此来衬托"凄寂"氛围，纵然是再豁达之人也无法禁受黔娄的凄凉晚景啊。在他心里，还是希望西溟能如其所愿，谋到一官半职而展露一腔才情抱负的。

"只皂帽蹇驴，西风残照，倦游踪迹。"蹇驴，即跛脚孱弱的驴子，西风萧瑟，夕阳残照，满是凄凉意。李白的《忆秦娥》写道："乐游原上清秋节，咸阳古道音尘绝。音尘绝，西风残照，汉家陵阙。"是多么苍茫孤寂，犹如一幅凄清的羁旅图，写照出西溟的穷困、失意、孤苦。

"廿载江南犹落拓，叹一人、知己终难觅。"容若在他的《拟古》诗当中写道："吾本落拓人，无为自拘束。偶傥寄天地，樊笼非所欲。"又曾赠诗给西溟："廿载疏狂世未容，重来依旧寺门钟"。容若"任侠怜才"，痛惜西溟的落魄与不遇，高才为世所妒，二十载依旧落拓青衿。尽管自由无牵挂，却为俗世所不容，最终不得不黯然离去，总是令人心酸的。

●久相忘，到此偏相忆

容若对友情，可谓到达了"骨肉缘枝叶"的程度。这一句，是悲叹，是嗔怨，也是欲盖弥彰，一如他那句"人到情多情转薄，而今真个悔多情"的感叹。而容若不多情，那还是他吗？

"君须爱酒能诗，鉴湖无恙，一蓑一笠。"最后，容若将心中浓浓挂牵以这一句抹开。鉴湖，这里泛指西溟的故乡。他希望西溟南归后可以珍重，依然爱酒爱诗，垂钓于光阴，怡情度日。这是他最为无奈，也是最诚挚、最美好的祝福。

凤凰台上忆吹箫·除夕得梁汾闽中信，因赋①

荔粉初装②，桃符欲换③，怀人拟赋然脂④。喜螺江双鲤⑤，忽展新词。稠叠频年离恨⑥，匆匆里、一纸难题。分明见、临缄重发⑦，欲寄迟迟。

心知。梅花佳句，待粉郎香令⑧，再结相思。记画屏今夕，曾共题诗。独客料应无睡，慈恩梦、那值微之⑨。重来日、梧桐夜雨，却话秋池。

注释

①除夕：《瑶华集》中此篇的副题是《辛酉除夕得顾五闽中消息》，故此篇应当写于康熙二十年(1681)除夕。②荔：荔粉，是古代除夕夜的一道食品，也叫粉荔枝。③桃符：古代挂在大门上的两块木板，上画神荼、郁垒二神以辟邪，至五代在桃木板上书写联语，后又书于纸代木板贴之，是为春联。旧俗除夕张贴春联以迎新年。④然脂：点燃火炬、灯烛等。⑤螺江：江名，亦称螺女江，在福建省福州市西北。**双鲤**：代指书信。⑥稠叠：稠密层叠，形容相思愁绪之深重。**频年**：连年、多年。⑦临缄重发：意谓信写好后，将封寄出，又拆开来，犹恐未尽深意。⑧粉郎：傅粉郎君，即心爱的郎君之意。**香令**：本意指三国魏荀彧，这里指顾梁汾。⑨慈恩：慈恩寺的简称。**微之**：元慎，字微之。此处借指顾梁汾。

词解

　　新春将至，守岁的粉荔枝已装盘，春联马上就要更换，此刻不禁思念起远方的友人。遂点燃灯烛，提笔而赋。正在此时，欣喜地收到了老友寄自词中的书信，急忙展开来捧读那动人的新词。多年的离愁别绪，在这匆匆书写的一纸信文中是难以说尽的。我仿佛看到你将信写好后，封缄准备寄出，又拆开来，犹恐未尽深意，因此这封书信才姗姗迟至。

我们两心相知。往来酬赠的梅花词句，满是你我之间的怀思。记得往年今日，我们曾在画屏前共题诗句；而此时此刻，你应是像我一样，因思念而辗转难眠吧。就像当年乐天与微之同梦慈恩寺，千里神交莫过于此。待他日重逢，梧桐夜雨之时，剪烛西窗，那时定然会一起追忆今日的情景。

评　析

那一日是除夕，即将万象更新，一派繁华与喧闹的景象。可越是如此，容若心中的怀念就越发强烈。睹物思人和触景生情都是非常自然的事情，于是，他燃灯提笔，准备写信给远方的友人。

荔粉，是古代除夕夜的一道食品，也叫粉荔枝。据说桃木具有压邪驱鬼的作用，古人在辞旧迎新之际会在桃木板上分别画上"神荼""郁垒"二神的图像，悬挂在门首，目的在于祈福灭祸，后来又因人们把春联贴在桃符上，桃符也代指春联。

"喜螺江双鲤，忽展新词。"螺江，位于福建西北部，这里指梁汾的所在地。双鲤，即书信。

正在此时，收到了梁汾自远方的来信。展信读之，情辞绵密，想必是长久以来的思念无法尽述。我仿佛能见到你封缄信件准备寄出，却又拆开来再度提笔的情景。相必正因如此，书信才迟迟来至吧。

心知，也唯有心知，心有多宽广，也就有多微妙。梅花佳句，应指梁汾写的《浣溪沙·梅》，容若以《梦江南》回复。他们犹如严寒中怒放枝头的两朵傲世梅花，两两相望，惺惺相惜。知己二字，不过如此。

粉郎，本意指三国的何晏。据说他生得极为俊美，面如白玉。魏文帝怀疑他抹了粉，在炎炎夏日命他喝热汤，他出汗后用衣袖拭去汗水，面容依旧白净。香令，指三国时的荀彧。他到别人家中后，所坐之处三日生香。后世用粉郎香令来借指风流高雅之士，在这阕词里，容若意在表明自己与梁汾都是儒雅名士。

他们曾经一起题诗画屏，每一寸光阴都是那般契合投机。而如今，梁汾远在闽中，想必也是睡意阑珊，像我一样沉浸在无可排遣的思念中。所以容若说，"独客料应无睡，慈恩梦、那值微之"。

慈恩，即慈恩寺。微之，指唐朝元稹。元和四年（809），元稹奉旨在外地时，白居易与名辈游览慈恩寺，小酌花下后寄了一首诗给元稹："花时同醉破春愁，醉折花枝当酒筹。忽忆故人天际去，计程今日到梁州。"后来元稹也寄《梦游》诗："梦君同绕曲江头，也向慈恩院院游。亭吏呼人排去马，忽惊身在古梁州。"真可谓千里神交，合契无隙。元稹与白居易，世称"元白"。白居易有言，"所得惟元君，乃知定交难"，堪称至交挚友。

因此，容若引用元白的友谊来比喻他与梁汾之情，真是心念厚重，情辞深婉。与元白一样，容若和梁汾"不为同登科，不为同属官"，却也同样"所合在方寸，心源无异端"。默契与知己，正是他们悠悠情谊的最好概括。

容若应当是非常喜爱李商隐那首《夜雨寄北》，剪烛西窗，夜话秋池的安谧默契，长期以来都是他向往的。于是，他用一句"重来日、梧桐夜雨，却话秋池"收束全篇，作为一个温馨的结尾，宛若他深邃犹如幽井般的期盼眼神，铺满了与重逢遥遥相望的日子。

瑞鹤仙·丙辰生日自寿，起用弹语句，并呈见阳①

马齿加长矣，枉碌碌乾坤，问汝何事。浮名总如水。拚尊前杯酒，一生长醉。残阳影里，问归鸿、归来也未。且随缘，去住无心，冷眼华亭鹤唳。

无寐。宿醒犹在②，小玉来言③，日高花睡。明月阑干，曾说与，应须记。是蛾眉便自、供人嫉妒，风雨飘残花蕊。叹光阴、老我无能，长歌而已。

注释

①**丙辰**：康熙十五年（1676），此年纳兰22岁。**弹语**：指纳兰好友顾贞观《弹指词》（《金缕曲·丙午生日自寿》）。**见阳**：张见阳，即张纯修，容若好友。②**宿醒**：宿醉，谓醉酒而经宿尚未全醒。③**小玉**：原指神话中仙人侍女之名，此处代指侍女。

词解

年龄渐长，自问在这莽莽乾坤中，在这大千世界里，徒自碌碌无为，所营何事！浮华的虚名犹如流水般易失去，甘愿用杯酒麻痹自己，沉醉一生。夕阳西下，问那些离去的人们何时能够归来。顺应自然，与世无争，及早退出仕途吧。

因为宿醉而难以入眠，侍女来唤时已经天色大亮了，而我还在酣睡。我在月明凭轩之时，曾与友人说，凡是出众的人才，便自然要遭人嫉妒，犹如那美丽的鲜花遭遇风雨的摧

残一样。感叹光阴流逝，依然无力做些什么，只能高声长歌
当哭而已。

评析

词题当中说的"起用弹语句"，是说容若借用顾贞观《金缕曲》（丙午
生日自寿）里的起句——"马齿加长矣"。

《金缕曲》（丙午生日自寿）是顾贞观在自己30岁生日时所写，当时
顾贞观只是七品小官，怀有满腔经纶济世宏愿，却难以施展，于是借自寿
词抒发自己的郁愤，有年华虚度、怀才不遇之感。

"马齿加长矣"，是指马的牙齿逐年生长，时光匆匆流逝，转瞬又是一年。
细细思来，令人惆怅不已。

顾贞观写："向天公、投笔试问，生余何意？不信懒残分芋后，富贵
如斯而已。"容若回应："枉碌碌乾坤，问汝何事。浮名总如水。拚尊前杯
酒，一生长醉。"两人之所以能够成为忘年之交，是由于性情相投。懒残

分芋，讲的是唐朝名臣李泌被奸
臣迫害隐居南岳时遇到一位懒残
禅师，李泌通音律，可辨音中吉
凶，一夜闻懒残禅师唱梵，先凄
婉后喜悦，他想，这应当是吉兆，
便前去拜谒懒残禅师，懒残禅师
将从牛粪火中拨出的一个芋头吃
了一半后，将剩余的部分递给李
泌吃，并说："慎勿多言，领取
十年宰相。"后来李泌下山，果
然如这位禅师所言，当了十年的
宰相。顾贞观引用懒残分芋的典
故，以表达自己的一腔壮志雄心。

当年容若尽管考中了进士，

●冷眼华亭鹤唳

容若想来是在对仕途生出悔意之余，无可
奈何便顺其自然，也不打算再挣扎，只能随缘
发展，也算得上是一种冷眼的超然了。

纳兰词

一四二

却只是当了皇帝身边的一名侍卫，这显然与他心中的志意不符。此外他原本就心性淡泊，不愿汲汲于利禄，对宦海也心生厌倦。人说一醉解千愁，倘若真能如此，他宁愿一生长醉不醒。容若对仕途已经生出深切的悲凉之意，叹乾坤朗朗之下，自己却只能出任庸碌之职，能够有何作为呢？前程心思尽皆茫然，如此死灰般了无希望，可谓是哀莫大于心死。

关于华亭鹤唳，是说西晋陆机文采出众，成都王司马颖爱才，重用了陆机。讨伐长沙王司马乂时，成都王命令陆机担任主帅，陆机请辞，成都王不允。陆机大败后受人诬陷，成都王于是命人将其诛杀。陆机临刑前忆起往事，与其弟陆云在进入洛阳之前常游览华亭墅中的光景，感慨道："预闻华亭鹤唳，可复得乎？"仕途多艰难，与其孜孜以求，不若冷眼旁观。

点绛唇·寄南海梁药亭①

一帽征尘，留君不住从君去。片帆何处，南浦沈香雨②。

回首风流，紫竹村边住。孤鸿语，三生定许③，可是梁鸿侣④？

注 释

①**梁药亭**：梁佩兰（1630—1705），字药亭，别号柴翁，广东南海人。清初著名诗人，与屈大钧、陈恭尹并称为"岭南三大家"，是容若的忘年之交。②**南浦**：南面的水边，后泛指送别之地。③**三生**：佛家语。指前生、今生、来生。④**梁鸿**：指东汉人梁鸿。

词 解

　　远行的尘土覆盖了帽子，无法挽留你只能任由你离去。你即将千里迢迢返回南海之地。

　　回顾我们过去一起相知相交的日子，快意人生。您是梁鸿一般的高士，希望我们能约结三生三世的情谊。

评 析

　　康熙二十年（1681），容若的忘年之交梁药亭仕途不利，所以离京返还广东老家，于是，容若题写这一阕《点绛唇》作为寄赠，情之深切，念念于心。

　　"一帽征尘，留君不住从君去。"他又一次面对友人之间的离别，挽留二字显得过于苍白，梁药亭已决意离去，他即便有再深的不舍与眷恋，也只能尊重友人的决定。一路之上，马蹄声声，车轮辘辘，风霜劳顿，尘灰

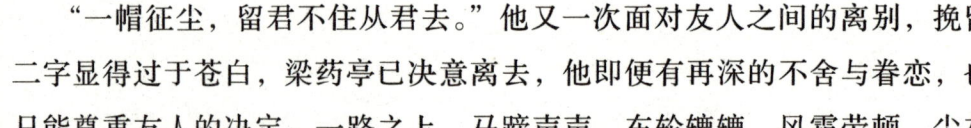

沾衣。"征尘"，这个词似乎天生就是为了衬托离别而生。

《点绛唇》这一词牌又名《南浦月》，容若在选择词牌时也是有其情意在其中的。南朝江淹的《别赋》里也写道："春草碧色，春水渌波。送君南浦，伤如之何！"春色霜华交替，南浦，总是离人心头最为寂寂的一个渡口。于是容若写道"片帆何处，南浦沈香雨"。沈香雨，也就是沈香浦之雨。沈香浦位于广州市西郊江滨，相传晋代广州刺史吴隐之曾投沉香于此处，故而得名。而药亭这次返回的地方正是南海。

● 孤鸿语，三生定许

容若与药亭亲近，以自己的一颗纯和之心与他成为挚友。在药亭隐居的村落，他们没有所谓的地位身份的差异，有的只是简单而又浓烈的知己相惜之情，饮酒作赋，赏景畅谈，赤诚以对，称得起是人生一桩乐事。

"回首风流，紫竹村边住。"回首往事，共同欣赏了多少风月美景，度过了多少闲逸的时光。梁药亭与容若感情深厚，他在《赠成容若侍中》诗中写道："及尔见君子，和颜悦且康。顾念我草泽，自忘躬貂珰。"

结尾，"孤鸿语，三生定许，可是梁鸿侣？"梁鸿，指东汉梁鸿。相传梁鸿从小家境贫寒，又身处乱世之中，幼年便懂得卷席葬父。他有着最高尚的节操，忠诚贤能，并写有《五噫歌》，讥讽统治者的奢靡生活。梁鸿不愿在朝廷为官，后与妻子孟光隐姓埋名共同隐居在霸陵山中，荆钗布衣，耕织为业，咏读诗书。容若认为药亭是梁鸿式的超卓人物，尽管境况困窘，但性情高洁，才华横溢，隐于山水之间，更是让人生羡。

他也是在想着"还待故人来"。后来他邀请梁药亭北上来京师。直至康熙二十四年（1685）五月，容若病重的前一日，他还曾与药亭、梁汾、天章、西溟等至交一起饮酒小聚，赋咏《夜合花》诗。

梁药亭可以说是陪伴他走过生命最后时刻的人。假如三生定许，他们还会约定来世再结友谊，知己一生。

金菊对芙蓉·上元①

金鸭消香，银虬泻水②，谁家夜笛飞声。正上林雪霁③，鸳瓦晶莹。鱼龙舞罢香车杳，剩尊前、袖掩吴绫④。狂游似梦，而今空记，密约烧灯⑤。

追念往事难凭。叹火树星桥⑥，回首飘零。但九逵烟月，依旧笼明⑦。楚天一带惊烽火⑧，问今宵、可照江城。小窗残酒，阑珊灯烛⑨，别自关情⑩。

注释

①**上元**：上元节，即元宵节。②**金鸭**：铸造为鸭形的铜香炉，此处指熏香。**银虬**：古代一种计时器。③**上林**：上林苑，秦、汉时的皇家宫苑，后泛指帝王之宫苑园囿。**雪霁**：雪后放晴。④**鱼龙舞**：古杂戏。**香车**：谓女人所乘之车。**吴绫**：指产于杭州一带的丝织品。⑤**烧灯**：即燃灯。古诗词中专指元宵之夜的灯火。⑥**火树星桥**：形容元宵日灯事之景。⑦**九逵烟月**：谓京城之通衢大道上，烟云缭绕，月色朦胧。九逵，京城之大道。**笼明**：指月色微明。⑧**楚天**：本指楚地的天空，后泛指南方的天空。⑨**阑珊灯烛**：指灯火将尽，烛光微弱。烛，同"炮"，烧残的灯火。⑩**关情**：动情。

词解

房内的熏香已燃去了大半，计时的银虬滴漏上，又新换了一个刻度，屋外夜色中传来悠远的笛声。大雪初晴，但皇家园林的高墙鸳瓦之上，仍然是一片雪光。街市上的灯火歌

纳兰词

●阑珊灯灺，别自关情

　　容若那细腻而又情感深邃的心意，时刻牵挂着挚友。然而有相聚便有别离，纵然有再多的书信，再多的诗词，也消融不了此刻他心头凝结的无尽悲凉愁绪。

舞，宝马香车均已散去，只余我一人独自饮酒。想起当年的疏狂畅游，仿佛大梦一场。如今只记得和你一起相约赏灯的情景。

　　往事成空，追忆难凭。昔日的火树银花不夜天，转瞬间已是随风星散了。只有京城大道上，仍有烟云萦绕，一轮圆月清影朦胧，平和微明。而南方此时正逢战事，烽火不绝，你所在的江城是否也有这样一轮宁静的明月呢？小窗之下，酒意阑珊，灯火将熄。故人旧事萦绕心间，一时百感交集。

评析

　　《金菊对芙蓉》，这个词牌华美而清妍。题副是《上元》，容若的这篇词是以咏节为表象，其实是表达怀人思想，寓情于景，婉转深沉，情深意切。上元，即上元节，时间为农历正月十五日，即我们今天常说的元宵节。

　　容若一生重情，在上元佳节忍不住挂念着远方的挚友张纯修。张纯修，直隶丰润人，汉正白旗籍，字子敏，号见阳。画山水，工书法，善刻印。后来官至庐州知府。容若与之交往甚密，经常有书信往来，犹如兄弟一般。容若离世之后，张纯修为其辑刻《饮水诗词集》并作序。

　　词中有一句"楚天一带惊烽火"，此篇约作于康熙二十年（1681），即三藩平定之前。上元佳节，本该是亲朋好友一起团圆欢聚的日子，这更让敏感多情的容若黯然神伤。张见阳时在湖南为官，距离三藩战事，烽火连天之地并不太远。容若牵挂友人，佳节思及往事，思念之意萦结于心。

已惯天涯莫浪愁

对官场的感叹与羁旅之思

  容若的父亲纳兰明珠是康熙年间的一代权臣，在智擒鳌拜、平定三藩等一系列重大事件中功勋卓著，是康熙皇帝信任的重臣。容若身为其长子，仕途之路水到渠成，这一点是令无数人艳羡的。容若也渴望能够一展宏图。

  当了六年侍卫后，在康熙二十一年冬天，他奉旨出使梭伦。对梭伦地区的少数民族部落传达康熙的旨意，这是康熙帝在平定三藩之乱后，着手安定北部疆土的手段。容若此去不仅是宣旨那么简单，还要打探对方虚实，提防附近强大的准噶尔部的势力，并提供情报，为清政府制定对当地部落的政策做参考。返回后，容若就此次出使向康熙帝做了秘密汇报，随后清政府对准噶尔部采取了强硬的措施，而两年后，梭伦派使团前来朝贡，随后康熙帝御驾亲征，平定了西北，容若此次出使发挥了巨大的作用。

  虽然容若成功完成了艰巨任务，但他在塞外的日子里，始终想念着家人，也萌生了对官场的厌倦，并写下了大量的词章，抒发自己的羁旅之情。

采桑子

桃花羞作无情死，感激东风。吹落娇红^①，飞入闲窗伴懊侬^②。

谁怜辛苦东阳瘦^③，也为春慵^④。不及芙蓉，一片幽情冷处浓。

注　释

①娇红：嫩红，鲜艳的红色。这里指花。②懊侬：烦闷。这里指烦闷的人。③东阳：指南朝沈约。因其曾为东阳守，故称。④春慵：春天的懒散情绪。

词　解

桃花并非无情地死去，在这春阑花残之际，艳丽的桃花被东风吹落，飞入窗棂，陪伴着伤情的人共度残留的春光。有谁来怜惜这像沈约般飘零殆尽、日渐消瘦的身影啊，为春残而懊恼，而慵懒无聊。比不上芙蓉花，那一片幽香在清冷处更加浓重。

评　析

这首《采桑子》，看起来仅仅是一首常见的伤春自怜的小令，其实是暗藏玄机。

"桃花羞作无情死"是从桃花的角度而言，接下来，"感激东风"是从观赏花朵的人的角度而言的。感激东风，把娇艳的桃花吹落，没有让它委顿于尘土泥泞之中，而是吹动它飞入了容若的小窗，让它来陪伴这位正陷于烦恼郁闷当中的才子。懊侬，即烦恼、懊恼，这里指处于烦恼中的作者。

已惯天涯莫浪愁

一五三

下阕"谁怜辛苦东阳瘦"，是容若对自身状况的概括。东阳瘦是南朝沈约的典故，沈约是当时著名的美男子，而且才华横溢，因曾担任东阳守，所以被称为东阳。沈约在书信中曾谈到自己因为忧愁而日渐消瘦，腰围清减，此事演变为典故，被称为"沈腰"或"沈郎腰"，用来形容因憔悴而清瘦。

容若用沈约的典故，也是说自己和沈约相同，因愁闷而憔悴，无力出门，故而需要那窗外飞来的多情桃花相伴。

"春慵"，是说自己之所以清减消瘦，只是因为春天将尽。但事情并不是那么简单。此时的容若尽管年纪还轻，但在十八岁时就中了举人，次年春闱，容若也同样金榜题名，接下来最重要的殿试时，容若却寒疾突然发作，让他无奈放弃了考试。

苍天是无情的，所以容若幻想着桃花是有情的，假如春天就这样过去，下一次殿试就需要等到三年之后了。而他的这次生病，直到春天结束才痊愈。所以，容若这首词里的伤春、"懊侬"与"春慵"就是因此而发。

"不及芙蓉"，自然也是在这一背景下有感而发。从这个角度来猜想，芙蓉不是指芙蓉花，而是指"芙蓉镜"的典故。

相传唐代李固在科举落第之后到蜀地旅游，遇到一位老妇人，她预言他第二年能够在芙蓉镜下金榜题名，二十年之后还有拜相之命。李固第二年再次参加考试，果然金榜题名，而诗赋题目有"人镜芙蓉"一语，正好对应那老妇人的预言。二十年之后，李固也果然拜相。容若说"不及芙蓉"也就是暗指没能芙蓉镜下及第。后面提及"一片幽情冷处浓"，正是抒发自家的懊恼之"幽情"，惟有飘零的桃花陪伴自己。

生查子

鞭影落春堤①，绿锦鄣泥卷②。脉脉逗菱丝，嫩水吴姬眼③。

啮膝带香归④，谁整樱桃宴⑤。蜡泪恼东风，旧垒眠新燕⑥。

词　解

词上阕写骑马游经春堤，堤岸与春水之景：马鞭的影子投落在春堤上，鄣泥微卷，春日的水面碧绿如锦。菱丝蔓蔓，缠绕交织，仿佛脉脉含情，嫩绿的春水好像是吴姬的眼波。

下阕写踏青归来后：骑着骏马带香而归，该去赴新科进士的樱桃宴了。蜡泪恼怨着撩拨烛火的东风，却不见旧巢已有新来燕。

评　析

容若此词，写作时间是康熙十五年春。那一年，经历了三年痛苦而又漫长的等待，容若最终在殿试中考取进士，并被授予三等侍卫的官职。这样的扬眉吐气，是无数读书人终其一生都不能企及的境遇，而容若那一年

●脉脉逗菱丝，嫩水吴姬眼

　　容若此时正是春风得意，无尽欢欣的时刻，大好前程，尽展抱负的时候即将来临，怎能不欣喜？我们看完这首词后，再对比他此后的诸多忧郁词作，仿佛看到了容若心路历程的转变。

只有22岁，家世显赫，文武双全，又正值青春年少，可谓是春风得意马蹄疾。

　　清代词人吴绮为《饮水词》作序时，写道："非慧男子不能善愁，唯古诗人乃云可怨，公言性吾独言情，多读书必先读曲。嗟乎，若容若者，所谓翩翩浊世佳公子矣。"

　　"脉脉逗菱丝，嫩水吴姬眼"，极尽春水春色之神韵，映衬出堤上之人的心旌摇荡。

嫩水，即春水。杜牧《早春赠军事薛判官》诗："晴梅朱粉艳，嫩水碧罗光。"王安石《和平甫春日》："溪谷溅溅嫩水通，野田高下绿蒙茸。"我们不得不佩服古人用词的大胆新奇，非常富有想象力。嫩，指春水的神韵，更有观者之怜爱。以人喻水，以水喻人，也属于常理。若把西湖比西子，淡妆浓抹总相宜。

　　吴姬眼，令人心驰神往。想来，江南女子的眼神，虽不似洛神的明眸善睐那样风神俊朗，也定有无限柔美，别样风情。唐代诗人吴能《吴姬》诗之一，有"夜锁重门昼亦监，眼波娇利瘦岩岩"。眼波娇利，是妩媚动人的样子。瘦岩岩，也让人生出无限的遐想，那是怎么样盈盈一握的腰肢啊！谁见能不犹怜呢？

浣溪沙

已惯天涯莫浪愁[①]，寒云衰草渐成秋。漫因睡起又登楼[②]。

伴我萧萧唯代马，笑人寂寂有牵牛。劳人只合一生休。

①**浪愁**：空愁，无谓地忧愁。②**漫**：副词，莫、不要。

词 解

　　此词写离恨和埋怨：已经习惯了天涯漂泊就不要再无谓忧愁了，秋来一片衰草寒云却平添人的愁绪。不要因为睡醒了无聊又去登楼远眺，那样只会徒增烦恼。陪伴我的只有代马的长嘶声，人间的寂寞孤单，连牛郎星也会为之发笑，毕竟牛郎还能与织女一期一会呢！忧愁的人，恐怕一辈子都只能如此烦闷了。词中颇含怨情，怨恨长期奔走天涯，有家不得归，有妻不得伴。

评 析

　　这是一首抒发离愁与埋怨的词，第一句"已惯天涯莫浪愁"，"浪"是空自、无谓的意思，这句是说自己常年在外公干，天涯海角地到处走，已经习惯了这种生活。

　　接下来"寒云衰草渐成秋"，从字面上看，这是从心理描写转移到景物描写，但其实是利用第二句来强化第一句所要传达出的情绪：这样操劳的生活成年累月，天气渐冷，已经临近秋天了，周围一片肃杀景象，既是写周围的景色变得荒芜，也是在写自己的内心变得荒芜。

"漫因睡起又登楼"，"漫"字是"随便""散乱"的意思。这句话在字面上看，不过是动作描写，其实是起到传达情绪、深化情绪的作用。"登楼"是诗词当中一个常见的典故，东汉时期，"建安七子"之一的王粲登上荆州麦城的城楼，在楼上看世界，视野与楼下完全不同，感慨之情勃发，于是写下《登楼赋》，成为一代名篇。后来"王粲登楼"之典常为人援引，后世诗歌中的"登楼"之叹一般都与岁月蹉跎、壮志消磨相关。

这一句中，一个"又"字传达出作者百无聊赖的情绪。这更是一处妙笔："漫因睡起又登楼"，即称"又"，显然之前已经多次登楼独眺了。每次情绪都愈发落寂伤怀，因而告诫自己莫再因"睡起"而"登楼"。起床和登楼之间本来没有必然的逻辑关系，作者的百无聊赖却因此而一句道出。

下阕以一个对仗句来说明自身处境："伴我萧萧唯代马，笑人寂寂有牵牛。""代马"，严格意义上是说代地的马，代地位于山西北部，古代设为代郡，以盛产马匹而闻名，这里是泛指各类马匹。"牵牛"是指和织女星隔着银河相望的牛郎星。和我做伴的只有马匹与漫漫旅途，和家人犹如牵牛星与织女星般难以见面。

这两句语意凄凉，特别是第二句，牛郎织女一年只能相会一次本来就够凄惨了，但最起码每年都有固定的一天能够见面，而容若与家人却没有固定的相会之期。

最后一句"劳人只合一生休"，这里的"劳人"，很多人理解成劳苦之人、在外奔忙的人，这是错误的。"劳人"的意思是忧劳的人。这句话的意思就是我的忧虑与劳碌只怕今生都不能停止。

采桑子·塞上咏雪花

非关癖爱轻模样[1]，冷处偏佳。别有根芽[2]，不是人间富贵花。

谢娘别后谁能惜[3]？飘泊天涯。寒月悲笳[4]，万里西风瀚海沙。

注 释

[1]**癖爱**：癖好，特别喜爱。[2]**根芽**：比喻事物的根源、根由。[3]**谢娘**：晋王凝之妻谢道韫有文才，后人因称才女为"谢娘"。她曾因咏雪的名句"未若柳絮因风起"享有盛名。[4]**悲笳**：悲凉的笳声。笳，古代军中号角，其声悲壮。

词 解

这是一首咏雪词：我并不是偏爱雪花轻舞飞扬的姿态，而是钟爱它的清冷。虽然名为花，却有非同寻常的"根芽"，因为不是人间的富贵之花。谢娘故去之后还有谁真的了解它，谁能怜惜它呢？它在天涯飘荡，看尽冷月，听遍胡笳，感受到的是西风遍吹黄沙的悲凉啊。

评 析

这首《采桑子》是容若在出使塞外时写下的一首词，词在表面上是吟咏塞外的雪花，他一开篇就说"非关癖爱轻模样"，我们见到雪花在天上飘飘洒洒的样子，无根无凭，对这种常见的事物，一般人可能会爱它的美丽轻盈。但是纳兰却和普通人不一样，他说雪花的好处在于什么地方呢？

"冷处偏佳"。也就是雪花的优点在于不喜欢凑热闹,只有在极为寒冷的冬天里,在百花全部凋零的时候,雪花才能够绽放出惊人的美感。"别有根芽"的这个"根"其实是在说它这种高洁而卓尔不群的品格,雪花的这种高洁品格,又有谁会懂呢?除了容若之外,还是有一个人会懂的,这个人就是纳兰的异代知音,"谢娘别后谁能惜"。谢娘指的是东晋的大才女谢道韫,谢道韫身出名门,是东晋安西将军谢奕的长女,宰相谢安的侄女,也是晋代名门望族谢氏的著名才女,自幼接受良好的教育。《世说新语》中写道:谢安在一个下雪天和子侄们讨论能用什么东西来比喻飞雪。侄子谢朗说"撒盐空中差可拟",谢道韫则说"未若柳絮因风起"。因其比喻精妙而得到了大家的称许。"咏絮之才"也成为后世对富有文才的女性的常用褒奖之语,《三字经》里说"蔡文姬,能辨琴。谢道韫,能咏吟",就是出自这个典故。《红楼梦》第五回,在薛宝钗与林黛玉的判词中说"可叹停机德,堪怜咏絮才。玉带林中挂,金簪雪里埋",也是借用这一典故。

容若在这里是借谢道韫这位才女,把她比作另外一个人,这个人是他的妻子卢氏,卢氏去世后,还有谁能够跟纳兰自己一样欣赏雪花的这种高洁品性呢?已经无人了,在纳兰看来,在卢氏去世后,他已经没有知己了。"不是人间富贵花",是否是纳兰对人生悲剧的一种深刻认识呢?

自唐代以来,人们大多以牡丹、海棠作为富贵之花,容若却盛赞雪花

●万里西风瀚海沙

容若喜欢的是精神层面的至清至洁;他向往的是冷月相伴下的天涯漂泊,是灵魂的自由。白雪拥抱着苍茫黄沙,从天堂投身到此,做彼此最为亲密的接触。

自有风骨，别有根芽，不同于俗世的各类花朵。这并非故作惊人之语，而是他的心性确实有别于众人，容若一生心境始终处于敏锐而孤独的状态。清冷寂寞的雪花，或许正契合他的心境吧。

采桑子·九日①

深秋绝塞谁相忆②，木叶萧萧。乡路迢迢③。六曲屏山和梦遥④。

佳时倍惜风光别⑤，不为登高。只觉魂销。南雁归时更寂寥。

注释

①**九日**：即农历九月九日，是为重阳节。逢此日，古人要登高饮菊花酒，插茱萸，与亲人团聚。②**绝塞**：极远的边塞。③**乡路**：指还乡之路。**迢迢**：形容遥远。④**六曲屏山**：曲折的屏风。⑤**佳时**：美好的时光，良辰。

词解

此词是佳节塞外思亲之作：在这深秋的遥远边塞，有谁在记挂着我呢？落叶纷纷，乡路渺渺，归期无日，只有在梦中才能回到故里了。重阳佳节，故园正风光美好，这就更令人倍增离愁别绪。想到这些只觉得黯然销魂，看大雁南归时更觉寂寞寥落。

评析

容若一向柔情细腻，这阕《采桑子》却写得十分简练萧疏，将边塞秋景和旅人的秋思完美地结合起来。仅用寥寥数十字写透了天涯羁旅之人的离情惆怅，十分干脆利落。

上阕描写秋光秋色，木叶萧萧，"六曲屏山和梦遥"，屏上的故园山水，只有在梦中才能相见了。同时，"六曲屏山"也隐示着归程的曲折迢

纳兰词

一六二

遥，相思变得有如流水般低回婉转，意境深远。时逢佳节，愈发想念故乡月光，然而不为登高，只觉魂销，这种仿佛雨打残荷般萧疏的句子，轻描淡写地把王维"每逢佳节倍思亲"的诗意化解成词意，似有若无，恰到好处。最后一句也像南雁远飞般空旷，余意不尽。大雁能够自由飞回故乡，人却在这深秋的绝塞路上无法归去，见鸿雁南归，那一刻的寂寥之意，怎能不令人销魂呢。

●六曲屏山和梦遥

长相思

山一程，水一程。身向榆关那畔行①，夜深千帐灯。

风一更，雪一更。聒碎乡心梦不成②，故园无此声。

注释

①**榆关**：山海关，古称渝关、临榆关、临渝关，明代改名山海关，其地古有渝水，县与关都以水得名。**那畔**：那边。②**聒**：吵闹之声。**乡心**：思念家乡的心情。

词解

这是词人随驾出关时的感受：一程又一程的山水从眼前流过，我们正一点一点地向关外行进，夜深了，部队安营扎寨，千万盏烛火从行军帐中透出来，景色煞为壮观。夜半风雪交加，搅碎了我那颗思乡之心，家乡的庭园里是听不到这种声音的啊！

评析

康熙二十年，三藩之乱平定。翌年三月，康熙皇帝出山海关前往盛京以此告祭祖陵，容若作为侍卫扈从。本篇即作于此时。整首词，句句都渗透着对故乡深深的眷恋之情。

上阕，"山一程，水一程。身向榆关那畔行"，指出了作者的行程与路途方面的遥远，一个"那"字，表现出作者远离家乡日夜兼程地向关外行走时，对故乡的依恋与渴望，离愁别绪伴随着远行的脚步逐渐浮现出来。

"夜深千帐灯"，景物描写显得新颖壮阔，它所描绘的并非某一个点，或者是某一个面，而是开阔的立体空间，是远距离上的充分透视，将一幅军队驻扎图栩栩如生地展现在眼前。它们让人不由自主地回忆起故园窗前灯的浪漫与温馨。与故园的灯火相比，此时的灯火多了几分寒冷，少了几分温情。

如果说上阕是在对景物的描述当中渲染着若隐若现的思念之情，那么下阕则将这种思念推到了极致。

在风雪交加的晚上，旅途上的鞍马劳顿，生活方面的枯燥，都无法让作者立即入睡。表面上看是对羁旅生活还没有完全适应，山海关外气候的恶劣，是帐外风一更，雪一更的萧瑟凄冷，打搅了词人的清梦，在家乡是听不见这种萧瑟之声的。实质上，是对家乡深切而又执着的思念，对家乡生活点

●聒碎乡心梦不成

夜晚深黛色的夜幕下，千帐竞立，万灯闪耀，该会是何等雄壮与豪迈。然而辽阔的灯光与思乡之情是紧密联系在一起的，这又在雄壮与豪迈当中平添了几分雅致与缠绵，清冷与寂寞。

点滴滴的细致回忆。故乡所熟悉的一切都在这寂寞的夜晚逐一闪现，使得词人辗转反侧，深夜难眠。最后一句"故园无此声"，使得浓烈的思乡之情透过纸面清晰而又明了地传达给我们，也引起了人们对故园声音的好奇。是何种声音让作者如此牵挂，念念不忘？是妻儿的娇声软语，好友的言笑晏晏或是故园中柔风细雨的呢喃？一天的鞍马劳顿之后，词人在夜深人静之际依然辗转反侧，难以入寐，这一点就可以由各位读者充分发挥自己的想象力了。

这首词没有常规的边塞诗那种大气、慷慨、悲凉、雄壮的风格，而是风格偏向婉约，笔调较为缠绵，这大概和作者的人生经历有直接关系。容若饱受温柔富贵的濡染，使得他的作品中缺少了抑扬顿挫的沉雄，却多了几分清丽缠绵情态。

纳兰词

忆王孙

　　西风一夜翦芭蕉。满眼芳菲总寂寥。强把心情付浊醪①。读《离骚》。洗尽秋江日夜潮。

注　释

　①浊醪：即浊酒。醪，汁滓混合的酒。

词　解

　　秋风起，一夜之间凋残了芭蕉。在这萧瑟的清秋时节，满眼的芳菲消歇，怎能不倍感寂寞寥落？一壶浊酒固然可以勉强浇愁、暂时解忧。然而这愁情似江潮般滚滚而来且绵绵不绝，酒又岂能解怀，唯有用读《离骚》来抒发怀思了。

评　析

　　此阕小令，尽管短小，但是在愁绪当中隐约有郁勃之气，与容若其他借酒浇愁的哀婉词相比，显得比较特异，特别是结尾处有一股豪迈之气破空而来。和容若的那首《虞美人》"闲愁总付醉来眠，只恐醒时依旧到尊前"相类似。

　　古人以他们的美妙诗词，为一些自然界的事物赋予了一些奇妙的意象，再经过一代代人的不断强化，使得这些意象在我们心中变得根深蒂固。见月生相思，折柳抒离情，梧桐喻愁绪，琴瑟而合鸣。而芭蕉，时常与孤独忧愁，尤其是离情别绪紧密联系在一起。面对黄昏雨夜，李清照笔下的芭蕉愁绪悱恻低回："窗前谁种芭蕉树，阴满中庭。阴满中庭，叶叶心心舒卷有舍情。伤心枕上三更雨，点滴霖霪。点滴霖霪，愁损北人，不惯起来听！"把伤心、愁闷一股脑儿地都倾吐出来，对芭蕉怨悱。同样是芭蕉，吴文英的《唐多令》写道："何处合成愁？离人心上秋。纵芭蕉，不雨也飕飕。"也是借芭蕉抒发离愁的名句。

容若也不止一次地写过芭蕉，他的《临江仙》里有"点滴芭蕉心欲碎，声声催忆当初"。细雨淅沥，点滴芭蕉，愁心欲碎，一派悲凉之气扑面而来。西风是凌厉而无情的，不但摧折了芭蕉叶，还使得夏日里残留的花草全部凋零。容若天性善良，早起后站在中庭里，面对此情此景，他也是心生愁绪。只是，这愁绪却并非完全是闲愁。《楚辞·离骚》中有"虽萎绝其亦何伤兮，哀众芳之芜秽"的诗句。容若，他有一颗冰心，然而这滔滔浊世却非是玉壶。"举世皆浊我独清，众人皆醉我独醒"，是一种操守，更是一种痛苦。从后文的"读《离骚》"一句恰好得以印证。

浊醪，即浊酒，后来成为酒的泛称。借酒浇愁，是人之常情，更是诸多文人的喜好。在喝酒方面，最豪放的当然是诗仙李白的"人生得意须尽欢，莫使金樽空对月"。而黄庭坚的"浮生只合樽前老，雪满长安道"，在豪放中却又平添几分苍凉。

容若也想借酒浇一浇心头块垒。饮酒之后呢？接下来的一句"读《离骚》"，似乎很突兀，其实其中有个典故：《世说新语》里有"王孝伯曰：'名士不必须奇才，痛饮酒，熟读《离骚》，便可称名士。'"魏晋名士多狂狷，容若也曾说"德亦狂生耳"，他对魏晋风骨也是心生向往的。

菩萨蛮

荒鸡再咽天难晓①，星榆落尽秋将老②。毡幕绕牛羊③，敲冰饮酪浆④。

山程兼水宿，漏点清钲续⑤。正是梦回时，拥衾无限思⑥。

注　释

①**荒鸡**：指三更前啼叫的鸡。旧以其鸣为恶声，主不祥，认为荒鸡叫则战事生。②**星榆**：白榆树。③**毡幕**：即毡帐。④**酪浆**：牛羊等动物的乳汁。这里指酒。⑤**钲**：钲鼓，古代行军或歌舞时用以指挥进退、动静的两种乐器。⑥**拥衾**：即拥被。

词　解

这是一首描绘边塞行役生活及思念家园的小令：三更天里，荒鸡叫了两次，天都还没有亮，树叶都已凋落，预示着秋天将尽。毡帐四周围绕着牛羊群，在寒冷的天气里人们饮用的是融化的冰块和牛羊的乳汁。征人跋涉千山万水，清脆的钲鼓声接续着漏壶的点滴声，行止无定，夜以继日，唯有梦中能得到些许安慰，但好梦又不成，只能拥被思念的故乡。

评　析

容若的这首《菩萨蛮》，写于康熙二十一年（1682），容若奉旨出使梭伦。从词意来看，时间应当是秋尽冬来之时。塞外天气冷得早，初冬时节就已经是冰天雪地。在边塞前行，行止无定，寒天深夜，情思幽凄。

荒鸡，古人把三更之前啼叫的鸡称为荒鸡，认为荒鸡叫则即将发生战

乱。祖逖与刘琨闻鸡起舞，便是闻听此音。荒寒鸡鸣，鸣声如咽，令人愈发难安。容若说，荒鸡再咽天难晓。他是彻夜难眠吗？在夜里的孤寒中，他被寒意与孤独侵袭得既敏感又脆弱。从第一声，等到第二声。天未明，腹有心事千万重。

星榆，因为榆荚形状似钱又色白成串，在远处望去好似夜幕繁星，于是用以代指天上的星辰。也可直接指代榆树。是时寒风凛冽，秋气无多，榆树叶尽皆凋零，更显得天地之间一片萧索肃杀，人心凄恻。

酪浆，一层意思是牛羊等动物的乳汁。另有一层意思是指酒，白居易有诗云："稻饭红似花，调沃新酪浆。"牛羊在毡幕外走动，不管是敲冰温酒，还是熬煮奶酪，在那样的严寒荒漠里，都能轻易地触动人心。"毡幕绕牛羊，敲冰饮酪浆"，这是全词中最为醇香的句子，向我们描绘了一幅牧民生活画卷。温暖，在生活中触手可及。想来容若带着一路苍凉征尘，在写到这一句时，心中也是有几分暖意的。

"山程兼水宿，漏点清钲续。"钲，古代军队当中的一种乐器，形似钟而狭长，有长柄可执，口向上以物击打可以发出声音，用于行军时敲击来

●山程兼水宿，漏点清钲续

正是梦回时分，拥衾独坐，愁思无限，绵绵惆怅，未语凝噎。无限思，思无限。拥衾也无法自暖。

协调行军步伐。一路鞍马劳顿,钲鼓行军,滴漏计时,行程中没有丝毫松懈,足见塞外行役的劳苦。

　　一切都是衬托。荒鸡鸣,天难晓,星榆尽,秋将老,绕牛羊,饮酪浆,山程水宿,漏点清钲……夜深阔,秋寂寥,柔肠百转。这一夜,纳兰是惆怅客,长夜梦回时,陪伴他的只有故园"无限思"。

菩萨蛮

黄云紫塞三千里①，女墙西畔啼乌起②。落日万山寒，萧萧猎马还③。

笳声听不得④，入夜空城黑。秋梦不归家，残灯落碎花⑤。

注 释

①**黄云**：边塞之云，塞外沙漠地区黄沙飞扬，天空常呈黄色，故称。**紫塞**：指北方边塞。②**女墙**：女儿墙在古代时叫"女墙"，包含着窥视之义，是仿照女子"睥睨"之形态，在城墙上筑起的墙垛，所以后来便演变成一种建筑专用术语，特指房屋外墙高出屋面的矮墙。③**猎马**：打猎人所乘的马。④**笳声**：胡笳吹奏的曲调，亦指边地之声。⑤**碎花**：喻指灯花。

词 解

此词写塞上风景，突出乡关之思：天近黄昏，茫茫边塞笼罩在千里黄云之下，高城的女墙边上乌鸦飞起。夕阳西下，群山沉浸在一片寒意之中，这时外出巡猎的人们也已经回来了。夜幕之下，荒漠凄凉，思乡之情油然而生，那胡笳的幽咽之声此时是万万听不得的。在这肃杀萧索的夜里，连梦中都无法回到故园，只能看着那一盏孤灯，灯花自顾自地掉落。

评 析

容若这一首《菩萨蛮》，既写了黄昏的景色，也写了入夜之后的伤怀。与平时的愁伤之作相比，上阕对景物的描写非常遒劲豪迈。下阕由苍茫塞歌再转为婉约低语，格调开阔而又深婉，读来情思绵长。

"黄云紫塞三千里"，一笔宕开。长城秋色，苍茫铺展。依靠这一句，整首词的气势就迥然不同了，莽苍风云之气扑面而来。黄云，也就是塞上之云。沙漠地区常年黄沙飞扬，天空似乎都被吹成了昏黄的颜色。

"落日万山寒，萧萧猎马还。"这句更加壮观，引人入胜。塞外风光历历在目，何须千言万语进行赘述？以这一句进行高度概括，虽然简短，但气势磅礴。萧索，苍寒，把塞外最重要的特点高度概括出来，还带出了雄浑气势。尤其是"萧萧猎马还"这一句，更是难得的一笔豪情。征尘万里，马鸣风萧萧。李白的送别诗"萧萧班马鸣"经容若进行点化腾挪后，更显风姿豪健。猎马，指的是打猎之人所骑乘的马。夕阳西下，猎队归家。万山披寒色，猎马踏余晖。久居京城的容若也难得见到塞上风光，上阕词境开阔，苍劲沉雄，可谓得江山之助。

容若身处塞外，心系故乡。在旅途当中也曾以"王事兼程促，休磋客鬓斑"之类的话劝勉同伴，还

●落日万山寒

纳兰本性淡泊，却久居樊笼，不得返自然。此次随康熙往长白山祭祖，路途遥远，天寒地冻，心情沉抑。塞上苍茫风光令他词风一变，沉雄开阔；但对故乡的眷恋也始终萦绕心头，挥之不去。

已惯天涯莫浪愁

一七三

写下过"还将妙写替花手，却向雕鞍试臂鹰"这样豪情难抑的诗句……然而在夜幕之下，他还是轻易地袒露了自己的孤寂与脆弱。所以他这样写，"笳声听不得，入夜空城黑。"夜色深沉，笳声四起，哀音如诉，风月俱寒。深切的孤独感笼罩了人们。

"秋梦不归家，残灯落碎花。"落碎花，是指灯花的掉落，也是化用唐戎昱《桂州腊夜》中"晓角分残夜，孤灯落碎花"的意境。这"残灯"要比"孤灯"更加凄冷。秋色深深，梦魂难禁，灯影不照人圆。就算可以剪烛，也难剪断离愁千缕。读到这样的词句，总是试图透过词句去品悟他心灵深处的静默与汹涌，安抚其伤痛。

菩萨蛮

白日惊飙冬已半①，解鞍正值昏鸦乱②。冰合大河流③，茫茫一片愁。

烧痕空极望④，鼓角高城上⑤。明日近长安⑥，客心愁未阑。

注　释

①**惊飙**：突发的暴风，狂风。②**解鞍**：解下马鞍，表示停驻。**昏鸦**：黄昏时乱飞的乌鸦。③**冰合**：冰封。④**烧痕**：野火的痕迹。⑤**鼓角**：古代军队中用来发出号令的战鼓和号角。⑥**长安**：古都城名，即今西安城。唐以后诗文中常用作都城的通称。此处指北京城。

词　解

正是隆冬时节，狂风席卷着大地，于是解下马鞍停驻，抬头已是乌鸦纷飞的黄昏时分。大河已为冰封，河水不再流动，白茫茫的一片如同无限忧愁！周围一片凄凉，四处都是野火烧过的痕迹，高城上响起军队出发的号角。明天就要接近京城了，而征人的心绪却犹未平静。

评　析

这一阕《菩萨蛮》的写作背景说法有两种。一说是容若在清康熙二十三年十一月随驾冬巡归途中所写；一说是写于奉使梭伦完毕后归京途中所写，时间大约是在康熙二十一年十一月初。与另一阕《菩萨蛮》（荆榛满眼山城路）中"何处是长安，湿云吹雨寒"之句比较并读，想来这两

一七五

●客心愁未阑

　　容若的这一阕小令，静静读来仿佛落入苍茫萧索之中，羁旅之愁，故园之思，征程一路相伴，即便乡关在望，这愁绪似乎也深入骨髓，难于排遣了。

篇是同一时期在归途中所写。

　　"白日惊飙冬已半，解鞍正值昏鸦乱。"惊飙，是指突然出现的暴风。李白有诗云："八荒驰惊飙，万物尽凋落。浮云蔽颓阳，洪波振大壑……"严冬塞外的狂风，其势不可当，利若刀刃剑锋。这一天，容若在鞍马劳顿一天后，解鞍停驻时正值黄昏。黄昏日下之时，乌鸦的啼鸣声显得尤为凄厉，在寥廓荒寒中听来尤其触目惊心。归兴，在他心头逐渐转变为归愁。

　　"冰合大河流，茫茫一片愁。"昔日奔腾的流水已经变成了一道冰河，横亘在茫茫荒野之间。容若的愁，似乎总是如影随形，无论四季变换，昼夜交替，都在词句中弥漫不去。"冰合大河流"，沉凝大气，"茫茫一片愁"却又在大气之中铺设了沉郁的底子。

　　下阕的首句继续写归途中的景色，接上前面的白日惊飙、昏鸦乱、冰合大河流，他写"烧痕空极望，鼓角高城上"。烧痕，是指野火焚烧过的痕迹。苏轼的《正月二十日往岐亭》中写道："稍闻决决流冰谷，尽放青青没烧痕。"野外空旷，四处遍布烧痕，入目荒凉。苍苍城阙，曾见证了多少朝代的鼓角争鸣，烽火硝烟。容若是一个内心敏感的人，目睹这一切，他心中想必是百感交集的。

　　最后一句，"明日近长安，客心愁未阑"。关山万里，多少次他曾经梦里回归故乡，醒时却独对冷月孤灯。塞上行程漫长而艰苦，这浓浓的思乡之情仿佛已经扎根到骨子里，即便"返长安"，也挥之不去了。南齐诗人

纳兰词

谢朓有"大江流日夜，客心悲未央"的诗句，容若的这一句与其有异曲同工之妙。羁旅之忧，是千百年来文人墨客共同的哀愁，犹如滚滚长江浩浩荡荡，无有尽时。

菩萨蛮

朔风吹散三更雪，倩魂犹恋桃花月①。梦好莫相催，由他好处行。

无端听画角，枕畔红冰薄②。塞马一声嘶，残星拂大旗。

注　释

①**倩魂**：此处借指梦中之人。**桃花月**：桃月，即农历二月，此处代指与妻子在一起的青春时光。②**红冰**：指眼泪。

词　解

塞外的寒风吹散了夜间飘落的雪花，我还在梦中与妻子相会，正如以前在家中夫妻团圆时的场景。正陷入美梦当中，不要催我起身，让好梦继续下去。

耳畔传来声声画角，梦中骤然惊醒，发现枕畔已被泪水浸湿了。边塞的战马发出一声长嘶，天边残留还未隐去的星辰发出微弱的光芒，洒在大旗上。

评　析

这阕边塞词在刚劲当中仍旧显露出一丝深婉之情，这是容若的性格特质使然。说它刚劲是由于结尾句"塞马一声嘶，残星拂大旗"，将情境完全拓展开来，一扫之前的旖旎之风，不输给历代的边塞诗词名句；说它深婉是由于梦中的"倩魂""桃花月"，梦醒后的"枕畔红冰"，写来一片相思，伤感缠绵。

这阕《菩萨蛮》最为人所称道的是"塞马一声嘶，残星拂大旗"。温

存美好的梦，梦醒后的眷恋和伤怀，情致深婉，但也容易流于纤柔。但以"塞马一声嘶，残星拂大旗"作结，却是刚劲沉凝，出人意表。

这首词除了结句颇具亮点，还有一点微妙之处——其主旨有一点朦胧迷离的意味，可以理解为闺中人思念征人，也可以理解为征人思念家人。上阕写闺中人的甜梦，梦见自己朝着万里之外的地方前行，寻找着"他"的踪迹。下阕也是在写梦，却是写征人在塞上被画角声所惊醒，随后看到野外的苍茫景象。全词合起来看，犹如电影中的蒙太奇手法。画面层叠，更能凸显出征人思妇一对有情人之间心有灵犀。

词意多解也无妨，假如人心能够为之触动就是上乘境界。

已惯天涯莫浪愁

清平乐

塞鸿去矣[①]，锦字何时寄[②]。记得灯前伴忍泪，却问明朝行未。

别来几度如珪[③]，飘零落叶成堆。一种晓寒残梦，凄凉毕竟因谁。

纳兰词

注　释

①**塞鸿**：塞外的鸿雁。塞鸿秋季南来春季北去，故古人常以之作比，表达对远离家乡的亲人的怀念。②**锦字**：书信。③**珪**：同"圭"。古代帝王或诸侯在举行典礼时拿的一种玉器，上圆下方，此处借喻月圆而缺。

词　解

此词是塞上怨离之作：自从离别之后，日日盼望的家书何时才能到来？记得你临走之时，我在灯前强忍着泪水，却问你明天是否出发。分别之后，月亮已经几度圆缺，如今已是深秋，落叶成堆。残梦凄凉，孤独难耐，相思怨别，这一切究竟是为了谁？

评　析

这一阕《清平乐》，是容若出行塞外时的相思怨离之作。容若善于填词，词中尤其擅长小令。这阕小词写得极富凄清情致，犹如盈盈寒月下的溪水，潺潺清澈。其声色意味，好不忧伤，好不幽凉。

关于鸿雁，有一个典故：汉武帝时，使臣苏武被匈奴扣留，并拘押在北海的苦寒之地多年。后来，汉朝派使者要求匈奴释放苏武回朝，匈奴单于谎称苏武已死。这时有人暗中将事实真相告诉了汉使，并给他出主意让他对匈奴人说：汉朝皇帝在上林苑当中射下一只大雁，这只雁的脚上系有苏武的帛书，证明他没死，只是被匈奴人所扣押。匈奴单于没有办法，只能把苏武放回汉朝。从此，"鸿雁传书"的故事就流传成为千古佳话。而鸿雁，也就成为信差的美称。

关于锦字，也有一个典故。《晋书·窦滔妻苏氏传》载：前秦秦州刺史窦滔被徙流沙，其妻苏蕙织锦《璇玑图》赠予窦滔，全图共有840字，横看、竖看、斜看，都可以成诗，由此名扬后世。也因为这个典故，人们用锦字代指妻子寄给丈夫的书信。

●记得灯前伴忍泪

透过这一句词，仿佛依稀之间可以望见她眼眸被泪水打湿的模样，如此动人，如此令人恋恋不舍。他应当是无比眷恋于这样的温情，远行千里依然刻骨铭心。君心似我心，不负相思意。

"塞鸿去矣，锦字何时寄？"带有深切的怅然感，犹如目睹大江从脚下东去，伸手却无法留住一朵浪花。鸿雁去矣，锦书难寄。

"记得灯前伴忍泪，却问明朝行未。"容若自从康熙十五年（1676）受命担任三等侍卫以来，多次前往塞外执行任务，而时常与爱人分离。这样聚少离多的生活也成了他心中的郁结。

"别来几度如珪，飘零落叶成堆。"珪，同圭。本为长条形玉器，据《说文》记载："圭，瑞玉也，上圆下方。"南朝江淹《别赋》有"秋月如珪"的句子，被李善注为"圆如日月"。容若这里是借喻月圆而缺。他离开京师来到塞外，又已历经几度月之圆缺了。容若将思绪引领到眼下——秋色渐浓，又到了花木萧瑟、落叶成堆的深秋之时。

在这个世界上，也唯有时间不会由于任何人事变迁而改变。它亘古以来始终在不断流逝，一如既往。春去秋来，月圆月缺，多少晓寒残梦，一再凄凉难当。塞上渺，空山远，风烟孤独无语。容若用"一种晓寒残梦，凄凉毕竟因谁"作为结语，这一声悲哀的轻问，暗接上句"落叶成堆"的怅然叹息，整首词读来忧伤难遣，有问而无须答，言有尽而意无穷。

金缕曲

未得长无谓。竟须将、银河亲挽，普天一洗。麟阁才教留粉本①，大笑拂衣归矣。如斯者，古今能几？有限好春无限恨，没来由、短尽英雄气。暂觅个，柔乡避。

东君轻薄知何意②。尽年年、愁红惨绿，添人憔悴。两鬓飘萧容易白，错把韶华虚费。便决计、疏狂休悔③。但有玉人常照眼④，向名花、美酒拚沉醉。天下事，公等在。

注释

①**麟阁**，即麒麟阁，位于汉代未央宫中。汉宣帝时曾图画霍光等十一位功臣像于阁上，以表扬其功绩。**粉本**：指图画。二句意谓朝廷才要重用之时，你却大笑辞受，拂衣而去了。②**东君**：指司春之神。③**疏狂**：不受拘束、豪放不羁。④**玉人**：指美女。**照眼**：犹耀眼，光彩夺目之意。

词解

如果一个人心中所追求的理想总是不能得以实现，屡屡失意，那该是怎样的郁愤。这人间有太多的污浊尘烟，是不是需要引来银河之水洗濯，才能还世道以朗朗清明？朝廷才要重用你之时，你却大笑着没有接受，拂衣远去。能做到这种事的人，古往今来能有几个呢？这有限的美好春景中却蕴藏着无限的愁恨，没来由地，感到英雄气短。只好暂时找一个温柔乡躲避。

春天的神灵情意淡薄，在这一年年中，景色让人倍感忧愁，让人更加憔悴。两鬓间已经出现了白发，将大好年华都虚度浪费了。决心要不受拘束、豪放不羁，身边有美人常相伴，对着名花、美酒使自己沉醉。天下大事，则交给其他人吧。

评　析

　　一首词或者以意取胜，或者以境取胜，或者以文辞取胜。而这阕《金缕曲》，属于以狂澜之势取胜，开篇气势磅礴，颇有一些狂放之意，这是在纳兰词中不多见的。

　　这阕词，从词意上看，应当是容若写给某位仕途失意的朋友的，他豪气干云，雅量高才，淡泊功名。

●暂觅个，柔乡避

春景匆匆，世上功名也不过镜花水月，其中的坦途沟壑他都懂得，既然英雄气短，那不妨在温柔乡里暂避一时吧。

　　当一个有才学的人士却不能一展抱负，该有多么的郁愤呢？但当富贵来临，朝廷要起用他时，却能因看穿了世间的污浊而选择飘然而去，拒绝出仕。如果说李白的"仰天大笑出门去，我辈岂是蓬蒿人"是一种直白而自信的豪放，那么视功名如粪土、舍弃富贵则是另一种更难得的脱俗豪放。

　　"当令麟阁上，千载有雄名。"麟阁，即麒麟阁，在汉朝未央宫中。匈奴归降后，汉宣帝将十一名功臣图像放置在麒麟阁上，以彰显其丰功伟绩。后世以此标榜，有"功成画麟阁""谁家麟阁上"之类的诗句流传。容若引用此典，说明这位朋友起先才高不遇，后来受到重视，却又推辞而去。"大

笑拂衣归矣"是一种难能可贵的襟怀,有弯弓引箭破空而去的洒脱,也有一入碧海掣长鲸的豪迈。

但容若随后又叹,"有限好春无限恨,没来由、短尽英雄气"。春光短暂,好景不长久,人生愁恨却是无可逃避。世事如此,难免英雄气短。在温柔乡里暂时遁逃也不妨吧。春神都是轻薄无情的,一年年花开花谢,也不过令人伤怀憔悴罢了。青春易逝,年华有几?既然下定决心,就索性沉醉于美人醇酒,天下事就交给别人去操心。

虽是安慰友人,但不平之气,怨怒之意却郁勃而出。那一刻,容若是放纵肆意的,哪怕仅仅是臆想做一次灵魂的放逐。

忆秦娥

长飘泊，多愁多病心情恶。心情恶，模糊一片，强分哀乐[1]。

拟将欢笑排离索[2]，镜中无奈颜非昨。颜非昨。才华尚浅，因何福薄。

纳兰词

①**强分哀乐**：谓哀乐亦分辨不清。强分，勉强分辨。②**离索**：指离群索居的寂寞。

词　解

　　长年漂泊在外，愁绪繁多，心情很不好。连喜怒哀乐都已经分辨不清了，模糊一片，只能勉强分出来。

　　想要依靠欢笑来排遣自己离群索居的寂寞，但看镜子里容颜衰减，更加无奈感伤。人说才高者福薄，而我的才华浅薄，为什么福分也这么薄呢？

评　析

　　这阕《忆秦娥》是容若心迹一览无遗的表露。容若回首前尘往事，陷入深深的无可奈何的自怜自叹中，一颗苦苦挣扎的心，无处安放。假如身体也成为束缚心灵的枷锁，他也会马上舍弃。

　　多愁抱病之躯，长年漂泊，日子对他来说，不过是时光的延续，痛苦的延伸。愁，也是病的根源。一如顾梁汾哀悼容若时所说："吾哥所欲试之才，百不一展；所欲遂之愿，百不一酬；所欲言之情，百不一吐。"心情恶，是他无法治愈的顽疾。

几番挣扎，始终不得脱。紧随其后的则是深深的绝望，只有沉沦。昏暝当中的最后一丝光亮，或许是他不舍的亲情，为之深深眷恋的友情。这微弱的光明，让他觉得必须要勉强分辨出哀乐。

他希望用强颜欢笑来排遣心中的萧索，然而揽镜自顾，尽管华发未生，但已是憔悴不已。"才华尚浅，因何福薄？"或许过人的才华，终究还是无法抵挡命运的拨弄吧。

●才华尚浅，因何福薄

他注定会是一个失意的人。上天赋予他的一切美好，就是为了让他一点点地失去。容若，犹如月光下的青花瓷一般的男子，在西风独自凉中，使自己渐渐破碎，只留给我们一个孤独的背影。

台城路·塞外七夕

白狼河北秋偏早，星桥又迎河鼓①。清漏频移②，微云欲湿，正是金风玉露③。两眉愁聚。待归踏榆花，那时才诉。只恐重逢，明明相视更无语。

人间别离无数，向瓜果筵前，碧天凝伫。连理千花，相思一叶，毕竟随风何处。羁栖良苦。算未抵空房，冷香啼曙④。今夜天孙⑤，笑人愁似许。

注　释

①**星桥**：即鹊桥，天河中的鹊桥。②**清漏**：漏，漏壶，古代计时器。此言清晰的漏壶滴水声。③**金风玉露**：金风，秋风。玉露，白露。谓秋天已到。④**冷香**：本指清香之花，后亦代指女子。本词则借指闺中妻子。又，冷香指焚香已熄。⑤**天孙**：织女星。

词　解

今夕七夕，时间点滴流逝，塞外白狼河边的秋季早早降临，又到了牛郎织女相会的日子。夜空当中微云舒卷，想那云阶月地，就是牛郎织女相会之所。如斯良夜，他却孤身一人身处边地，愁上心来。只愿待到归去之时，同踏榆花满地，再诉彼此情思。又怕重逢时，执手相望，凝噎而无语。

瓜果筵前，凝神伫望。七月初七相逢日，碧天之上喜清秋。而这人间却有无数浓愁，相聚少，离别多。离人之思如朔风

之中的残花孤叶，无根无凭，无从相寄。羁旅虽苦，却不及闺中之人日日独守空房，夜夜落泪到天明。怕是今夜天河鹊桥之上的织女，也会笑这人间，竟然有如此多的愁绪。

评析

这阕词是康熙二十二年（1683），容若扈从康熙帝前往古北口避暑，在塞外过七夕时写下的。一方面抒发了羁旅之苦，更写出对家中爱人的切切相思。

塞外的秋天降临得格外早，时值七月，已经是一片肃杀，更引发了他的感伤。

清漏，是指清晰的滴漏声，古代用漏壶滴漏计时。金风玉露，原本泛指秋天的景物，经北宋秦观《鹊桥仙》的点化："金风玉露一相逢，便胜却人间无数。"专指牛郎织女的相逢。时值七夕，容若对爱人的相思自然也更加深刻。

"两眉愁聚"，他又说，"待归踏榆花，那时才诉"。他的无尽愁思，此时怎能完全述说出来呢？盼重逢，但真到重逢之时，会不会因为乍喜乍悲而相顾无言呢？

七夕这天不光是牛郎织女相会，也是人间女子的乞巧节。她们结彩缕，穿七空针，是以乞巧。而此时人间的各种喜庆活动，似乎与容若无关。凝伫碧天下，他凄然伤神。离别一词，拆散了多少连理枝。佳节良夜，伤别之情更难抑制，但此刻的相思意就如

● 明明相视更无语

空房无人伴鸾镜，黛蛾敛，人消瘦，衣带宽。倚遍昼长夜静，莹莹泪光以破晓……如此，便是憔悴一天涯，恹恹两风月了。

一片秋叶，漂泊无寄。

　　"羁栖良苦，算未抵空房，冷香啼曙。"冷香，本意是花的清香，后代指女子。容若用在此处，似是指所思念的爱人。或是篆香燃尽，空余冷灰的含义。这一句，笔锋一转，把心中的"苦"情推到了极致。其中的情致，有如"风乍起，吹皱一池春水"，萦回渗透。羁旅恐怀，又怎及她满怀幽恨，恨良人不归。寸寸回肠，断尽篆香。天孙，就是织女星。容若用"今夜天孙，笑人愁似许"结句，织女牵牛今夜尚能相会，人间团圆又在何时？惆怅之意更是凸显出来。

南乡子

何处淬吴钩^①？一片城荒枕碧流。曾是当年龙战地^②，飕飕。塞草霜风满地秋。

霸业等闲休，跃马横戈总白头。莫把韶华轻换了^③，封侯。多少英雄只废丘。

注　释

①**"何处"句**：谓何处是当年使吴钩染血的争战之地呢？淬，浸染。吴钩，形似剑而曲。后来泛称宝刀、利剑为吴钩。②**龙战地**：指古战场。龙战，《易·坤》："龙战于野，其血玄黄。"后来代指群雄割据的征战。③**韶华**：美好的年华。

词　解

何处是当年刀光剑影的古战场呢？苍茫的旷野中，只有长河绕荒城，奔流而去。这里曾经是血肉横飞的古战场，冷风萧瑟，平添森寒之气。边塞的秋天来得格外早，凛冽的风霜让这里凄凉至极。

慨叹这千万年来，这片土地上究竟经历过多少霸业之争，也不知要何时才能停止。那些雄姿英发、横刀立马的男儿，终归有一天也要白发苍苍，垂垂老矣。时间匆匆，切莫用大好青春去换取浮世的虚名。历史长河里，天下英雄都最终败给光阴，而沉睡在荒坟当中。

康熙二十一年秋，容若奉命出使梭伦。这一阕《南乡子》就是此时所作的。此阕《南乡子》格调高远，而且是纳兰词当中少有的自始至终沉雄大气的佳作，情致苍凉，读来悲慨之意溢满胸中。

"男儿何不带吴钩，收取关山五十州。"李贺的这句诗让天下书生悠然神往，梦想投笔从戎。但容若开篇却写道："何处淬吴钩？"如此一问，可见在容若的心中，比起斩将封侯，建功立业，他更痛恨战争所带来的杀戮。

"一片城荒枕碧流。"容若以此作为上一句的回答。本应当富饶的土地，却因战争而仅存流水荒城，凄凉之意更为显著。

天地苍茫。细数千百代兴亡，均已如水东逝，当年英雄逐鹿的土地，如今也只余衰草秋霜。于是，容若说："霸业等闲休，跃马横戈总白头。"对于功名利禄、王霸之业他似乎已看通透了。韶华可贵，岂可轻换浮名？

"多少英雄只废丘。"这一句，容若把他的深深哀伤抒发出来，余韵悠悠。盖世英雄纵然建立万古霸业，最终不过是被一堆黄土掩埋。

江山常在，江月常留，曾经的英雄豪杰又有多少风流云散，身名俱灭。韶华何其有限，何不举酒相酹，笑对人生。苏轼的《念奴娇·大江东去》有着雄浑的气势，犹如长枪大戟，大气磅礴，直指人心。而容若的词犹如风霜短刃，别有一番境界，二者可谓各有妙处所在。

于中好

冷露无声夜欲阑，栖鸦不定朔风寒。生憎画鼓楼头急[1]，不放征人梦里还。

秋淡淡，月弯弯，无人起向月中看。明朝匹马相思处，如隔千山与万山。

注释

①**生憎**：偏恨。**画鼓**：装饰有彩画的鼓，此处是指更鼓。

词解

　　塞外之秋，一片荒凉凄冷。衰草连天，寒霜密布。入夜后，风凉露冷，离人的心意宛如秋风秋雨当中的颠沛残叶，凄惶不安。辗转难眠后最终睡下，又有更鼓在楼头急敲，拨动夜里难眠者的心弦。才开始的还乡美梦便瞬间消逝难寻。叹，这鼓声，真是让人心生憎恶。

　　原本就是秋意浅淡之时。如斯眉月相照，如果能携爱人一起赏月吟秋，应当是岁月静好，清景无限。可现在他身处塞外，烟云渺茫，明日还要继续赶路，千山万水相隔，更难知归程，不由得深感悲凉。

评析

　　此阕词被人们评价为"清丽空灵，明白如话，转折入深，确是精美"，与另一阕《于中好》（雁帖寒云次第飞）对照来看，犹如一唱一和，更见其微妙。

纳兰词

● 不放征人梦里还

　　我们依稀间能够想象他身沾露水，站在萧瑟寒风中的姿态。关山永恒，文字也传承千古。他身后的那一弯淡淡凉月，带着字里行间的相思，同样在时光之中，袅袅萦绕。

　　"冷露无声夜欲阑，栖鸦不定朔风寒"，边塞当中包含了一切能够想象的冷寂、空旷、寥落，萧瑟。冷，容若为这一阕词描绘出这样一种底色。朔风猎猎，有步步紧逼的势头。此时，露华冷，夜色阑，人语寂。风声当中，能够看见远处隐约有乌鸦在躁动……如此，更透露出天地间的空寂与凄寒。

　　"生憎画鼓楼头急，不放征人梦里还。"背井离乡的征人，刚与一个温暖的回家美梦擦肩而过。生憎，是偏恨的意思。画鼓，装饰有彩画的鼓，这里是指更鼓。想起苏东坡的一句词"梦随风万里，寻郎去处，又还被莺呼起"，梦中等心上人的女子被莺啼唤醒，这与容若笔下塞外更鼓扰归梦相比，显得温馨许多。"生憎"二字，确实苍凉无比，醒目而悲怆。

　　"秋淡淡，月弯弯，无人起向月中看。"千里共明月，佳期何时还？月亮，从某种意义上而言，是属于文人骚客的，也是属于相思的。容若这一句，语调很是清浅，却内藏一望无垠的深久落寞。

　　"明朝匹马相思处，如隔千山与万山。"饮马关山，不知归期，只有无尽的相思一路相伴，所思之人却迢隔千山。

"梦魂思乡，关山太长。雁鱼难寄，音尘相隔。"容颜只为相思老，别离不似相逢好。一曲终了，如人所云，语尽而意不尽，意尽而情不尽。

于中好

雁帖寒云次第飞，向南犹自怨归迟。谁能瘦马关山道，又到西风扑鬓时。

人杳杳，思依依，更无芳树有乌啼。凭将扫黛窗前月^①，持向今宵照别离。

注　释

①**扫黛**：画眉。

词　解

　　日暮时分，苍山云翳，次第幽深。在云端之上，隐约能够看见大雁摆成阵列，正朝南飞行。偶闻雁鸣回荡空中，大雁们可是在埋怨归期过晚呢？而他正骑着一匹瘦马在关山道上慢行，不知何日能够回归，又是一年西风扑面时，尤感寒凉，不免忧心忡忡。

　　身在寂寂山道上，心便会倍感空旷，无所归依。只有依依思念，无止无休。这里没有芬芳的树木，只有日落时分的乌啼，触目惊心的凄凉情境让人更感神伤。曾几何时也与她共同度过美好时光。如今明月照耀下，两地别离，月华夜夜缺，相思日日满。今宵月，照无眠，可怜佳人，还在妆楼远远凝望，盼离人，早归来。

这一阕《于中好》也是容若在扈行途中的作品。当时他远在千里之外的塞外，非常思念家中的妻子，因此填下了多阕思归之作。这一阕词语句清隽，情思饱满，称得起是意境与言辞方面的上乘之作。

上阕他用"雁帖寒云次第飞，向南犹自怨归迟"起句，交代了时令，也渲染意境。秋风寒云，鸿雁南归。大雁也恼恨归期太迟，也懂得思念南方的窝巢。归，是一个非常有诱惑力的字。物犹如此，人当更甚。此外雁帖鱼书，有寄赠信件的意思，词中表达的思家之情，便愈加明显，呼之欲出。

●持向今宵照别离

雁飞，寒云，瘦马，关山，西风，乌啼，窗月。容若把这些意象逐次进行挪移叠加，如此转进层深，又不失舒畅自然，有如行云流水般潺潺清丽。容若的笔端下，也流淌着一条暗香浮动的月光河流。

"谁能瘦马关山道，又到西风扑鬓时。"这一句，使得全词凄楚之意倍增。凄凄瘦马，落落离人，窄窄山道，斜阳孤影照，萧萧西风欲染两鬓霜。正所谓"夕阳西下，断肠人在天涯"。

"人杳杳，思依依，更无芳树有乌啼。"身处这人迹罕至、荒芜凄冷的关山，没有芳树，没有炊烟，更无人家。此情此景，让人感到分外落寞。

"凭将扫黛窗前月，持向今宵照别离。"扫黛，即画眉。美人眉如黛，想来其娇妻也如是。又因古代女子以黛描画双眉，以增风韵，故称。陆游的《次李季章哭夫人韵》之一："遥知最是伤心处，衫袂犹沾扫黛痕。"容若这里借指妻子。家中妻子窗前的那一轮明月，今宵也同样照在我身上，聊以安慰别离之情罢。

风流子·秋郊即事

平原草枯矣，重阳后、黄叶树骚骚①。记玉勒青丝②，落花时节，曾逢拾翠③，忽忆吹箫。今来是、烧痕残碧尽，霜影乱红凋。秋水映空，寒烟如织④，皂雕飞处⑤，天惨云高⑥。

人生须行乐，君知否？容易两鬓萧萧。自与东君作别⑦，划地无聊⑧。算功名何许，此身博得，短衣射虎⑨，沽酒西郊。便向夕阳影里，倚马挥毫。

注　释

①骚骚：风吹草木声。②玉勒青丝：玉饰之马衔及马缰绳。此代指骑马游春。③拾翠：拾取翠鸟羽毛做首饰。后多代指女子或女子游春。④寒烟如织：谓弥漫着浓郁的寒冷的烟雾。⑤皂雕：一种黑色大型猛禽。⑥天惨：天色昏暗。⑦东君：司春之神。⑧划地：只是，依旧，照旧。⑨短衣：打猎的装束。

词　解

　　进入重阳后，树叶逐渐枯黄，衰草连天。风吹叶落，簌簌作响，萧索寒凉。还记得当年打马游春于此，在落英缤纷的时节里，箫声清幽蹁跹，正是一派美景良辰，遇见游春佳人。而如今，野火燎原，处处斑驳残迹，寒霜凝结，不见了花影缭乱。秋水照映天穹，寒烟漠漠如织。天色昏暝，愁云涌动，黑色大雕展翅飞过天际，一派肃杀景象。

　　时光匆匆，人生苦短，应及时行乐才是，然而自从春天过后，便觉得世间了无情趣。富贵功名不是心中所求，只能带来牵绊与压抑。此番西郊骑马射猎，算是一次"行乐"了。短衣射虎、饮酒吟诗，潇洒快意，如此便心满意足。

评析

容若天资早慧，好学不倦，文武全才，怀揣经世济民之心，却只当上了御前侍卫，这与其志向相去甚远，他为此常感苦闷。

词中曾提到曾逢拾翠，"拾翠"，是指拾取翠鸟羽毛做首饰。后多代指女子或女子游春。出自三国曹植的《洛神赋》："或采明珠，或拾翠羽。"容若用在这里，笔下记忆中的情景便鲜妍明媚起来。可愈是美好的时光，就偏偏最为短暂，比照如今"霜影乱红凋"的景象，更是让人满腹惆怅。

"短衣射虎"：短衣，古代是平民、士兵等人的服装，穿短衣骑着骏马，形容士兵英姿矫健的样子。此处指打猎的装束。射虎，用的是汉代李广箭射老虎，射入石中的故事。后世常用"李广射虎"来形容英雄意气风发、豪情万丈。

"风流子"这个词牌源自《文选注》，"风流言其风美之声，流于天下，子者，男子之通称"。容若是风流的，不但是贤达的谦谦君子，还是弓马娴熟之人。这一首词，情景结合，写景抒怀，时而温存，时而酣畅。容若的词因景起兴，情感自然，直抒胸臆，词风清新灵动。

词末两句"算功名何许，此身博得，短衣射虎，沽酒西郊。便向夕阳影里，倚马挥毫"，俊逸健举。犹如风骨遒劲的一支利箭，破空而来，牢牢地扎在

●皂雕飞处，天惨云高

容若记忆深处的绵长愁怨，早已成为胸膛中的绵柔内伤，贴心而踞，如影随形。他伤秋感怀，把自己的清旷与深婉都发挥得恰到好处。

已惯天涯莫浪愁

一九九

读者的心中。

　　读完这首《风流子》，闭上眼睛回味，心中便会想起容若挥毫于残阳中，伴随马蹄声响飘然而去的身影，让人悠然神往。

一络索·长城

野火拂云微绿①,西风夜哭。苍茫雁翅列秋空②,忆写向、屏山曲③。

山海几经翻覆④,女墙斜矗。看来费尽祖龙心⑤,毕竟为、谁家筑?

注 释

①**野火**:指磷火,鬼火。②**苍茫**:空旷辽远。③**屏山曲**:如屏风样曲折的山形。此处指绵延起伏的长城。④**山海**:山与海。**翻覆**:巨大而彻底的变化。⑤**祖龙**:指秦始皇。

词 解

此词为怀古之作,体现"风人"之旨:大漠荒野之夜,磷火绿光闪闪,好像与天上的云朵连到了一起。西风猎猎,仿佛怨鬼夜哭。秋天苍茫的天空里飞过一行行征雁,飞向远方连绵起伏的长城。沧海桑田几经翻覆,城墙依然矗立在那里。看来秦始皇是白费心机了,那万里长城究竟是为谁家所筑造的呢?

评 析

"野火拂云微绿,西风夜哭。"野火,指磷火,即俗称的鬼火。蛮野荒郊,鬼火影影绰绰,西风拂吹行云,暮沙衰草下,不清楚埋葬了多少枯骨孤魂。容若用这样一句词作为起句,情境徒然衰飒凄清。昔日秦始皇修筑长城,而后历朝历代征战于此,不知抛掷了多少性命。

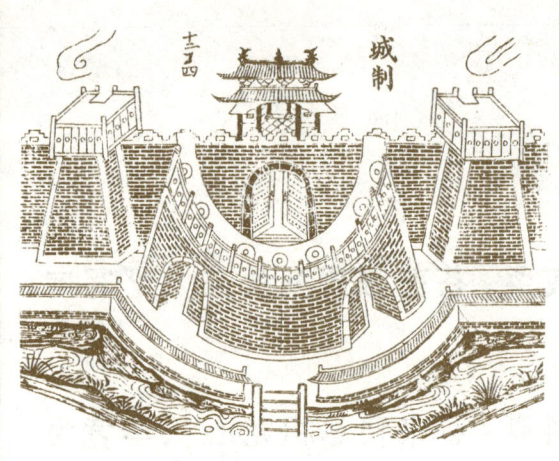

●山海几经翻覆，女墙斜矗

刘禹锡《石头城》一诗里有"淮水东边旧时月，夜深还过女墙来"的句子，古老的城墙承载了太多的历史记忆，异常沧桑。

即秦始皇。

屏山曲，如屏风般曲折的山形，这里指绵延起伏的长城。秋空雁过，向长城而去，景致苍茫。夜晚野火鬼哭，白天雁群度塞，此情此景，怀古之情油然而生。

山海翻覆，城垣依旧。岁月峥嵘，苍凉满目。古往今来，诗人词客吟咏长城之作多不胜数，有发思古幽情者，有指责秦始皇暴虐者，也有抒发鸿鹄之志者，而容若却写道："看来费尽祖龙心，毕竟为、谁家筑？"祖龙，

容若主张词要具"风人"之旨，托体正大，务求充实，本篇可以看作是这一主张的典型代表：并未对秦始皇修筑万里长城一事有所褒贬，同时也蕴含以古鉴今的深意。词作中前景后情的写法，是很常见的，但其怀古之感喟以及苍凉之悲充溢满纸，非常具有感染力，启人深思。

"毕竟为、谁家筑？"这一问，正如容若在另一首《满庭芳》中所写："须知今古事，棋枰胜负，翻覆如斯。叹纷纷蛮触，回首成非。剩得几行青史，斜阳下、断碣残碑。年华共，混同江水，流去几时回。"天下大事在他眼中宛如一盘棋局，当年翻云覆雨，日后不过青史数行，残碑几块。秦始皇当年耗费心血铸建长城，万千白骨，至今磷火青荧。然而千古兴亡，朝代更迭，这城墙究竟为谁所筑？无限感喟，引人深思。

我是人间惆怅客

独具特色的游记、咏史等作品

　　除了常见的咏叹逝去的爱人与爱情的词，与友人唱和的词，以及对官场有所感叹的词外，容若也写一些传统意义上的词，例如咏史类、游记类以及记录日常生活的词作，这类词作虽然常见，但我们在仔细品读的过程中，会感受到很鲜明的容若自身的感情色彩与独特的个人风格。尤其是容若在康熙二十三年（1684）九月末至十一月末，随康熙帝第一次巡幸江南之时，写下了十首《梦江南》词来赞美江南风光，其中有高寒之叹、兴亡之感、悼古之情，警人之思，是纳兰词中的精品，也是本部分的重点内容。

　　在这些词作当中，容若依旧表达出极度忧郁的情绪，以及自怜自伤之意，那句"我是人间惆怅客"，正是他的心境写照，也可以说是他的一大写作特点。

江城子·咏史

湿云全压数峰低^①。影凄迷，望中疑。非雾非烟，神女欲来时^②。若问生涯原是梦，除梦里，没人知。

注　释

①**湿云**：湿度大的云，指云中满含水汽。②**神女**：指巫山神女。

词　解

远方数座山峰上阴云密布，山雨欲来。四处遥望，希望看到的景物却不知所终。远处非烟非雾，正是巫山神女即将驾临的时刻。人生恍然如梦，如坠迷雾，这种如梦的感受别人无法知晓，也不知会有怎样凄迷寂寞的感受。

评　析

这首词是纳兰词当中最为如梦如幻，又显得最扑朔迷离的一首。文字意境非常美，但又说不清词人要传达出来的含义到底是什么。首先词的题目就让人非常费解，说是咏史，词的内容却看不出一点和历史有关联的地方；但如果说是想写楚襄王与巫山神女之间的情意，似乎有那么一点味道，却感觉非常淡薄，也似是而非。看上去又像是在写三峡沿岸的风光，但仔细推究纳兰容若一生的行程，又发现终其一生也没有到过三峡。

"湿云全压数峰低"，山峰之上阴云密布，雨云盖顶，大有山雨欲来风满楼的感觉。用一个"湿"字让读者心中有一种仿佛水墨山水的感觉，又带出一些阴郁的氛围；用一个"低"字突出了一种压迫感，使词句所描写的情境一下子犹如近在眼前。用国学大师王国维的话来说，这就是"不隔"之境。

巫山神女

纳兰词

● 非雾非烟，神女欲来时

　　神女的生涯完全是幻梦，因为只有在梦里她才能够转化为人形和人亲近，但当做梦的人醒来，神女便又"旦为朝云，暮为行雨"了。"除梦里，没人知"，神女到底是不是梦，只有在梦里才能知晓。

　　"影凄迷，望中疑"，"影"是什么，"望"又在看向哪里，读者也不清楚。这两句是化用前人的诗句，杜甫《咏怀古迹》有"最是楚宫俱泯灭，舟人指点到今疑"，这是杜甫途经三峡凭吊宋玉，举目四望，楚国昔日的宫殿遗迹早已不见踪影，原址到底在哪里，当地船夫也说不出个所以然来。

　　"非雾非烟，神女欲来时"，这依旧是与宋玉相关的典故，也是理解这首词的关键所在。宋玉在《高唐赋》的序言里曾有过这样的记载：宋玉陪楚襄王去云梦泽游玩，看到高唐地区的天空中有一种特殊的云气，楚襄王很好奇，宋玉解释说："这就是朝云。当年楚国的先王也曾经来过高唐游玩，玩累了就睡了，梦见一位女子自称是巫山之女，自荐枕席。先王于是就临幸了这个女子。女子告辞的时候，说自己就在巫山之阳，高丘之阴，早晨就化为云，晚上就化为雨。先王早晨一看，果然有一种奇特的云气，于是给那女子建了庙宇，号为朝云。"楚襄王听宋玉说完，怦然心动，当夜入睡，真的梦见了巫山神女，醒来告知宋玉，宋玉遂又作《神女赋》。

　　这几句里，容若写得最高明的一句是"神女欲来时"，把场景定格在了神女将来而未来的短暂时刻里，这是非常富有艺术表现力和张力的手法，因为这个时刻才是最激荡人心，让人们无限遐想与期待的时刻。成功的描写必须要在这类地方把文章作足。画一幅画，做一个雕塑，都是同样的道理。

　　作者以"若问生涯原是梦，除梦里，没人知"结尾，让人感到恍惚间人生如梦，如坠迷雾之中，又赋予了读者无限的想象空间。

　　这首词名为咏史，但与一般的咏史诗在表达方式及内容上都有很大差别，既不是表达以史为鉴的思想，也不是感慨前人霸业的兴亡交替。而是类似于站在一个旁观者的角度，对历史的兴亡无定，难以掌控与琢磨的特性，产生一种世事无常之感。

菩萨蛮

飘蓬只逐惊飙转^①，行人过尽烟光远。立马认河流，茂陵风雨秋^②。

寂寥行殿锁^③，梵呗琉璃火^④。塞雁与宫鸦^⑤，山深日易斜。

注释

①飘蓬：飘飞的蓬草。比喻人生的漂泊无定。**惊飙**：狂风。②**茂陵**：汉武帝刘彻的陵墓，常代指前朝帝王陵寝，这里指明十三陵中，宪宗朱见深的陵墓，位于今北京昌平区北天寿山。③**行殿**：行宫。皇帝出行在外时所居住的宫殿。④**梵呗**：佛家语，指做法事时的歌咏赞颂之声。**琉璃火**：即琉璃灯，寺庙中点燃的油灯。⑤**宫鸦**：栖息在宫苑中的乌鸦。

词解

人生世事无常，如蓬草一般随狂风四散，漂泊不定，行人匆匆而过，这里显得格外凄凉。坐骑站立在原地，我辨认着河流的走向，感受着深秋时节风雨沧桑的茂陵景象。

一把锁锁住了凄冷寂寥的行宫，能够隐约间看见殿内供奉的琉璃灯火。塞雁与宫鸦还像往日那样聒噪着，似乎还想在这深山日暮的断瓦残垣里，找寻到旧日的荣华记忆。

评析

明成祖朱棣迁都北京之后，明朝有十三位皇帝被安葬于北京市昌平区北天寿山的明皇陵，也就是我们常说的明十三陵。容若这一阕《菩萨蛮》

就是路经十三陵的感怀之作。

　　词中提到的茂陵代指明宪宗朱见深的坟墓。朱见深是古往今来的皇帝中很特别的一个，幼年之时，父亲英宗朱祁镇被瓦剌俘虏，国家处于危难关头，于是由其叔父朱祁钰即位，打退了瓦剌，保住了江山。但由于叔父的猜忌，朱见深后来被废除太子之位，陷入困窘。此时年幼的他身边只有一个比他大十六岁的宫女万氏对他悉心照料，后来朱见深历经千难万险终于即位，封万氏为贵妃，恩宠无比。万贵妃没有子嗣，于是为了争宠，不惜在后宫杀害所有怀孕的后妃以巩固自己的地位，险些使朱见深绝后。但朱见深始终无怨无悔地宠爱万贵妃，万贵妃死后不久，朱见深也悲伤过度而亡。在政治建树上，朱见深是个很平庸的皇帝，但这种深情却令人动容。

● 茂陵风雨秋

　　一把锈迹斑驳的铜锁，锁住了行宫大门，也将昔日的繁华锁在了时空深处。只有那些盘旋在宫殿上空的大雁和乌鸦，还像往日那样聒噪着，似乎还想在这深山日暮的断瓦残垣里，找寻到旧日的荣华。

　　朱见深对爱妃的深情也暗合容若对爱妻的感情，因此，在秋日的黄昏时分，容若才会不经意地停留在陵寝，感慨良多。

　　读这阕词仿佛在欣赏一幅《明陵日暮图》，容若全部使用了景语，以词境作画，以画意入词。将"行人过尽烟光远"的缥缈、"茂陵风雨秋"的沧桑、"寂寥行殿锁"的荒芜和"山深日易斜"的伤感融合在一起，意境幽远，而有不胜今昔之感、兴亡之叹。

　　沧海桑田，陵谷变迁，昔日玉楼金阙也会有这样荒芜的一天。盛衰兴亡，这一切毕竟无可避免。百年之后，谁知何处埋枯骨？

　　天寿山已经到了日暮时分，最后一抹残阳的余晖斜洒在空寂山林当中。策马远行，不敢再回首相望这苍茫夜色。人事如飘蓬，风吹浪卷。多少繁华旧事，回首处满眼荒凉。

蝶恋花

今古河山无定据①，画角声中②，牧马频来去。满目荒凉谁可语？西风吹老丹枫树。

幽怨从前何处诉？铁马金戈③，青冢黄昏路④。一往情深深几许？深山夕照深秋雨。

注释

①**无定据**：无准，不定。指自古以来，权力纷争无休无止，江山变化无定。②**画角**：古代乐器名，经常被用于军队之中，这里代指战争。③**铁马金戈**：代指战争。④**青冢**：汉代王昭君的坟墓，在现在的内蒙古呼和浩特市郊。

词解

古往今来，江山归属无定，争斗无休无止。在战斗的画角声中，战马铁蹄，在这片土地上往来驰骋。如今这满目荒凉，又有谁可共语呢？唯有丹枫树在西风中日益深红凋零。

曾经的生离死别，幽怨遗恨，能向谁去倾诉呢。铁马金戈尽归尘土，和亲的昭君唯留青冢，此刻百感交集，难以言喻，就像这深山中的夕照，深秋凄冷的雨。

评析

要理解这首词，首先要弄清楚一个历史名词——青冢。"青冢"是一个地名，位于内蒙古自治区呼和浩特市的郊区，传说这里就是古代四大美女之一王昭君的长眠之所。民间俗称其为昭君坟。

容若是在康熙二十一年秋天，奉康熙皇帝的旨意，出使西域时途经昭君坟的。王昭君原本是汉朝的一位宫女，当时匈奴呼韩邪单于有意归附汉朝，前来求亲，汉元帝就把当时担任宫女的王昭君嫁给了呼韩邪单于。一千多年前，昭君出塞，换取了汉王朝与匈奴长时间的和平，一千多年后，纳兰出使西域，目的也是为了能够稳定清朝的西北边疆。可以说二人之间是有着相同特性的，纳兰更容易理解王昭君一生的际遇。

这首词作为一首出塞词，是将豪放之情寓于婉约之中的，这种刚柔相济的风格，自有词以来，除了李煜、苏轼、辛弃疾寥寥数人外，之外，也要数到纳兰了。

这首词以"今古河山无定据"开篇，时空一笔宕开，总领全篇，道出了世事变迁，朝代更迭，江山

●深山夕照深秋雨

　　想到王昭君，容若不由得发问，一往情深深几许？千秋万代以来，王昭君的一往情深，缕缕怨心，能看得清、读得懂的，只有容若了！残阳秋雨深山寂，纳兰公子为之忧伤叹息。

频繁易主的必然性。纳兰的内心有着满腔的报国之心和远大抱负，但他又不想依靠战争和流血来实现自己的抱负，因此心里又充满了痛苦和迷茫。

　　接下来用白描的手法来描写秋景，满目荒凉，西风残树。因想起千百年来朝代更迭，无数壮士血洒疆场，心中萌生的感触使得眼前的秋景更加肃杀凄凉。

　　全词用句恰当，内容一气呵成，特别是结尾的那一句"一往情深深几许？深山夕照深秋雨"最好，既有豪放之情，又有深婉之意，还夹杂着些许凄凉和无奈。所谓"一将功成万骨枯"，这种残忍但从未止歇的建功立

纳兰词

业方式，是被容若所深深厌弃的。所以结尾又恢复了纳兰重情的本色，其悲天悯人的情怀展露无遗。

而对于这首词的一个重点人物王昭君而言，自古就有昭君怨的说法，古往今来也有大批文人以这一题材撰写诗文。但文人大多拘泥于陈情，抒发的都是昭君的闺怨与乡愁。

容若能不落俗套，做出发人深省的意义翻新，正是因为他看到了昭君的本质。将王昭君的情感进一步升华：长眠于青冢中的王昭君，像长埋于地下的"铁马金戈"战死的将士一样，将生命留在这里，也无法解除后人对战争的执迷。千古兴亡，征伐无止。因此仅就这一点而言，这首词的立意与境界也就远超前人了。

我是人间惆怅客

清平乐·弹琴峡题壁

泠泠彻夜^①，谁是知音者。如梦前朝何处也，一曲边愁难写。

极天关塞云中^②，人随落雁西风。唤取红襟翠袖^③，莫教泪洒英雄。

注释

①**泠泠**：形容清凉、冷清，借指清幽的声音。**彻夜**：整夜，一夜。②**极天**：指天之极远处。**关塞**：边关；边塞。③**唤取**：唤得、唤着。

词解

此词抒发了关塞行役之愁：水声清幽悦耳，彻夜回荡，宛如琴声，但谁又是它的知音呢？前朝如梦，边愁难写。极目望去，天边的云中，征人与征雁同行于秋风之中。如此悲凉之景，让人不禁伤怀，只好在温柔乡中寻求安慰，不要让英雄热泪轻易落下。

评析

"题壁"是中国文化中历史悠久的一个传统。古代的文人，求学的时候有所谓的游学，四处游览，李白就是其中的典型代表；为官者也经常四处游览，也就是所谓的游宦。无论是到了哪里，都要看看周围的名胜古迹、拜访此地名人，兴致来了就自然会写点什么。写的东西，假如篇幅较大，需要长时间构思，往往会在回家后完成。如果是篇幅小，足以一蹴而就，往往就直接题写在景区的墙上。这已经成为历代文人骚客的共同习惯。

纳兰词

词的开篇称得上是巧妙，"泠泠彻夜，谁是知音者"，水声犹如弹琴，彻夜不绝，谁才是这琴声的真正知音呢？"谁是知音者"呼应了题目中的"弹琴峡"，毕竟水流声是无所谓是否存在知音的，只有琴声才有知音，开篇两句并没有提及琴字，却把琴的意思充分表达出来了。接下来不禁遐想居庸关的弹琴峡，这琴声想必也是塞上之曲，曲中边愁脉脉，曾经征伐于此的前朝又在何处呢？

"极天关塞云中，人随落雁西风"，王朝霸业皆成泡影，绝塞苍茫，长空雁落，西风萧瑟。此情此景，真是令人无限感伤。于是以"唤取红襟翠袖，莫教泪洒英雄"作结，似乎英雄的无助也只能去温柔乡当中寻找女子的抚慰了。

最后一句化用自辛弃疾的《水龙吟·登建康赏心亭》："倩何人唤取，红巾翠袖，揾英雄泪"，这也是全词的收束之笔，历代被传为名句。这一句收束全篇，所以容若这样化用，自然会让读者想到稼轩《水龙吟》词意。诗词用典会起到言简意赅、余味深长的作用，这就是一个很典型的例子。

● 人随落雁西风

王朝霸业既然如梦，又不知身在何处，让人想起那句"中年听雨客舟中，江阔云低，断雁叫西风"，那孤寂与绝望的鸣叫，声声撕扯着羁旅之人的心，于是"唤取红襟翠袖，莫教泪洒英雄"，更加想念家中的温柔乡。

辛弃疾所要表达的是，在辽阔高远的自然景观面前，慨叹自己满腔豪情壮志却无人可以理解，而年华迅速老去，施展抱负的机会越来越渺茫，只有在这温柔乡中让美女擦干自己的泪水。

我们理解了辛词的含义，回过头来再看容若这首词下阕的前两句"极天关塞云中，人随落雁西风"，意思便豁然开朗了。容若文武兼修，原本怀有满腔抱负，可大内侍卫这个职位尽管与皇帝极为接近，日后也可能飞黄腾达，但具体做的事情不过是一些琐事。这样的境遇对于一个饱受汉族文化熏陶、身怀士大夫经世济民情怀的青年而言，实在是毫无意趣。韩愈说人们写文章是"物有不平则鸣"，所以容若才会写下这样的词章，最终"唤取红襟翠袖，莫教泪洒英雄"，才会产生出一种悲凉的美感。

清平乐·发汉儿村题壁

参横月落①，客绪从谁托。望里家山云漠漠②，似有红楼一角③。

不如意事年年，消磨绝塞风烟。输与五陵公子④，此时梦绕花前。

注 释

①**参横月落**：月亮已落，参星横斜，形容夜深。②**漠漠**：紧密分布或大面积分布的样子。③**红楼**：指家园的楼阁。④**五陵公子**：指京都贵族子弟。五陵，西汉五个皇帝陵墓所在地，后以五陵代指京都繁华之地。

词 解

此词抒发相思之情，直抒胸臆：月亮已落，参星横斜，夜已深，这离愁别绪向谁诉说？回望故乡只看到白云漠漠，无边无际，但那云中似乎又露出了家中的一角阁楼。人生不如意的事年年都有，时光全都消磨在这边塞的风烟当中。不如那些闲游于京城的贵族公子，此时正吟花赏月好不惬意！

评 析

这一首《清平乐》，题副写的是《发汉儿村题壁》。容若另有一首写在冰雪之日的《百字令·宿汉儿村》，所写之地应当与这一首相同。关于题壁诗词，追溯起来，应当始于汉代，兴盛于唐宋。或为抒情，或为咏志，或为唱和，方式简单而又流传广泛，非常受古代的文人墨客喜爱。容若这首题壁词，最初应当是题写在汉儿村驿站的墙壁上的。其词既是直抒胸臆又具备委婉往复的特性，语言浅白而又意味深长，看似在怀念闺人，其实也包含着对仕途的牢骚，这是需要细致分析才能看出的词外之意。

"参横月落，客绪从谁托。"参横，是指参星横斜，也就是夜深的时候，接近于破晓。夜阑人静，星辰疏斜，月至西天。时光，在苍茫的四野里显得尤其空虚漫长。他不免愁上心头，感叹这无休无止的漂泊生涯。

"望里家山云漠漠，似有红楼一角。"红楼，泛指华美的亭台楼阁，也指富贵人家女子的闺房。这里，应当是他所思念之人所居住的楼阁。月下山云如江河寂静，起伏而苍茫无际，如此景致，入目入心，他为此神色迷离。于是似乎看到了红楼的一角，小楼当中她青鬓如玉，倚窗待月落。用心知肚明的臆念来慰藉自己，有多么无奈，也就有多么无力。

"不如意事年年，消磨绝塞风烟。"这一句，足可见容若心中郁结的块垒非一朝一夕所能积累。"客心不待伤千里，槛外风烟尽是愁。"他从臆想当中回过神来，检视自身的不如意与伤愁。进入官场以来，是年年扈行伴驾，只觉得这一切都不是他所愿，离心中真正的志向更是相去甚远。绝塞的苦寒，只能将他的怨情打磨得更加脆弱，轻轻一触碰，就会触发锥心之痛。

"输与五陵公子，此时梦绕

● 见月伤怀

他有着凌云之志，又有着浸入骨髓的柔情，但此刻心中有着无尽的凄苦，犹如漂泊无依的树叶在风中不断飘飞。

花前。"五陵公子，指京城的贵族子弟。容若的这一个"输"字，其实表达了自己的一种惆怅的情绪，能够与爱人相守，鸳鸯情深是他真心向往的生活。但月下花前，逍遥于山水之间，最终只成为无法实现的愿望。

放眼京城当中，多少贵胄公子、纨绔子弟，即便一事无成，也能守着一位佳人共度漫漫长夜。而容若却只能沿着命运钦点的仕途，远离家园，浪迹天涯。"梦绕花前"一句，回应上阕的"似有红楼一角"，前后勾连，情思绵缈。

梦绕花前，相看烛影，温情脉脉，月下旖旎。男儿一生，能成功施展一番凌云壮志，算得上是得其所哉。但如果可以退而求其次，与心爱之人朝朝暮暮携手一生，也算得上是完满。而容若却是两者都没有实现，他输给了命运。

浣溪沙·西郊冯氏园看海棠，因忆《香严词》有感①

谁道飘零不可怜，旧游时节好花天②，断肠人去自今年③。

一片晕红才着雨④，晚风吹掠鬓云偏⑤。倩魂销尽夕阳前⑥。

注 释

①**《香严词》**：清初诗人龚鼎孳的词集。龚鼎孳，安徽合肥人，官至礼部尚书，与钱谦益、吴伟业并称"江左三大家"。②**旧游**：昔日的游览。③**断肠**：形容悲伤到极点。④**晕红**：中心浓而四周渐淡的一团红色。这里指晕红的花朵。⑤**鬓云**：形容妇女鬓发美如乌云。⑥**倩魂**：少女的梦魂。

词 解

谁说花儿凋零不令人心生怜爱之情呢，当年同游之时正是春花竞放的美好时光。而当年看花的人已经不在了。

眼前红花一片，春雨微晕，晚风轻掠，鬓发微乱。黄昏时分，夕阳西下，那一缕香魂在暮色中渐渐消逝了。

评 析

这首词的题副是"西郊冯氏园看海棠，因忆《香严词》有感"，说明是由于看到海棠花，随后看花忆人，那梦中的女子犹如雨后海棠般凋零了。所以开篇第一句"谁道飘零不可怜"，可以看作是海棠花的凋落，也可以理解为漂泊在外的人。冯氏园，指明代万历时期司礼监太监冯保的园林，以其中遍开的海棠花著称，地点位于北京广安门外的小屯。《香严词》是

纳兰词

龚鼎孳的词集，龚鼎孳是明末清初诗人，与吴伟业、钱谦益并称为"江左三大家"，词集中《蓦山溪》有"重来门巷，尽日飞红雨"两句，是当时广为传诵的名句，后世一些人认为纳兰所忆《香严词》就是这首。但另有考据，认为是龚鼎孳的《采桑子·朱佑军司马招集冯氏园看海棠》："今年又向花间醉，薄病探春，火齐才匀，恰是盈盈十五身。春苔过雨风帘定，天判芳辰，莺燕休嗔，白首看花更几人。"

●一片晕红才着雨

那昔日的海棠花，依旧"轻阴风日好，蕊吐红珠小""恰是盈盈十五身"。这是否让纳兰想起那曾经在花树下的人，当年也是"盈盈十五身"？而如今却是花朵飘零。"人面不知何处去，桃花依旧笑春风"，怎能不让人心生无限惆怅。

雨后的花瓣，还带有晶莹的水珠，晕红着犹如醉酒一般，还有如烟似雾的花苞与嫩芽，温柔新绿。娇艳的海棠花宛如美丽女子，娇嫩粉红的脸蛋上，还挂有泪珠，那鲜嫩的柔绿，则是她的翠绿衣裳。

"谁道飘零不可怜，旧游时节好花天。"起始的两句，就抒发了自己的感慨之情，感慨如今已是落花时节，却远没有过去"好花天"游玩时的乐趣。或许不高兴的原因，只是由于思念那飘零的人吧。当年一起游玩的时节，恰好是繁花盛开的时候，到处都洋溢着欢声笑语，但唯有心上人的笑声，才是最为动听的音乐。幸福像暖风吹过，吹开了处处娇艳繁花。花树下海棠般晕红的脸，更比花儿明艳。

而现在呢，却恰逢落花时节，那飘零的花朵与飘零的人一样，都让人惋惜伤怀。前后句采用对比的手法，让人更加怀念曾经的青春美丽，更显得如今此情此景的惆怅。

"断肠人去自今年"，花似去年红，而人已不在，此时此刻，不胜其情。"断肠"，愁肠寸断，用以形容极度悲伤的感情。如马致远的《天净沙·秋思》："夕阳西下，断肠人在天涯。"

接下来"一片晕红才着雨，晚风吹掠鬓云偏"描绘海棠花的娇柔身姿。是写花，亦是写人。当年那人在花树下，依稀也是这样的绰约身姿。如今作者独立晚风，惆怅难禁，恍惚间，花树下的倩影在夕阳光影中，逐渐消逝了。

浣溪沙

残雪凝辉冷画屏①。落梅横笛已三更②。更无人处月胧明③。

我是人间惆怅客，知君何事泪纵横。断肠声里忆平生。

注 释

①残雪：尚未化尽的雪。**画屏**：绘有山水图画的屏风。②落梅：即《梅花落》，古笛曲名，以横笛吹奏。③胧明：微明。

词 解

此词是词人感怀身世之作：残雪映着清冷的月光洒落在屏风上，使得上面的图画仿佛也变得清冷起来。耳畔传来《梅花落》的笛声，月色朦胧，沉夜寂寂，只闻其声，不见其人。我是人世间那个满怀惆怅的过客，明白你笛声为何如此悲伤，仿佛有泪水纵横。在这断肠的笛声里，万千往事，一时涌上心头。

评 析

这首《浣溪沙》可谓是情景交融，整首词都笼罩着浓浓的感伤。身份、地位、富贵、功名，容若可谓天之骄子，但他始终觉得缺少很多东西，慨叹自己是"人间惆怅客"。荣华富贵对于容若来说，终究是身外之物，即便仕途顺利，深受皇帝恩宠，那又如何？身在权贵之家往往身不由己，只说上一句"我是人间惆怅客"只怕还不足以描摹他的心事。

院子当中的残雪映衬着月光，那皎洁的月光似乎都变得冰寒了，折射

在屏风上，使得绘有彩画的屏风看上去都带了三分冷色。此时已经深夜三更，是何处传来了《梅花落》的笛声？呜呜咽咽，如怨如慕、如泣如诉，闻之惹人断肠。远远寻去，却不见丝毫踪影，唯有清冷月色，朦胧一片，看不分明。容若笔下勾勒出一幅怎样的画面，直教看到的人全都生出丝丝寒意与无尽哀伤……

上阕词写景，景中有情，一片清冷的景象跃然纸上。下阕词抒情，自称"惆怅客"，这感情的基调也就不言而喻了。"我是人间惆怅客，知君何事泪纵横。"容若是在对那个不知在何处吹奏《梅花落》的人隔空相语。深夜吹笛人，天上清冷明月，以及自诩为"惆怅客"的容若自己，此时此刻，他们堪称知己。

"泪纵横"，谁的脸上淌满了泪水？是这位笛声月影当中的惆怅客吧！夜深人静时，当一切伪装都被

纳兰词

●我是人间惆怅客

　　纵然出身富贵又能如何？心中依旧愁肠百转，犹如被冰雪覆盖的华美殿堂，纵然美丽，却冰冷刺骨，那人间的惆怅之人啊，为何任由自己被泪水淹没，要在断肠声中追忆平生？

卸下，你的心就这样暴露在清冷的月光下，有些许苍白，有些许孤寂。躲在阴暗的角落里，任眼泪纵横，模糊了视线，浸湿了面颊，没有人看出一位惆怅客的心酸。

　　"断肠声里忆平生"，只是"惆怅"还不够，于是"泪纵横"，乃至要"断肠"。容若没有选择许多文人惯用的哀而不伤，隐而不发的表达方式，更

没有故作姿态，强颜欢笑的意思，反而选择了直抒胸臆的方式，一览无余，任而不复。以独具特色的、让人痛彻心扉的凄绝之美深深打动读者。闭上眼睛，仿佛依旧能看见白雪月光，容若在那片断肠声中，回忆往昔，黯然神伤。

　　他是否在想那位琴瑟和鸣却早早亡故的发妻？他是否在想着自己有着高贵的身份却无法过自己想要的生活？在一句"断肠声里忆平生"里，全词戛然而止，传达的内容却远未结束，仿佛欲说还休。容若所追忆的平生，看来离不开"断肠"二字吧！

我是人间惆怅客

浣溪沙·咏五更，和湘真韵①

微晕娇花湿欲流，簟纹灯影一生愁②。梦回疑在远山楼。残月暗窥金屈戍③，软风徐荡玉帘钩④。待听邻女唤梳头。

注　释

①湘真：即陈子龙。陈子龙，字人中、卧子，号大樽、轶符，松江华亭人。明末几社领袖，抗清被俘，宁死不屈，投水殉难。有《湘真阁存稿》一卷。②簟纹：席纹。**灯影**：物体在灯光下的投影，此处指人影。③屈戍：即屈戍。为了关锁门窗等物所钉的铁圈套，此处指闺房。④软风：和风。**玉帘钩**：帘钩的美称。

词　解

此词借愁人形象抒发了自己的满怀无聊：暗夜逝去，拂晓到来，天色微微亮，隐约露出了花朵的风姿。手臂上落下的枕席之痕，孤灯前的倩影，这一切都在诉说着一个人的无尽的寂寞寥落，昨夜的梦中似乎又回到了那魂牵梦萦的地方。只是醒来却发现唯有那一弯残月将光辉洒在这寂寞空庭之中，和风徐荡，帘帷未卷，金屋无人。再等一会儿，邻家女子就该起床，召唤同伴梳妆了。

评　析

"簟纹灯影一生愁"，这是多么令人黯然神伤、闻之断肠的一句话啊！容若曾填过一首《如梦令》："正是辘轳金井，满砌落花红冷。蓦地一相逢，心事眼波难定。谁省，谁省，从此簟纹灯影。"孤枕于青灯之下，只能依靠不断的回忆，才能度过这月月年年。这是怎样的悲苦孤绝呢？这种悲苦孤绝，又有多少人能明白呢？"金屈戍"，是门或窗上的铜制搭扣的别称，这里代指闺房。纳兰词遣词非常雅致，"金屈戍""玉帘钩"这种典丽与精美，表现在对每件闺中事物的称谓选择上。一首词，短短的几十字，就要营造情境，渲染气氛，给人以美的享受，这是非常难的。而容若已经做到了挥洒自如的境界。

●梦回疑在远山楼

如若说湘真此篇是锦衣夜行的侠客腰间的利剑，容若这篇便是白衣飘飘的书生手中的玉箫。剑光寒，箫声冷，情起五更，一曲隔世成知音。

这首词的题副是"咏五更，和湘真韵"。湘真即陈子龙。陈子龙（1608—1647），字人中、卧子，号大樽、轶符，松江华亭人。明末几社领袖，因抗清被俘，不屈投水殉难，留有《湘真阁存稿》。他有一首《浣溪沙·五更》：

> 半枕轻寒泪暗流，愁时如梦梦时愁。角声初到小红楼。
>
> 风动残灯摇绣幕，花笼微月淡帘钩。陡然旧恨上心头。

这阕词是陈子龙早期的作品：清晨的寒意已经侵到枕畔，泪水不知已暗自流了多久。梦未央，愁难尽，愁时入梦愁不消，梦到醒时愁愈盛。愁绪彼此交织层叠，令人黯然神伤。五更天了，角声幽深呜咽，远远传到小红楼。风吹残灯，帘幕轻摇。薄雾衬着花香，一挑眉月清影淡淡，玉帘钩仿佛引入溶溶月色中。清景如画，但陡然间旧恨又上心头。

　　陈陈子龙的这首词，词采清丽，笔调优美，意蕴幽深。相比他笔下"泪暗流""陡然旧恨上心头"的曲折往复，情词跌宕；容若词中"湿欲流""梦回疑在远山楼"，则更有哀而不伤，风露清愁的韵致，如晚清评论家陈廷焯所说："调和意远，似此真不愧大雅矣。"特别是最后一句"待听邻女换梳头"，看似平和家常，但是多少次长夜难眠近五更，才知道邻女此时将起唤人呢？正所谓"从旁面生情"，而其情更深。

纳兰词

浣溪沙·庚申除夜①

收取闲心冷处浓②，舞裙犹忆柘枝红③。谁家刻烛待春风④。

竹叶樽空翻彩燕⑤，九枝灯烬颤金虫⑥。风流端合倚天公⑦。

注　释

①**庚申除夜**：即康熙十九年除夕。②**收取闲心**：谓约束心思。③**柘枝**：即柘枝舞。柘枝舞是中亚一带的民间舞，柘枝舞伴奏音乐以鼓为主，间有歌唱，舞姿美妙、表情动人。此舞在唐代由西域传入内地。④**刻烛**：古人刻度数于烛，烧以计时。⑤**竹叶**：酒名，即竹叶青，亦泛指美酒。**彩燕**：旧俗，立春日剪彩绸为燕饰于头部。⑥**九枝灯**：古灯名，一干九枝的烛灯。**烬**：熄灭。**金虫**：比喻灯花。⑦**端合**：应当、应该。**天公**：天。以天拟人，故称。

词　解

此篇描绘了贵族之家除夕守岁的情景：不要独自在冷僻角落沉浸于闲愁了，眼前优美动人的柘枝舞，舞裙仿佛还像当年一样艳红。是谁家在除夕夜刻烛静待新春的到来？竹叶青酒喝尽了，人人头饰彩燕，个个兴高采烈。九枝灯快熄灭了，灯花飘落，仿佛金色的飞虫。风流此夜，是天公赐予，非人力所能为啊。

我是人间惆怅客

二二九

庚申除夕，容若感叹岁月流逝，写下了这阕《浣溪沙》。是年，容若二十六岁。大概在这一年，容若由司传宣改为经营内厩马匹，康熙出巡用马，全都是由容若进行挑选。容若还时常到昌平、延庆、怀柔、古北口等地监督放牧。这对于腹有青云之志的容若来说，实在不是一个理想的职位。容若尽管尽忠职守，但只是出于对国家的忠心，而并非其志向。这阕《浣溪沙》，表面上看是写富贵人家团圆守岁的情景，其实是慨叹自己的才能得不到施展，空有雄心壮志。

柘枝，是柘枝舞的简称。柘枝舞，是从西域传入中原的舞蹈。柘枝舞在中原地区广泛流传后，出现了专门表演这种舞的"柘枝伎"，并从独舞逐渐发展为双人舞。宋代继承唐代的风俗习惯，柘枝舞经常在贵族的酒宴中由伎人负责表演，供宾主欣赏，舞蹈婀娜多姿又矫健明丽。柘枝舞在唐代原本属于教坊，柘枝词于是因舞而起。这种舞蹈至宋代还存在于乐府之中，但在元宋交替时失传。从此之后，词曲当中只剩下"柘枝令"的词牌名。

刻烛，也就是寻常人家在夜间的计时方法，也是文人的一大雅事。古人在蜡烛上刻度数，根据燃烧的长度来计时。这里是指计时守岁。

金虫，用来比喻灯花，灿烂微小，如金色飞虫。彩燕，旧日习俗中，立春时应当剪彩绸为燕子形，装饰于头上。九枝灯，一干九枝的烛灯。

良辰美景，风流此夜，

●风流端合倚天公

语句看似平淡，其实蕴含着容若心中的起伏波澜。仕途上无法尽展青云志，隐不得入山林。此中的纠结让容若郁郁于心。

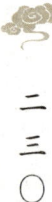

但这是天公赐予，非人所能求啊。

顾贞观悼容若时说："所欲试之才，百不一展；所欲遂之愿，百不一酬；所欲言之情，百不一吐。"这首词虽然摹写除夕欢宴守岁，却隐隐有怀思之情，以及人生常不如意的惆怅无奈。他只能轻轻地说"风流端合倚天公"。然后，在内心深处隐藏起自己的寥落闲愁。

太常引

晚来风起撼花铃^①，人在碧山亭。愁里不堪听，那更杂、泉声雨声。

无凭踪迹^②，无聊心绪，谁说与多情。梦也不分明，又何必、催教梦醒。

纳兰词

注 释

①**花铃**：即护花铃。用以惊吓鸟雀，保护花草。②**无凭**：无所凭据，即无法寻找。

词 解

此词抒发词人无聊心绪：夜来风起摇动了护花铃，铃声传入伫立在碧山亭里的人耳中。这声音忧愁的人如何能听得，更何况还夹杂了泉声、雨声。行迹不由自主，心绪百无聊赖，谁来听我述说衷情。梦境也是茫然模糊的，又何必催人梦醒。

评 析

这一首《太常引》，并没有确切的写作季节，没有确切的地点，根据词的内容推断，应当是容若离家夜宿其他地方时抒发的自身感受。

容若在首句写到花铃。花铃，也叫护花铃，是指一种系在花枝上的小金铃。古人由于爱惜花朵，怕鸟雀来糟蹋，于是在花枝上系上铃铛，鸟飞来时就会碰响铃铛，以便把鸟雀惊走。此前容若的《临江仙》有句："几回断肠处，风动护花铃。"这护花铃响起，一定是惹他想起了前尘旧事。旧事如果刻骨铭心，一种是欣欣喜悦，一种是寂寞感伤。这山中一夜，自然是后者，所以他的愁绪才如斯不堪。

　　词中的字句，一个"不堪听"，一个"谁说与"，一个"又何必"，都令人读后心有不忍，这世间的温暖情意，为何唯独将他舍弃？天性与命运在他身上反复纠缠，正好对应后人的一个疑问——究竟是性格决定命运，还是命运塑造了性格？

　　容若长期处于一种忧愁抑郁的状态，日积月累，身心俱损。但我们读他的任何一首词，不管是欢喜或是悲戚，都怀有一颗爱怜之心，欢喜者怕好物易散，悲戚者怨命运不公。综观这首词，意旨似在"无聊心绪"这四个字上。上阕以声衬愁，下阕直接抒怀，最后用"梦也不分明，又何必、催教梦醒"作为结尾，收束全词，颇为人称许。陈廷焯在《白雨斋词话》中称此句"凄然"，胡薇元的《岁寒居词话》中称其"缠绵往复"，后来盛冬铃在《容若词选》中写："'梦也不分明，又何必、催教梦醒。'至情流露，不加雕饰，随口说来，自然而然成为警句。纳兰词的胜境，于此可见一斑。"

　　纳兰词是一枝无限娇艳而又无限清纯的花，悄然开在我们的心上。这当中的好处，读懂了，就是一辈子的爱与包容。

●又何必、催教梦醒

他幽然一叹，感到了无尽的落寞。夜色有多深，落寞也就有多深。落寞是比寂寞更加无力的一种状态，有被抽空般的静默与凄婉。

摸鱼儿·午日雨眺①

涨痕添、半篙柔绿，蒲梢荇叶无数②。空濛台榭烟柳暗③，白鸟衔鱼欲舞。桥外路，正一派、画船箫鼓中流住。呕哑柔橹④，又早拂新荷，沿堤忽转，冲破翠钱雨⑤。

蒹葭渚⑥，不减潇湘深处。霏霏漠漠如雾，滴成一片鲛人泪⑦，也似汨罗投赋⑧。愁难谱，只彩线、香菰脉脉成千古⑨。伤心莫语，记那日旗亭⑩，水嬉散尽，中酒阻风去。

注释

①**午日**：端午节。②**涨痕**：涨水的痕迹。**柔绿**：嫩绿，此处代指嫩绿的水色。**蒲**：蒲柳。③**烟柳**：谓烟雾笼罩的柳林。④**呕哑柔橹**：船行水面时，橹篙划水发出轻柔的水声。呕哑，像水声。⑤**翠钱雨**：指新荷生出时所下的雨。翠钱，新荷之雅称。⑥**蒹葭渚**：长满芦苇之洲渚。⑦**鲛人**：神话传说中的人鱼。⑧**汨罗投赋**：指屈原投汨罗江而死。后人写诗作赋投入江中，以示凭吊。⑨**香菰**：即粽子，因用菰米做成，故称香菰。⑩**旗亭**：酒楼。

词解

　　江边水势见涨，嫩绿的水波荡漾着，船经过无数的蒲柳与水荇。雨中亭台楼榭一片空蒙，柳林仿佛烟雾笼罩，白鸟衔着鱼儿掠水飞去，姿态轻盈仿佛起舞一样。桥那边，有画船正到中流，箫鼓声遥遥传来。小舟继续前行，橹声轻柔，沿着堤岸突然转弯，冲破了荷花绽放时节下的细雨。

水中满是芦苇的小洲，惝恍迷离，不逊潇湘之水。雨漫天而下，飘飘洒洒，激起雾气迷茫。雾气凝结，滴落下来。神话中的鲛人泪是这样吧。汨罗江畔投诗赋凭吊屈原的人们，那时的心绪也是如此吧。愁情难写，只能用彩线缠裹香菰投入江中以示这千古的脉脉哀思。想起去年的今日，酒楼之上，看游戏竞渡的人们都散去了，我们也在酒酣之时迎风归去，任风鼓起袍袖。

评析

词的上阕清新婉丽，透着一片闲情逸致。词中所描述的景致，清新与迷离彼此交织，动静相宜，充满着生机。下阕从沙洲上的芦苇起兴，词意一转，基调陷入愁绪与迷茫之中。蒹葭，即芦苇。蒹，没有长穗的芦苇。葭，是初生的芦苇。由蒹葭转到潇湘，由潇湘再到屈子。容若提到屈原也属于自况。汨罗投赋，说的是屈原忧愤国事，投汨罗江而死后，后人写诗作赋投入江中，以示凭吊之情。

●香菰脉脉成千古

综观全词，前景并没有显得哀怨凄清，而后情则思想当中包含凄婉幽怨，形成强烈的对比，如此大的转折，大起大落，使所抒发情感更为深厚郁勃，沉致幽婉。容若感前人，思今世，有苦难言。即便想乘风归去，仍是高处不胜寒。

这首词应当是容若早年的作品。下阕的结句"中酒阻风去"，使容若骨子里的狷狂峥嵘显露出来，郁勃之气与隐伏在其中的豪情，呼之欲出。中酒，即醉酒。阻风，为风所阻，也可是临风。两词前人多有所用。杜牧诗《郑瓘协律》中有"广文遗

韵留樗散，鸡犬图书共一船。自说江湖不归事，阻风中酒过年年"。容若一句"中酒阻风去"，大有苏轼"我欲乘风归去"的意境。但这般看似任性快意的感情背后，却隐藏着深深的无奈和失落。

杜牧诗中"广文遗韵"暗指郑璀才学俱优，有郑虔之风。郑虔是盛唐著名文学家、诗人，又是精通天文、地理、博物、兵法、医药的一代通儒，但后来由于公务之余集缀当朝异闻，初成草稿八十余卷，不幸遭人诬告"私撰国史"，仓皇焚稿，因罪而外贬十年。容若考中进士的那一年，主考官蔡启因小过，受到惩处，境遇与郑虔类似。不知容若在词中引用此句，是否有为其鸣不平之意，借端午来怀念屈原与恩师。

梦江南

江南好，城阙尚嵯峨①。故物陵前惟石马②，遗踪陌上有铜驼③。玉树夜深歌④。

注 释

①**城阙**：城市，特指京城。这里指明故都南京。**嵯峨**：形容山势高峻。②**故物**：旧物，前人遗物。**石马**：石雕的马，古时多列于帝王及贵官墓前，这里指前代帝王陵墓前的石刻。③**遗踪**：旧址，陈迹。**陌上**：路上。**铜驼**：铜铸的骆驼，多置于宫门寝殿之前。代指游冶之地或繁华之地。④**玉树**：乐府吴声歌曲名，南朝陈后主所作歌曲《玉树后庭花》的简称，被视作亡国之音，这里泛指柔美的曲调。

词 解

此词吟咏南京城的官阙、皇陵：江南多么美好，那城阙依然高耸矗立。前朝旧物只剩陵前的石马，陌上的铜驼。深夜里仍有柔美靡曼的歌声传来，是当年的《玉树后庭花》吗？还记得亡国的悲哀吗？

评 析

这一首是抒发在金陵的见闻与感慨，苍凉感喟，王朝兴废之情溢于言表。词中提到的陵，应当是明太祖朱元璋的陵墓——明孝陵，在明清交替之际，孝陵的很多地上建筑毁于兵火之中，陵中苑囿里放养的梅花鹿遭受世人的恣意捕杀，断壁残垣，一派萧瑟景象，唯有陵前的石马空空伫立，无言无泪，黯然神伤。

词中提到的铜驼，原本是洛阳的文物。当初，汉朝时朝廷铸造了铜驼

●遗踪陌上有铜驼

　　门外楼头，悲恨相续，王国陨落，红颜委顿。那六朝金粉的往事，历历如在眼前，不久之后又重现。这便是兴亡的规律。

一对，精工巧细，堪称极品，因此铜驼伫立之处就被称为铜驼街，逐渐成为洛阳城当中最繁华的街道。"金马门前集群贤，铜驼陌上集少年"，成为太平盛世的绚丽典范。但时过境迁，风光变幻，晋代的书法家索靖在一个风雨飘摇的夜里隐隐然预感到天下即将大乱、繁华将逝，手抚铜驼长叹："将来再见到你时，你或许已经被茂密的荆棘所深深埋没了吧？"于是给后世留下了"荆棘铜驼"的典故。

　　用铜驼来比喻兴亡，当初汉朝繁华地，遗迹只剩下旧铜驼。容若尽管身为清朝权贵，但汉化日深，浸淫日久，对此即便没有江山易主之悲，也应当有几分弹指兴亡之叹。

　　玉树依然是用典，指南朝陈后主亲手谱写的《玉树后庭花》，淫靡哀婉，世称亡国第一音。

梦江南

江南好，怀古意谁传。燕子矶头红蓼月^①，乌衣巷口绿杨烟^②。风景忆当年。

注释

①**燕子矶**：地名，在江苏省南京市东北部观音山，突出的岩石屹立长江边，三面悬绝，宛如飞燕，故名。**红蓼**：蓼的一种，多生水边，花呈淡红色。
②**乌衣巷**：地名，在今江苏南京，是东晋士族名门的聚居区。晋宋时期王、谢等名门望族住于此。

词解

此词借历史遗迹发吊古之情：江南多么美好，这怀古之意谁能来传达呢？那燕子矶边升起明月，乌衣巷口的如烟杨柳，风景如同千百年前一样啊！

评析

燕子矶，是南京首屈一指的怀古胜地，也是南京一景，位于南京郊外，长江水滨，三面孤绝临江，双翼如燕，可登临、可观兵。乌衣巷，位于南京城内，是旧时王、谢等世族大家的大宅故居。

●燕子矶头红蓼月

遥望明月、怀古追思是人之常态，尤其是在人间仙境的江南。乌衣巷口杨柳依依，燕子矶头明月皎皎，对此如何不感慨万千？

我是人间惆怅客

二三九

昔日繁华都已过去，现在的燕子矶头，红蓼花轻盈地绽放在月光的照耀下，乌衣巷口，垂杨柳迷离如烟。古人不见今时月，今月曾经照古人。此时此地，亦真亦幻，亦今亦古，书中事成当下事，眼中人似梦中人。当年风景，都已在眼前。

纳兰词

梦江南

江南好，虎阜晚秋天^①。山水总归诗格秀^②，笙箫恰称语音圆。谁在木兰船^③。

注　释

①**虎阜**：即虎丘，山名。在江苏省苏州市西北，亦名海涌山，唐时因避讳曾改称武丘或兽丘，后复旧称，相传吴王阖闾葬于此。其上有虎丘塔、云岩寺、剑池、千人石等名胜古迹。②**诗格**：诗的风格，此处指山水极富诗情画意。③**木兰船**：木兰舟。南朝梁刘孝威《采莲曲》："金桨木兰船，戏采江南莲。"

词　解

这首词描绘的是苏州虎丘的美景：江南多么美好，正是虎丘美丽的晚秋时节。山水秀丽，宛如诗境，笙箫之音与柔美圆润的吴侬软语相融合，煞是动听。远处又划来一叶兰舟，坐在上面的人会是谁呢？

评　析

虎阜也就是虎丘，苏州名胜，传说春秋末年的霸主吴王阖闾埋葬在此地，安葬之后三日有猛虎盘踞其上，故名虎丘。容若随銮驾来到苏州，在这虎丘的名胜古迹，领略那向来只能在诗文中一晤的、令人动心的江南山水。虎丘之上，晚秋天气，山水如诗，笙箫曼妙，吴侬语软。清景如画，是谁在木兰舟上渐行渐远？

短短的一阕词，却勾勒出宛如一幅山水画卷的美景，让人悠然神往，而又让人不禁好奇，那木兰舟上究竟会是怎样的人呢，结尾为读者留下了足够的想象空间。

梦江南

江南好，真个到梁溪①。一幅云林高士画②，数行泉石故人题③。还似梦游非。

● 真个到梁溪

"行到水穷处，坐看云起时"，此等惬意人生，哪个文人心中不想？纵使心有青云之志、怀抱万里河山，见到梁溪如此美景，定然也会流连忘返，不作他想。

词 解

此词赞美无锡梁溪的风景如画：江南多么美好，如今真的来到了梁溪。眼前美景，仿佛高士画作；清泉白石，是否故人诗中所题？如今眼前这美景到底是真是幻？！

评 析

梁溪位于无锡以西，有时也被用作无锡的代称。容若的好友多为江南人氏，顾贞观和严绳孙的故乡都在无锡。而现在，真的来到了老友的故里，欢欣之情几乎融于笔端。

词中提到的云林，是指元代著名的书

画大家倪瓒，字云林，隐居避世，向来有高士的称誉，是无锡人。词中的"故人"，应当指容若所交往的江浙一带的汉人文人雅士，顾贞观自然是其中的一位，而另一位好友严绳孙擅长书画，无锡人经常把他与倪瓒并列，"云林高士画"或许即指绳孙。无锡山水，恍如大家山水画作，高妙清幽妙处自然并非世俗之人可以领会的。行走之间所见到的一泉一石，均有故交好友的题咏。容若身在他乡，却以这样一种形式频繁遇到故友，这一番感受，当真要问一声"还似梦游非"。

梦江南

江南好，水是二泉清^①。味永出山那得浊，名高有锡更谁争^②，何必让中泠^③。

注释

①**二泉**：指无锡惠泉，又名"陆子泉"，因其有天下第二泉之称，故名。②**名高**：崇高的声誉，名声显赫。③**中泠**：泉名，即中泠泉。在今江苏省镇江市西北金山下的长江中。今江岸沙涨，泉已没入沙中。相传其水烹茶最佳，有"天下第一泉"之称。苏轼《游金山寺》云："中泠南畔石盘陀，古来出没随涛波。"

词解

此词赞美无锡惠山泉水清味永：江南多么美好，二泉的水最为清澈。泉流出于深山，隽永清甜，名满天下，其美名是早为人们所赐予，何必非要屈居中泠泉之下呢？

评析

二泉，指无锡的惠山泉，茶圣陆羽评之为"天下第二泉"，因此也称"二泉"。

著名的二胡曲目《二泉映月》其实说的就是无锡惠山泉中映着月亮的场景，那么既然有了二泉，那天下第一泉又是何处呢？

天下第一泉，也就是词中末尾提到的"何必让中泠"的"中泠"。中泠泉也位于江南，在镇江金山之下。

容若对中泠泉天下第一的名声并不服气，所以才说"名高有锡更谁争，何必让中泠"。是说二泉之美，已经是天下无双，何必排位在中泠之后呢？

纳兰词

"名高有锡更谁争"，这里提到的有锡就是无锡。这是一个非常有趣的地名。无锡附近有一座山峰，在周秦时代盛产铅锡，因此得名锡山。到了汉代，锡山的资源逐渐枯竭，所以这里得名无锡；待到新莽时代，锡山发现了新的锡矿，被传为奇迹，所以此地改名为有锡；时间到了东汉，光武年间锡矿再次枯竭，顺帝时就把有锡改为无锡。这就是无锡地名的由来。

容若既是写泉，也是写人。"味永出山那得浊"一句，暗用杜诗"在山泉水清，出山泉水浊"，反用其意，认为惠山泉水质清绝，无论是在山中还是出山，都不会有丝毫改变。这其实是容若的自况，我们可以从中读出两层意思：一是容若自谓尽管身浮宦海，但赤子之情永远不会受到丝毫污染；二是此时此地对沈宛的思念，不管是在家还是离家，无论是身处江南还是塞北，真情缱绻，金石可鉴——这就是诗词语言的歧义之美，围绕着字面当中的一个主要意象，可以做出多个层面与角度的解读，而这些解读往往彼此并不矛盾、深浅各异、所指有差。这就是所谓的"诗无达诂"，即对诗的解读没有固定的答案与标准。我们只要按照自己的喜好能做出合理的解释，就足够了。

我是人间惆怅客

梦江南

江南好，佳丽数维扬①。自是琼花偏得月②，那应金粉不兼香③。谁与话清凉④。

注释

①**佳丽**：美丽。**维扬**：扬州的别称。②**琼花**：一种珍贵的花，扬州琼花为绝世之珍，叶柔而莹泽，花色微黄而有香。有"维扬一枝花，四海无同类"一说。③**金粉**：黄色的花粉，这里指琼花。④**清凉**：凉而使人清爽的。

词解

此词描绘扬州的琼花之美：江南多么美好啊，好花唯有扬州的琼花最美。那美丽的琼花偏又得到明月的眷顾，美丽的花蕊自然饱含宜人清香，谁来诉说这清凉芳香呢？

评析

维扬，这个地名也是很有来历的。《尚书·禹贡》将天下划分成九州，其中有"淮海惟扬州"的句子，"惟"是动词，是说淮河与黄河一带是九州当中的扬州。后来儒家的另一部经典《毛诗》把"惟"字写作了"维"，后人就摘取其中"维扬"二字当作扬州的别称，尽管此时所说的扬州与九州中的扬州完全不同。

这里提到的佳丽并非指美女，而是指美景。意思是江南的风景处处都很美，但最美的还是扬州。而扬州名闻天下的风景，一是琼花，二是月色。

琼花，扬州后土祠的琼花全天下只此一株，所谓"维扬一枝花，四海无同类"；月色，扬州月色之美得益于徐凝诗中名句的流传："天下三分明月夜，二分无赖是扬州。"月色在全天下总共有三分，扬州得到其中二分，

纳兰词

后人诗词增益，愈见其美，愈见其名。"二十四桥明月夜，玉人何处教吹箫"更成为千古绝唱。

词中提到的金粉，其含义有两种说法，一种是琼花花粉，另一种是指黄菊。所谓兼香，是说香气之馥郁压过群芳。而最后的结语，在扬州这般琼花得月、金粉兼香的佳丽之地，又有谁可以与我一同欣赏、一同分享、一同快乐呢？

梦江南

江南好，铁瓮古南徐[①]。立马江山千里目[②]，射蛟风雨百灵趋[③]。北顾更踌躇[④]。

注释

①**铁瓮**：即铁瓮城，江苏省镇江古城名，三国时孙权所建。宋王令《忆润州葛使君》云："金山寺近尘埃绝，铁瓮城深气象雄。"**南徐**：古代州名。东晋侨置徐州于京口城，南朝宋改称南徐，即今江苏省镇江市，历齐、梁、陈至隋开皇年间废。②**立马**：骑在站立不动的马上，驻马。③**射蛟**：指汉武帝射获江蛟事，后世诗文中作为颂扬帝王勇武的典故。**百灵**：各种神灵。④**北顾**：山名，即北固山，位于镇江东北的江滨。有南、中、北三峰，三面临长江，地势险固，所以称为"北固"，有"京口第一山"之称。梁武帝曾登临此山，赞叹京口的壮观，因此改名为"北顾"。

词解

此词借历史遗迹写镇江美景：江南多么美好，那镇江的铁瓮城闻名遐迩。立于北顾山，面对大江而遥想古代帝王勇武的霸业，何等的雄奇伟岸，令人踌躇满志！

评析

铁瓮，即铁瓮城，是镇江北固山前的一座古城，是三国时期孙权所建。南徐，是镇江的旧称。

北固山，这是辛稼轩词中时常出现的一个地名，多少国仇家恨，多少英雄血泪，全都是在这北固山的前后、铁瓮城的周遭发生的。一个看似平凡的地点，在普通人看来不过是街谈巷议之所，而在容若看来，却是历史

的沉淀，记录着盛衰兴亡的无言史书。

　　射蛟的典故用得非常巧妙，既是用典，又是写实。这原本是指汉武帝南巡时在江心射蛟的历史往事，如今物是人非，历经两汉魏晋、唐宋元明，近两千年的沧桑变幻，朝代更替，皇帝更迭，如今到了康熙帝南巡的时候，依旧是江南旧地，仍是射蛟盛况，遥想汉武帝当年之事，难免踌躇万千。

我是人间惆怅客

梦江南

江南好，一片妙高云①。砚北峰峦米外史②，屏间楼阁李将军③，金碧矗斜曛④。

注释

①**妙高**：妙高山，在江苏省镇江市金山的最高处，顶上有坪如台，名妙高台，亦名晒台。②**米外史**：宋代书画家米芾别号海岳外史，故称。③**李将军**：李思训，唐宗室，人称大李将军，善画山水树石，笔力遒劲，后人画着色山水多取其法。④**斜曛**：落日的余晖。

词解

此词赞美了镇江的风光如画：江南多么美好，那妙高山上浮云缭绕。妙高山之风景美妙如画，斜矗在夕阳之中更显金碧辉煌，如同出自大家之手的画卷。

评析

妙高云，是妙高山上的云。妙高山是镇江金山的最高峰，峰上有妙高台，是宋代僧人了元所修建的。容若在这妙高台上登峰极目远眺，但见层峦叠嶂，楼阁阴晴，夕阳西下，斜晖漫天。江南胜景，无出其右者。

"砚北峰峦"之"砚北"，指的是砚山园之北，米外史是指宋代大书画家米芾。这又是一个非常富有文化情趣的典故。早先，南唐后主李煜得到了一方名砚，砚台四周雕刻有三十六座峰峦，都有手指般大小，所以称作砚山。南唐被北宋灭亡，覆巢之下无完卵，国宝四散零落，后来落到了米芾手上。米芾是宋代书画巨匠，但没有对这方砚台特别珍视，而是拿这块砚台在镇江甘露寺下临江之处换了一块土地，在上面修建了一座宅邸。等到南宋绍兴年间，米芾用这方砚台换来的宅子归属于岳飞的孙子岳珂，岳珂在这片地上建筑了一座园林，并根据此地几番易主的传奇经历，将这座园林定名为砚山园。

李将军，是说唐朝宗室李思训、李昭道父子。李思训官拜左武卫大将军，是唐代绘画大家，喜用金碧重色，画称金碧山水，气象富贵无极。李昭道被称为小李将军，而且还继承了父亲的画风，宋琬词中有"金碧楼台青黛树，小李将军"的句子。

容若这里用米外史和李将军两个典故，当真是以风景如画来描绘镇江的美景：峰峦犹如米芾笔下的超然山水，山水之间乍隐乍现的亭台楼阁犹如源自二位李将军妙手的金碧重色。这般美丽依然不够，最后夕阳以斜曛点染，堪称仙境无极。

梦江南

　　江南好，何处异京华①。香散翠帘多在水②，绿残红叶胜于花。无事避风沙③。

注　释

　　①**京华**：国都。②**翠帘**：绿色的帘幕。③**无事**：无须，没有必要。

词　解

　　此词概括写江南的美好：江南是多么美好啊，与京城有什么区别呢？风光秀丽，山明水秀，气候宜人，无须躲避北方那令人生厌的风沙。

评　析

　　这是一种"忘记他乡是故乡"般的喜悦，是一番"游人只合江南老"式的流连。此处重帏帘幕里是荡漾水中的倒影，清清婉婉，看不到北国的风沙霜寒。斯人独立，一抒才子之心；爱侣红巾，且揾英雄之泪。全篇都弥漫着一种清新婉转、悠扬喜悦的感觉。由于这里是江南，由于这里是无数知交好友的家乡，更因为此处是沈宛的生长之地。

　　《梦江南》这种小令，由于字数简练，无法详细铺陈，因此内容有限；但是如果若干首小令合成一组，成为一系列完整的组诗，这就超越了小令自身的体裁限制。这一写法，从唐代无名氏的《九张机》到宋朝欧阳修的《采桑子》系列，都在传承，是为词家所应用的一种独到体裁。容若以《梦江南》的词牌来抒写这一次的江南旅行，在爱侣的故乡做着犹如组诗所叙一般的甜梦。

　　看过江南的风景后，生性喜近自然的容若，也更坚定了远离官场的决心，曾写信给好友顾贞观，吐露心灵深处的强烈愿望"恒抱影于林泉，遂忘情于轩冕，是吾愿也，然而不敢必也。悠悠此心，惟子知之"。但可惜不久之后就去世了，结束了自己惊才绝艳，但又忧伤郁郁的一生。

望江南·宿双林禅院有感

挑灯坐①，坐久忆年时。薄雾笼花娇欲泣，夜深微月下杨枝②。催道太眠迟。

憔悴去，此恨有谁知。天上人间俱怅望③，经声佛火两凄迷④。未梦已先疑。

纳兰词

注 释

①**挑灯**：拨动灯火，点灯。亦指在灯下。②**杨枝**：杨柳的枝条。③**怅望**：惆怅地看望或相望。④**佛火**：指供佛的油灯香烛之火。**凄迷**：景物凄凉迷茫。

词 解

　　此词是在双林禅寺当中，为伤悼亡妻卢氏所作：坐在灯下，回想陈年旧事。薄雾之下花影朦胧，夜已深沉，月亮已经落下杨柳枝头，听你催促我不要睡得太晚，那样的情景历历在目，而今你却已经离去，心中无限幽恨还有谁能知道？你我天人永隔，怅然相望，在这经声佛火中不胜凄迷，如此光景是梦是幻，还没睡去却已经分不清了。

评 析

　　"薄雾笼花娇欲泣"，化用程垓《满江红》词中"薄雾笼花天欲暮，小风吹角声初咽"，把"天欲暮"改成了"娇欲泣"，显得传神而生动，将薄雾下沾露的花枝那种娇怯可怜，犹如美人带泪的样子活现于纸上。

　　"挑灯坐"：在灯下久坐。"忆年时"：回忆起去年此时。"经声佛火两凄迷"：耳中所听、眼中所见都是凄迷情景，更增添了惆怅。佛火，佛寺里的香火。

容若住宿于寺舍僧房中，不但没能遗忘世俗的情感，反而更加勾起对亡妻的刻骨相思。他的"有感"并不是勘破情关的洒脱，而是夜深难寐，在经声佛火中再度沉浸到对亡妻的刻骨思念中。

"未梦已先疑。"这一句词意绵长，似真似幻。禅语梵音间，前尘旧事中，灯下相思苦。灵魂契合的两个人，当一个人离开了，也能让另一个人随之凋零。

●经声佛火两凄迷

禅语梵音间，前尘旧事中，灯下思量着，我觉得心里似轻似重，似真似假。若血肉相连的爱，一个人的离开，会让另一个人随之萎谢。我，心花零落，落地成灰。

梦江南

昏鸦尽①，小立恨因谁？急雪乍翻香阁絮②，轻风吹到胆瓶梅③。心字已成灰④。

注 释

①**昏鸦**：黄昏时天空飞过的乌鸦群。②**香阁**：古代青年女子居住的内室。③**胆瓶**：长颈大腹的花瓶，因形如悬胆而得名。④**心字**：即心字香，一种炉香名。明代杨慎《词品·心字香》："范石湖《骏莺录》云：'番禺人作心字香用素馨茉莉半开者着净器中，以沉香薄劈层层相间，密封之，日一易，不待花蔫，花过香成。'所谓心字香者，以香末萦篆成心字也。"

词 解

黄昏时分乌鸦都飞尽了，我却独自站在那里，心中的怨恨都是为谁而生呢？风乍起，香阁前的柳絮犹如急雪般翻飞，晚风轻轻地吹拂着胆瓶里盛开的梅花。再看那心字篆香已经默默地燃成灰烬。

评 析

这是一首描写爱情的词作。抒发的是凄苦、孤独、幽怨的相思之情，结尾句更是意有双关，心字香的燃尽不但是实景层面上的描画，更隐喻了作者心已成灰的伤感。

春怨对于恋爱当中的男女而言，最大的苦痛莫过于相知却不能相见。容若由于爱情方面的不如意，郁郁终生，词中也多在描述分离之苦，或是闺中思人，或是旅途怀妇，总有一股怨愁难以排解。

夕阳西下，群鸦尽归，此情此景。最是让人黯然神伤。是谁家的女子站在香阁前，蹙眉含颦，无限恨，几多情！

　　容若的这首小令是在描摹一位为了爱情而伤心的女子，这位女子是谁，或者，是否真有其人，我们都无从知晓。甚至，这首小令也像很多同类作品一样，表面上是将一位不知名女子的相思之情抒发得淋漓尽致，实际上却是在表达着作者自己对在水一方的某位女子的深深思念。设身处地地摹拟出你对我的思念，那也同样是我对你的思念。

　　但究竟是庄生梦蝶，还是蝶梦庄生？如鱼饮水，冷暖自知。

我是人间惆怅客

人生若只如初见

闺怨、咏物及伤春悲秋之作

　　容若是一位感情非常细腻的人，也是一位情绪非常容易受到外界环境变化影响的人，因此他的词作当中，有着大量的咏物或是感叹季节转变、物是人非的作品。或是借女子之口，来抒发自己的感伤之情；或是借助咏物，来传递自己别样的悲情；或是伤春悲秋，表达自己的怀念与复杂的心灵感触，也是从另一些角度来抒写自己心灵最深处的想法。这一类词很容易引起读者的共鸣，因为它们与我们的生活并不遥远，仿佛就曾经发生在自己的身上。那句"人生若只如初见，何事秋风悲画扇"，如今更是广为流传，因为这正是说出了无数人的心声！

木兰花令·拟古决绝词

人生若只如初见，何事秋风悲画扇[①]。

等闲变却故人心[②]，却道故人心易变。

骊山语罢清宵半，泪雨零铃终不怨[③]。

何如薄幸锦衣郎，比翼连枝当日愿[④]。

注释

  [①]**何事秋风悲画扇**：这里套用汉朝班婕妤被弃的典故。班婕妤是汉成帝妃子，被赵飞燕陷害，打入冷宫，后写下了《怨歌行》一诗，以秋扇为喻抒发被遗弃的怨情。南北朝时期的刘孝绰写下《班婕妤怨》，又点明"妾身似秋扇"，后世就以秋扇见捐来比喻女子被遗弃。这里指本应相亲相爱，但却成了今日的相离相弃。[②]**故人**：指情人。[③]**雨霖铃**：相传唐玄宗与杨玉环曾在七月七日夜里，在骊山华清宫长生殿当中盟誓，愿生生世世永为夫妻。后来安史之乱爆发，唐玄宗逃往四川，在马嵬坡被迫赐死杨玉环。杨玉环死前说："妾诚负国恩，死无恨矣。"后来唐玄宗在途中听到雨声、铃声而倍感悲伤，写下《雨霖铃》曲以寄哀思。这里借用这一典故说明即使是最后作决绝之别，也不生怨恨。[④]**薄幸**：薄情。**锦衣郎**：指唐玄宗。意思是纵然生离死别，也还是刻骨铭心般念念不忘旧情。

词解

  与相爱的人相处如果总像是刚相识的时候那样，如此甜蜜、温馨，如此深情、快乐该有多好，就不会出现日久生厌、秋扇见捐的悲凉。如今轻易地变了心，你却说情人间本来就是容易变心的。

　　我与你就犹如唐明皇与杨玉环那样，在长生殿中发出过生死不离的誓言，但马嵬之变，唐明皇终究将贵妃赐死。即使如此，杨妃也不生怨怼之心。你和当年的唐明皇相比又如何呢？他也曾经和杨玉环有过要做比翼鸟、连理枝的誓愿。

评析

　　词题说这是一首拟古之作，模拟的是《决绝词》，这本是古诗中的一种，是用女子的口吻来控诉男子的薄情，从而表态与之彻底决裂。如古辞《白头吟》"闻君有两意，故来相决绝"、唐代元稹的《古决绝词》三首等。这里的拟作是借用汉唐时代的典故来抒发"闺怨"之情。词情哀怨凄婉，屈曲缠绵。这怨情的背后，似乎有着深层的痛楚，只是借闺怨来做隐晦的表达罢了。

　　人生若只如初见，那该有多好，一切都还淡如流水，没有过多的羁绊，没有不快乐的遭遇，笑语欢颜都永远地凝固在那个最初相见的时刻。就有如班婕妤的团扇始终像在初夏时节刚拿在手里的那一刻，也如唐玄宗和杨玉环当初一起海誓山盟的时刻，不必在江山与美人中做出艰难选择。

　　这阕词的后半段多处代用《长恨歌》成句。围绕着唐玄宗和杨玉环的爱情故事展开。从政治角度衡量，李隆基荒淫忘国，最终铸成大错。从感情上看，尽管唐玄宗迫于军队的压力，无奈将杨贵妃赐死于马嵬坡，从此阴阳永隔，但唐玄宗却始终信守当初七夕夜半"在天愿作比翼鸟，在地愿为连理枝"的誓言，即便是"天长地久有时尽，此恨绵绵无绝期"，依旧不悔。

　　这首词是以一名失恋女子的口吻对负心的锦衣郎进行谴责。开篇就让人感到非常新奇，原本是两情相悦，恨不能就这样直到地老天荒，然而假如此前就知道迟早会分离，倒不如保持"初见"时那种若即若离，彼此相互怜惜的状态。然后开始描绘负心人诡词狡辩，女子满怀痴情却无端惨遭抛弃，他却说，人心本就是易变的。最后引用七月七日长生殿的典故，谴责薄情郎尽管当日也曾订立下海誓山盟，如今却背情弃义！

"人生若只如初见，何事秋风悲画扇"，容若的这句词，极尽低回伤感的韵味，短短一句却胜过千言万语，人生各种不可言说的复杂滋味尽在其中，叫人感慨万千。

偶然相遇或是刻意安排，将会有怎样一段波澜不惊或是铭心刻骨的爱情故事？未知的前方是若隐若现的风景，充满期待与不期而遇的惊喜。但"人生若只如初见"，永远定格在初见的美丽画面，一切都将保持着最初的好奇与新鲜的状态，

●泪雨零铃终不怨

春风十里后残留的往往却是冷月无声，化成水中月，梦中花。长生殿里的誓言仿佛犹在耳畔，却最终变成马嵬坡前"江山情重美人轻"。

一切都犹如清晨的露珠般晶莹剔透，又如朝阳般灿烂绚丽。果真一直如此，又怎么会出现"悲画扇"的情况呢？但逝水流年终究不可阻挡，美好的东西往往都很短促，姹紫嫣红最终只余断壁残垣，刻骨铭心终归风轻云淡，曾经的山盟海誓往往敌不过家长里短、柴米油盐。春风十里后残留的往往却是冷月无声，化成水中月、梦中花。长生殿里的誓言仿佛犹在耳畔，却最终变成马嵬坡前"江山情重美人轻"。

清平乐

风鬟雨鬓①，偏是来无准。倦倚玉阑看月晕②，容易语低香近。

软风吹遍窗纱③，心期便隔天涯④。从此伤春伤别⑤，黄昏只对梨花。

注释

①**风鬟雨鬓**：语出《柳毅传》，形容妇女在外奔波劳碌，头发散乱。这里指女子憔悴的样子。②**月晕**：又称"风圈"，月光被云层折射，在月亮周围形成光圈。③**软风**：柔和的风。**窗纱**：窗户上安的纱布、铁纱等。④**心期**：心中相许。引申为相思。⑤**伤春**：因春天到来而引起忧伤、苦闷。**伤别**：因离别而悲伤。

词解

记得旧时相约，你总是不能如约而至。曾与你倚着栏杆闲看月晕，软语温存，情意缠绵，那可人的缕缕香气更是令人销魂。如今与你远隔天涯，纵心期相见，那也是可望而不可即了。从此以后便独自凄清冷落、孤独难耐，面对黄昏、梨花而伤春伤别。

评析

这首《清平乐》是纳兰词当中极为旖旎绮丽的一首，是容若早期的作品。

开篇"风鬟雨鬓"源自唐传奇《柳毅传》，内容是龙王的爱女遭受婆家的欺负，在野外放羊，风鬟雨鬓，饱受折磨，让人看了于心不忍。李清

纳兰词

照《永遇乐》也提到过"如今憔悴，风鬟雾鬓，怕见夜间出去。不如向帘儿底下，听人笑语"。风鬟雨鬓是用来形容女子发髻散乱，但造成这种情况的原因未必相同。对于龙女而言，整天遭受欺辱，没有梳妆打扮的时间，更没有梳妆打扮的条件与必要；对于李清照而言，年华已逝，不断遭遇坎坷，憔悴的样子尽管一再小心不被别人看到，但终究瞒不过自己。女子天性爱美，风鬟雨鬓的憔悴模样，总会是因为一些特殊情况的。

这首词里，这位风鬟雨鬓的女子似乎并没有陷入什么窘迫的境地，而是怀着爱情的甜蜜去与心上人相会。这就不得不让我们大感诧异：恋爱中的女子去赴约会，为什么会这样不修边幅呢？

答案隐藏在下一句当中："偏是来无准"，赴约不但造型不够优雅，还不遵守时间。为什么会这样呢？估计他们之间的约会是秘密进行的，需要掩人耳目，时间又很仓促，等女主角赶过来了，自然发髻散乱，也难以拿捏好准确的时间。接下来，约会中"倦倚玉阑看月晕，容易语低香近"——这是这首词里最为旖旎的一幕，两个人倚靠着栏杆共赏朦胧月色，不知不觉间，声音更低了，彼此挨得也更近了，近得连女主角身上的香气都隐约传来，在空气中悠然飘荡。

下阕"软风吹遍窗纱，心期便隔天涯"，这两句让我们明白上阕里"语低香近"的柔情蜜意原来已成为过往，如今只剩下男子一个人在远

●风鬟雨鬓，偏是来无准

曾几何时，我们相会从来未曾迟到，怀揣尾生抱柱的信念，也要见上对方一面，爱得那么深沉隽永，那样心无旁骛。可如今却形单影只，茕茕孑立，天涯路远，心更远，只能对着梨花怨别离。

方不断思念着女子。

　　结尾两句极为煽情，"从此伤春伤别，黄昏只对梨花"，从此，春天就成了伤别的季节，唯有黄昏时分独对梨花。思念的忧伤被"有节制"地表达出来，而并非毫无保留地大肆宣泄。婉约当中传递出丝丝哀愁，不绝如缕，回味绵长，这也是中国古典诗词在表现手法上的一大重要特征。

清平乐

青陵蝶梦①，倒挂怜么凤②。退粉收香情一种，栖傍玉钗偷共③。

愔愔镜阁飞蛾④，谁传锦字秋河⑤？莲子依然隐雾⑥，菱花偷惜横波⑦。

注　释

①**青陵蝶梦**：指离别的妻室。②**么凤**：鹦鹉之一种。体型较燕子为小，羽毛五色，每至暮春来集桐花，故又称桐花凤。③**玉钗**：玉制的钗。由两股合成，燕形。指美丽的女子。④**愔愔**：幽深貌，悄寂貌。**镜阁**：指女子住室。⑤**锦字**：书信。**秋河**：银河。⑥**莲子**：即怜子。**隐雾**：如雾里般看不分明，犹"隐约"。⑦**菱花**：指菱花镜，古代铜镜名，镜多为六角形或背面刻有菱花者名菱花镜，亦泛指镜。**横波**：眼神闪烁，有神采。

词　解

此词表达对某位不得不分开的爱人的怀念：你我天上人间，人神两隔，只有那可爱的鹦鹉却仍在架上。你虽然已经逝去，但是你我的情意却未消减，如今却只能偷偷地拿着你留下的玉钗聊以相慰。阁中寂寂，只有飞蛾相伴，还有谁再寄来书信呢？你对我的情感还依然如初吗？而现在我只有对镜暗自伤情，仿佛又看到了你那双美丽动人的眼睛。

评　析

这首词的开篇"青陵蝶梦"是全词的基调。借用晋代干宝《搜神记》

中的故事："大夫韩凭取妻美，宋康王夺之，凭怨王，自杀，妻腐其衣，与王登台，自投台下，左右揽之，着手化为蝶。"这一典故是"连理枝"一词的由来，也为全词定了一个基调。

"倒挂怜么凤"，这句化用自苏轼的《西江月》："海仙时遣探芳丛，倒挂绿毛么凤。"苏轼作了一个注释，说惠州的梅花上有一种珍禽，名叫倒挂子，样子类似绿毛凤，但个头要小一些。一些后世注释的人认为这种鸟就是现在所说的虎皮鹦鹉，这两句的意思是与爱妻离别了，而那可爱的鹦鹉依旧栖息在架子上，强调的是物是人非的感觉。

"青陵蝶梦"的典故比较特殊，如果只是借"连理枝"之意，适用范围就可以随之扩大，代指一对有情人。但若联想到韩凭夫妻的故事，所欲指的往往是不可抗力之下，对爱情死生与共的坚贞。唐诗中的"青陵"典故往往就表达了这样的含义，如李白《相和歌辞·白头吟》"古时得意不相负，只今惟见青陵台"；李商隐《蜂》"青陵粉蝶休离恨，长定相逢二月中"。容若特意提及"青陵"，或许是为了表达对爱人死生不渝的忠贞，或许别有隐情，后人也有过多种猜测，但终究难以确定其本意。

"退粉收香情一种，栖傍玉钗偷共"。退粉，如罗大经《鹤林玉露》中所载："蝶交则粉退"，代指蝴蝶。收香，也叫桐花凤，是产于成都的一种鸟，时常在暮春时分飞聚在桐花的周围，也叫收香倒挂、探花使。这种鸟儿的性情很温驯，喜欢落到美女的发钗上。

一些注解中，将收香理解为韩寿偷香的典故，认为容若曾经与一名女子偷情。韩寿是晋朝时的美男子，朝中权贵贾充的女儿喜欢韩寿，就把皇帝御赐给贾充的西域特产香料偷偷送给了他，两人于是开始私通，后来贾充的幕僚闻到了韩寿身上有西域香料的特殊香气，告知贾充，贾充知道生米煮成熟饭，就把女儿正式许配给了他。但这种理解过于牵强，也缺乏其他史料佐证。

下阕中，作者的情绪有了变化。"镜阁飞蛾，谁传锦字秋河"，"锦字"代指书信，"秋河"也就是银河，这是说阁中如今寂寥难耐，只有蛾子不断飞舞，但这种昆虫毕竟不是青鸟，无法承担起为恋人传递书信的任务。这句修辞的巧妙之处在于表面上讲的是飞蛾，其实暗用了青鸟传书的典故。表明尽管两情相悦，尽管彼此思念，但两个人却难以进行书信往来。

　　结尾"莲子依然隐雾，菱花暗惜横波"，前一句语出《子夜歌》："雾露隐芙蓉，见莲不分明。""莲子"的谐音是"怜子"，"怜子"之心依然隐藏在雾里模糊不清，分离许久，不知道恋人对我的情意是否还一如往昔？作者暗自伤神，独坐菱花镜前，在镜中，仿佛看到了心上人流盼传情，令人怜爱的眼波。

朝中措

蜀弦秦柱不关情①，尽日掩云屏②。已惜轻翎退粉③，更嫌弱絮为萍④。

东风多事，余寒吹散，烘暖微醒⑤。看尽一帘红雨⑥，为谁亲系花铃⑦。

注 释

①**蜀弦**：即蜀琴，汉蜀郡司马相如所用的琴。相传相如工琴，故名。亦泛指蜀中所制的琴。**秦柱**：犹秦弦。古秦地的一种弦乐器。**关情**：动情。②**云屏**：有云形彩绘的屏风，或用云母做装饰的屏风。③**轻翎**：蝴蝶。④**弱絮**：轻柔的柳絮。⑤**微醒**：微醉。⑥**红雨**：红色的雨,比喻落花。⑦**花铃**：指用以惊吓鸟雀的护花铃。

词 解

　　春日寂寂，让人感到百无聊赖，美好动听的琴瑟之声也激发不起半分情感，整日掩上云屏独自忧伤。面前蝴蝶已经褪粉，柳絮也飘落水中，已是春季将尽的时节。尽管春日东风温煦，业已吹散了余寒，暖意融融令人陶醉，然而也摧残了花瓣让它飘零落下，送走了明媚的春光。唉！看那花瓣随风飘落，当初为花朵而系上的护花铃恐怕已经没有用处了。

评 析

　　此词描写与抒发的是暮春之景和伤春之情：开篇"蜀弦秦柱不关情，尽日掩云屏"，是说自己没心情欣赏美妙的音乐了，整天用屏风遮住自己。

蜀弦与秦柱，字面上是说蜀地的琴和秦地的筝，这里泛指乐器。弦和柱都是乐器上的一个部件。云屏，是一种非常漂亮的家具，有琉璃一般的反光。而且云母在古代还有一层仙家的含义：何仙姑在还没成仙之前，就住在云母溪边，有仙人给她吃云母粉，结果何仙姑就会飞了。由此可以看出"云母屏风"这个典故是烘托出一种很悲凉孤寂的氛围。

开篇作者表达出一种寂寞的、百无聊赖的情绪，接下来"已惜轻翎退粉，更嫌弱絮为萍"，预示着春天将尽，充满了惋惜与懊恼的情绪，伤春之意溢于言表。

"弱絮为萍"，这是古人一种纯朴的观念，看见柳絮和浮萍有类似的地方，就认为浮萍其实是柳絮入水之后变来的。

"轻翎退粉""弱絮为

● 更嫌弱絮为萍

伤春之情填满了胸臆，聆听花开花落的声音也是一种别样的美丽，蝴蝶扇动起自己的双翅，仿佛把人们的伤春之情随同柳絮一起送到远方。爱如落花随风飘零的美丽，春风不能解忧，唯有断肠。

萍”，本是自然界的正常现象，但容若加了“已惜”“更嫌”两个词，人间的烟火气就出来了。蝴蝶褪粉结束了，柳絮变成浮萍了，这就意味着最美丽的时光已经过去了，春天也就走到了尽头。

下阕开始转折，“东风多事，余寒吹散，烘暖微醒”，表面上是说东风把一点寒意彻底吹散，吹得人们暖洋洋的，有一点微醉的感觉。但东风这样做，完全是多事的。因为“看尽一帘红雨”，红雨指的是落花缤纷如雨，李贺的《将进酒》一诗中有“桃花乱落红如雨”的诗句。词的情趣就在这里。词人本来就百无聊赖，对音乐也感到烦闷，对春天的逝去也感觉悲苦，东风却偏偏在此时吹来。尽管送来阵阵暖意，却让花朵凋零，随风飘散。这暖意把已经沉寂下去的伤怀情绪又勾了起来，于是感到自己真是空牵挂，“为谁亲系花铃”。

东风吹来，花瓣纷飞，花朵凋残，美丽的氛围破坏殆尽，让人心伤不已。花是春天的象征，红雨缤纷，意味着春天也即将终结，就算此时在花枝上挂满护花铃，又能改变得了什么呢？“为谁亲系花铃”，以此结尾，作者胸臆之中充满着愁绪，感到难言的寂寞与失落。

这首词既有写景，又有抒情，情景交融，空灵蕴藉，让人深陷此情此景，不由得心驰神往，心情久久不能平复。

纳兰词

浣溪沙

锦样年华水样流，鲛珠迸落更难收^①。病余常是怯梳头。

一径绿云修竹怨^②，半窗红日落花愁。惜惜只是下帘钩^③。

注　释

①**鲛珠**：神话传说中鲛人泪珠所化的珍珠，比喻泪珠。**迸落**：散落。
②**绿云**：如云般繁茂的绿叶。**修竹**：细长的竹子。③**惜惜**：柔弱忧郁的样子。

词　解

　　此词为闺怨之作：锦绣一般美好的年华像流水样地流去了，于是伤心难过，泪水涟涟，病愈之后常常害怕对镜梳头，怕看到镜中自己的憔悴模样。绿竹枝叶繁茂却满含幽怨，窗边洒入落日的余晖，照在一片落花之上，更生出许多愁绪。只有寂寞地独处深闺了。

评　析

"锦样年华"是说锦缎一般绚烂的年华，类似于今天说的花样年华，尽管无限美好，无奈流逝得太快。最令人惋惜的是当你身处锦瑟年华这一阶段时，并不认为这有什么值得珍惜的，甚至不觉得这有什么美好，只有当年华逐渐老去，突然回忆起来，才会体会到过去是多么的美好和珍贵。但那又如何呢？时光一过不再有。

"鲛珠迸落更难收"，是说心中悲伤，以至于止不住眼泪。"鲛珠"是眼泪的雅称，和前边讲过的"红雨""章台"是一个类型。典故出自《搜

纳兰词

● 一径绿云修竹怨，半窗红日落花愁

　　见到小径上绿竹如云，只觉得那如云的都是怨念，看到半窗落日映衬着落花，那飘扬的落花皆为愁绪。尤其是，风景年年不变，容颜却一年年老去，颇有些"人生代代无穷已，江月年年只相似"的感慨，心里更加不是滋味。

神记》，说南海一带有鲛人，像鱼一样住在水里，也和我们一样可以纺线织布，哭泣的时候眼泪就会变成珠子。这两句话的含义就是美好的年华如水般飞快流逝，想到此处我就会泪流不止。

　　历代因感叹岁月无情流逝而潸然泪下的诗句非常多，如果是意志未成而年华已逝，往往会一抒苍茫襟怀，譬如"出师未捷身先死，长使英雄泪满襟"。但英雄终究是少数，也不易学，普通人的情绪可能更接近"锦样年华水样流，鲛珠迸落更难收"。王国维说境界尽管有大小之别，但却无高下之分。例如"细雨鱼儿出，微风燕子斜"这种婉约细腻的境界，并不比"落日照大旗，马鸣风萧萧"这种豪放派的境界差。

　　容若的这首词其实也是诗词的一个经典主题——闺怨。身为男子，历代迁客骚人却时常喜欢假托少女或少妇的口吻和心态来进行一番思春的表达。词中的这位少女，多愁的同时，也是多病。所以才引出下一句"病余常是怯梳头"。为什么会"怯梳头"呢，可以推想的是由于病后体虚，一梳头就总是掉头发，头发越来越少自然就更容易感叹时光飞逝，也就更加心情郁结。

　　下阕转换视角，"一径绿云修竹怨，半窗红日落花愁"，描述的是少女窗外的景象，有一条小路、一片竹林、半窗落日、点点落花。因为情绪低

二七四

落，此刻在他眼中修竹含怨，落花带愁，美丽的景物也变得恼人起来。愁过了，恨过了，那又如何呢？结句"悄悄只是下帘钩"，"悄悄"的意思是柔弱、忧郁，这句是说，女主角忧郁地放下帘钩，关上了窗子，把"一径绿云修竹怨，半窗红日落花愁"全都隔绝在窗外。这又是一个巧妙的手法：前边说竹子也是愁，落日和落花也是愁，于是用关上窗子的办法把这些愁全都隔开，字面上看，愁是被关在窗外了，实际上的意思是：一个人闷在屋子里，愈发忧愁了。

浣溪沙

脂粉塘空遍绿苔①，掠泥营垒燕相催。妒他飞去却飞回。

一骑近从梅里过，片帆遥自藕溪来②。博山炉烬未全灰③。

注　释

①**脂粉塘**：溪名。传说中是春秋时西施沐浴之处。《太平御览》援引南朝梁任昉《述异记》："吴故宫有香水溪，俗云西施浴处，又呼为脂粉塘。吴王宫人灌妆于此溪上源，至今馨香。"这里指闺阁之外的溪塘。②**片帆**：孤舟，一只船。③**博山**：古代的一种香炉形制名，因为炉盖上的造型类似于传说中的海上名山博山而得名。

词　解

写闺中女子日夜思念着自己的心上人。脂粉塘中已长满了绿苔，见到燕子飞来飞去衔泥筑巢，不禁心生忌妒。自己的心上人却不能归来，她多么希望爱人能立即飞回她身边。

想象着爱人骑着骏马从近处的梅里驰来，或是驾着一叶扁舟从遥远的藕溪驶来。那该是多么浪漫，多么让人惊喜的事啊！可惜这仅有的一点愿望终归是想象而已。只能对着博山炉中似尽未尽的香灰发呆了。

评　析

首句"脂粉塘空遍绿苔"，脂粉塘是江南一个美丽的地名，相传也叫香水溪，是当年西施沐浴的地方。吴王宫中的女子们都前往香水溪的源头处洗妆，所以这里的溪水又带有一种特殊的香气。在容若的词里，脂粉塘代指女子闺阁外的溪塘。塘中已经长满了青苔，不再是旧时模样。燕子飞去飞来，忙于筑巢去，引得闺阁中的女子情绪烦乱，心里生出了妒忌之意。燕子尚能自由来去，自己与情人已分离多时，他什么时候才能像这梁间燕一样，翩然飞回呢？

　　"一骑近从梅里过，片帆遥自藕溪来"，一个是近景，一个是远景，都是外界的风景，完全是动态的。展示的是女主人公内心的希冀，希望心上人或纵马疾奔，或片帆迢递，回到自己身边，有种流动而轻快的美感。结尾处"博山炉烬未全灰"则又转为静态的内景描写。

●一骑近从梅里过，片帆遥自藕溪来

不由得想起了那句"一声征雁，半窗残月，总是离人泪"，在点点泪花中，盼着离去的人能够早日回归，见到骏马或孤舟前来，朝思暮想的人陡然出现，就这样在烦恼与期盼中度过日日夜夜。

　　南朝刘宋时期的乐府民歌当中有一首："暂出白门前，杨柳可藏乌。欢作沉水香，侬作博山炉。"这首诗是用香料和香炉之间的密切关系来比喻男女之间的情爱。博山炉是香炉的代称，据说长安曾有一位能工巧匠善于制作九层博山香炉，炉子上雕刻着千奇百怪的各类鸟兽，非常精巧美观。因为上面的装饰类似于汉代传说中的仙山博山，因此得名。

　　再看"博山炉烬未全灰"，这句的字面意思非常简单：用博山炉烧香，香刚刚燃尽，香还有些许余热，没完全成灰。单看这一句，确实是平淡无奇，但结合前文来看，会联想到主人公那望眼欲穿的期待——虽然已经开始渐渐灰心了，但还没有彻底放弃，无论如何都还保留有一点余热，在无望中继续期待。把矛盾彷徨的心态把握得更加准确，余味也更悠长。

　　这首词还有一个非常别致的特色：《浣溪沙》这样的小令，字数不多，却用了好几个地名，但丝毫不感觉生硬。这些江南的地名非常优美，融入词中，凸显诗情画意。

　　"脂粉塘"既是地名，又包含典故，这是此前已经分析过的。下阕的一联对仗："一骑近从梅里过，片帆遥自藕溪来"，"梅里"和"藕溪"均为地名。很多书把梅里解释为梅花丛中，把藕溪解释成长满莲藕的小溪，这属于典型的望文生义，但从字面上可以这样理解，也富有风景画的美感。

浣溪沙

一半残阳下小楼，朱帘斜控软金钩①。倚阑无绪不能愁。

有个盈盈骑马过②，薄妆浅黛亦风流③。见人羞涩却回头。

注　释

①**朱帘**：红色帘子。**斜控**：斜斜地垂挂。②**盈盈**：仪态美好的样子。这里指仪态美好的人。③**薄妆**：淡妆。**浅黛**：指用黛螺淡画的眉。

词　解

此词以叙事的手法勾画出少女绰约而又羞怯的风姿：夕阳已经要落山了，小楼之上珠帘斜挂，楼上的人倚靠着栏杆，心绪无聊，无法控制心中的忧愁。这时，一个骑着马，姿态轻盈的少女经过楼下，她虽然只是薄施粉黛，然而却显得那么潇洒、那么风流。然而发现楼上人注视她时，又娇羞地转过了头。

评　析

词适合抒情，很少有用来叙事的。而容若的这一阕《浣溪沙》，则是以罕有的叙事方式结撰而成，别具一格。他给了读者一组慢镜头，慵懒如春水的时光里，潺潺流淌而过的美丽画面。

黄昏时分，残阳如酒。小楼当中，珠帘斜斜垂挂在金钩上。落日的余晖犹如薄薄的锦缎，洒落在栏杆上。他凭栏而立，看着这昏黄斜晖，心中不禁愁绪万千。

●见人羞涩却回头

最是那一低头的温柔，像一朵水莲花不胜凉风的娇羞。道一声珍重，那一声珍重里有蜜甜的忧愁。

"有个盈盈骑马过，薄妆浅黛亦风流。"《古诗十九首》有一首："青青河畔草，郁郁园中柳。盈盈楼上女，皎皎当窗牖。娥娥红粉妆，纤纤出素手。"最惹人注目的莫过于"盈盈"二字，勾勒出世间女子的无限美好。

她略施薄妆，浅描眉黛，见人羞涩却回头。这一个"却"字，仿佛临去秋波一转，欲语还休。又想起李易安的那一首《点绛唇》：

蹴罢秋千，起来慵整纤纤手。露浓花瘦，薄汗轻衣透。

见有人来，袜刬金钗溜。和羞走，倚门回首，却把青梅嗅。

花影瘦，露华浓，如青梅一般的羞涩，但是你眸子里却拥有那一缕难以把握的温柔。此时将两首词合并在一起阅读，居然如此妙不可言。羞涩能把女性的美恰到好处地表现出来。让人沉迷，让人欢喜。

在那个黄昏之后，他的生活或许会一如既往，回归到一汪静水的状态。但这一首《浣溪沙》会记得，那一幅恬静的美丽画卷。有一位如青梅、如水莲的她，从他的小楼下，骑马路过羞涩转头。

浣溪沙

欲问江梅瘦几分①，只看愁损翠罗裙②。麝篝衾冷惜余熏③。

可耐暮寒长倚竹④，便教春好不开门⑤。枇杷花底校书人⑥。

词 解

此词写的是在美好的春日，却愁极寂寞的情态：要知江边的梅树瘦削了几分，只要看看她翠罗裙中愈加纤瘦的腰肢便能知晓。寂寞空庭，香残寝冷，如何不叫人憔悴呢？春天的黄昏总是伴着一丝微寒，独自伫立在瘦竹之畔，多好的春光也无法让她提起开门赏玩的兴致，就只是闭门索居，在枇杷花底静静读书。

评 析

这首《浣溪沙》（欲问江梅瘦几分）是纳兰词研究当中的一个谜案，大家弄不清楚这首词到底说的是哪一位女子，在这位女子的背后究竟隐藏着怎样的一个故事。

"欲问江梅瘦几分"，似乎是咏物，吟咏的对象则为江梅。什么是江梅呢？并不是江边的梅花，范成大有一份《梅谱》，详细列出了各个梅花的品种，但是以文人的角度进行分类的。他说江梅也称野梅，体现的是山野清绝之趣，花朵较小，清瘦而富有韵致，香气最为清雅。

江梅的特点，概括起来就是清瘦、孤傲，所以在这一基础上就能够拟人了，于是就引出了下一句"只看愁损翠罗裙"。意思是如果想知道江梅到底瘦到什么程度了，只要看看这位女子的裙子是不是又显得肥了。这个修辞很巧妙，用后半句来揭示前半句里的"江梅"其实是指一位清瘦、孤傲的女子。那她是为什么而愁呢？下一句交代得越发巧妙，"麝篝衾冷惜余熏"。

"麝篝"指点燃麝香的熏笼，"麝篝衾冷惜余熏"的意思是那位女子感觉被衾有些凉了，去看熏笼，麝香已经烧完，那残留的香气与温度分外让人怜惜。文人总是能把相思之情表达得非常优美而又含蓄，在诗歌的惯用语境中，如果说一个女子感觉床空被冷，通常暗示着一个缘由——思念心上人。这里还有第二层含义，因为古代是典型的男权社会，很少有女性能写诗来表达思慕之意，而男子思念情人时，时常会假托女性的口吻，或者假设女性的生活场景，这也是一种典型的拟代之体"男子作闺音"。

下阕开头的两句对仗，是《浣溪沙》这个词牌的精华部分，"可耐暮寒长倚竹，便教春好不开门"，这是描写女主角的生活：天晚了，冷了，就倚靠着竹子，就算春光无限的好天气也不把房门打开。

"可耐"指无奈、可叹。"倚竹"是个诗歌的常用情境，出自杜甫"天寒翠袖薄，日暮倚修竹"，喻指着虽在艰难中亦不改的意志操守。而春光明媚也不开门则说明至少有两种可能性：一是她心里并不快乐，于是把自己封闭了起来；二是她心里思念着身在远方的情郎，因为得不到爱情的滋润，便对撩动的春光也完全无动于衷了。最后一句"枇杷花底校书人"，借用唐代才女薛涛的典故："校书"原本是"校书郎"的简称，是一种官职，通常是由有才学的人担任，负责校对皇家藏书。古代的薛涛二者兼备，名

纳兰词

气又大，便被当地的官员戏称为"女校书"。渐渐的，这个雅号越传越广。

　　女校书虽然是有文化的乐妓之代称，但后来也被用来称誉女才子。所以词中的女主角究竟是何等身份，其实还是无法确指。清瘦似梅花，日暮倚修竹，无论如何，这种动人的风姿与风骨，令纳兰不吝于用最美好的词句去描摹她。

采桑子·咏春雨

嫩烟分染鹅儿柳①，一样风丝。似整如欹，才着春寒瘦不支②。

凉侵晓梦轻蝉腻③，约略红肥④。不惜葳蕤⑤，碾取名香作地衣⑥。

注　释

①**鹅儿柳**：泛起鹅黄色的柳枝。②**不支**：不能支撑，谓力量不够。③**轻蝉**：指蝉鬓。此处指闺中人。④**约略**：略微、轻微。⑤**葳蕤**：形容枝叶繁盛的样子。⑥**地衣**：地毯。

词　解

此词写春雨，借雨中物象去吟咏：春雨落在泛起鹅黄色的新发柳枝上，弱柳似烟若雾，仿佛是空中飘洒着游丝一般。那千丝万缕看似整齐，风一起，便随风倚侧，或许是嫩柳乍逢初寒还纤弱不支吧。春雨凉意袭人，勘破晓梦，令人懊恼，想来雨后的鲜花应该更加娇俏明艳了吧。又或者雨落花残，残花满地，仿佛用花瓣铺成了地毯。

评　析

春雨如何用词的形式来进行表达呢？应当是借助雨中的物象和咏物者的心理感受去进行摹写刻画。这一篇的物象是初春的弱柳，又把弱柳拟人化；其中的感受者是假托的闺中女子，她期待着雨后花朵即将绽放，又忧心会不会雨落花残，落红满地，自然免不了惜春伤春的愁怨。这样描摹刻画，把春雨的形神都展现得淋漓尽致。

　　细若烟雾的春雨，滴落在刚刚泛起鹅黄色的柳枝上。风乍起，空中的柳丝便随风倾斜过去，像是刚刚遭受春寒的侵袭而无法承受。

　　雨后清晨的寒气侵入，还在睡梦中的女子被惊醒，一夜好眠，鬓发也变得滑腻起来。她猜想着室外经过春雨润泽的花朵应该会显得更艳丽了。但又转念一想，或许这风雨并不怜惜茂盛的草木和枝叶，吹打下满地的落花，花瓣飘零，仿佛是在地面上铺了一层散发着清香的花毯。

　　这首咏雨的作品是假托女子之口的代言词，风格细腻委婉，极为含蓄。写雨没有采用直接渲染和描画，而用侧笔晕开，代之以描写雨中的事物。那个听雨的女子，猜想

●凉侵晓梦轻蝉腻

　　雨把人从喧嚣的尘世带入到诗意的栖居，观雨、听雨，更可以醉雨、梦雨。一场雨，迷蒙了整个视听的世界，弥散出几多浪漫，几多思悟。"自在飞花轻似梦，无边丝雨细如愁"，在窗外依然有一帘挂在苍茫大地上的幽梦。

着刚刚含羞开放的花朵又凋谢在这蒙蒙细雨之中了。雨落花谢，纳兰却用精致细腻的笔触化解了雨和花的对立，让整首词都在丝丝细雨当中弥漫开来，弥漫成一片朦胧梦幻的美丽场景和多愁善感的情怀。

　　观雨带着一种非常美丽的心情，最适合观看"嫩烟般"的春雨，或是细雨蒙蒙的早秋雨。韩愈有诗曰："天街小雨润如酥，草色遥看近却无。"秦观有词云："春路雨添花，花动一山春色。"时而，雨似季节的帘幕，迷蒙了远近景物的姿态；时而，雨又俏皮地开出透明的花朵，增加了各种风物的灵动，都是一种非常惬意的体验。细长的雨丝，连通了天上和人间，

垂落在我们面前，远近的风景事物，都变幻了姿态。

观雨，正是由于赏雨、爱雨。"随风潜入夜，润物细无声"，那一场细雨悠扬而来，又静默而去，但万物都因得到了雨水的滋润和涵养，萌发出全新的生命气息。白居易的"凉冷三秋夜，安闲一老翁。卧迟灯灭后，睡美雨声中"则又是另一种境界，空中有灵，灵中有空，于晴雨变换间容纳了些许禅意。

采桑子

而今才道当时错^①，心绪凄迷^②。红泪偷垂^③，满眼春风百事非。

情知此后来无计，强说欢期^④。一别如斯，落尽梨花月又西^⑤。

注 释

①**才道**：才知道。②**凄迷**：凄凉迷乱。③**红泪**：血泪，指美人泪。"红泪"的说法源于女子脸上搽有胭脂，流下来的泪水和胭脂混合在一起，就成了"红泪"，还有一种说法是"红泪"就是"血泪"，并不是指人的眼睛里真的哭出血，而是指那种由于极度悲哀痛苦而流出的伤心泪。"偷"字活画出伊人心中凄苦的无奈。④**无计**：无法。**欢期**：佳期，指二人再次相见，彼此相守的日子。⑤**落尽梨花月又西**：强调梨花的那种凄迷冷艳的意境。梨花同月犹如梅花若雪，别有一种风骨气质。

词 解

现在才知道当时是错了，心中凄凉迷惘。女子暗自流泪，看到春天百花盛放，春光似海，然而物是人非，不禁黯然神伤。

心中明白从此以后再也没有相见的机会，但还是强作欢颜约定日后一定再相见。从此离别，我只能独守着内心的凄迷与哀怨，孤枕无眠，看着梨花落尽，月亮西斜。

"而今才道当时错",开头的一句,犹如晨钟暮鼓,更如禅师的当头棒喝,振聋发聩。尽管这一句如同白话,但这种直抒胸臆,不再、也不必遮遮掩掩的态度,才可以放下"文以载道"的传统观念束缚,才能够抛开"诗以言志"的成规,真正做到自由自在,无拘无束。

"而今才道当时错,心绪凄迷",另一种美,就是语言的含蓄和多义性。"当时错",如今才终于明白,才开始后悔了,可是,当时"错"究竟在什么地方呢?是我当初不应该与你认识,还是当初我与你不该从相识而走得更近,还是当时我应该牢牢地抱住你,不放你离开——"错",可以是这种,也可以是那种,词中并没有交代清楚,也无须交代清楚,那个极为广阔的空间是留给读者自行想象的。

"红泪偷垂,满眼春风百事非",这句是设想那位女子,她在暗自垂泪,她是在为我伤心,还是在为自己黯然神伤?是在为已经失去的东西伤心,还是在为如今的境遇伤心?

红泪,是用来形容女子伤心的眼泪。一般是用作泛指,但容若使用这一源自被迫进宫成为魏文帝妃子的薛灵芸流泪不已的典故,或许就是借用薛灵芸来暗喻曾经的恋人。有情人无奈离别,迢迢相隔,佳期难再,这是何等泛白椎心的痛

●满眼春风百事非

春风满眼、春愁婉转,从生之美丽感受到死之衰飒,从繁花似锦的春景到繁花落尽的凄凉,独自体会物是人非的伤感情怀,最为痛楚。

楚。

　　"满眼春风百事非"。春风满眼、春愁婉转，从生之美丽感受到死之凄凉，在繁花似锦的春景当中独自体会物是人非的伤感情怀，最为痛楚。此刻的春风和多年前的春风毫无区别，但此刻的心绪却早已进入了秋天。

　　"情知此后来无计，强说欢期"，回想当年的分别，明明知道再也不会有相见的机会了，但还是勉强自己编织着谎言，约定将来一定要会面。那一别真的成为永诀，此时此刻，欲哭无泪，欲语无言，唯有"落尽梨花月又西"——情话写到尽处，以写景来作为结束；以自然界的"花残月落"来昭示个人情感的"花残月落"，这也是当时常见的修辞手法。

添字采桑子

（按：此调词律不载，词谱有《促拍采桑子》，字同句异。一本作《采花》。）

闲愁似与斜阳约[①]，红点苍苔[②]。蛱蝶飞回。又是梧桐新绿影，上阶来。

天涯望处音尘断，花谢花开。懊恼离怀。空压钿筐金缕绣，合欢鞋[③]。

注　释

①**"闲愁"句**：正当愁绪满怀时，正好是夕阳西下的时节，所以愁情仿佛是与夕阳有约。②**红点**：指下句提到的蛱蝶飞来落在苍苔上。③**"空压"二句**：意谓饰有螺钿之筐中，只剩有一双金缕绣织的鞋子，而鞋之主人却不在身边了。

词　解

夕阳西下，春日的黄昏依旧残存着些许寒意，目视着斜阳的余晖，心中生出无限怅惘、迷离的感觉。年年蛱蝶梦花开，岁岁春光长青苔。几点落红点缀在苔藓上，几只蝴蝶翩然飞来，或是为深情款款探花香，或是风姿绰约比红装。

粉蝶曾弄金丝簪，苍苔今映合欢鞋。又是一年梧桐新，庭阶人寂寂，相照唯绿影。玉人音尘无处觅，独留渺渺空怀。怀念着曾经那位伊人，一起度过了美好的春光，但如今却分隔开来，空自缅怀。

容若的这一阕《添字采桑子》，情景交织切换，愁绪迭生。首先感受到春天的暖，其次感受到其中的无限离愁。而后，浓愁缓缓弥漫开来，淹没了春天的暖意。呈现在我们面前的，是一卷清透、情思绵邈的绢帛画卷。眼前风物，心内离情，都让容若感到愁苦恼恨。

钿筐，就是镶有饰物的针线筐箩。

金缕绣，指金丝绣衣。合欢鞋，是古代女子穿的布鞋，绣着鸳鸯或鸾凤的图案。容若是在睹物思人，或者说只能睹物思人。这些被搁置已久的物事，让他一次又一次地沉浸在回忆的深渊当中，无能为力，也无力自拔。

"天涯望处音尘断。"说明容若已经和伊人离别，难以相见。这首词的创作年份不详，也不知是为何人所作。但词中的别愁离绪，宛如划在他心口的一道难以愈合的伤。就算在这春天，草木再丰美，春意再明艳，也治愈不了其中的一丝一毫。

●天涯望处音尘断

一生一代一双人，却只是金风玉露一相逢，美丽绚烂却注定无法长久。薄欢如梦，世间之事，愈是美好也就愈是短暂。此次相逢之后，空流落花般的记忆，挥之不去。

忆王孙

暗怜双绁郁金香①，欲梦天涯思转长。几夜东风昨夜霜。减容光②，莫为繁花又断肠。

注 释

①绁：拴、缚，此处指两花相并。**郁金香**：供观赏的多年生草本植物，叶阔披针形，有白粉，花色艳丽，花瓣倒卵形，结蒴果。②**容光**：脸上的光彩。

词 解

那成双成对的郁金香不由得让人生出怀人之思，梦断天涯，相思百转。但几夜的风霜，又使得那美丽的容光消减了，因此不要再为了繁花凋残而徒增烦恼了。

评 析

"暗怜双绁郁金香"，双，指郁金香成双成对。一个暗字，可以看出他的性格是极为内敛的忧伤，怜惜只在心中静默流淌。静默，具有比热烈更为强大的感染力，"别有幽愁暗恨生，此时无声胜有声"，这一阕词以暗怜总起，将整个氛围全都压低了，形成了一种幽怨的情绪。睹物感怀是人的本能，容若见到郁金香花枝上两花相并，暗生怜意之余，更是勾起了满腹的情思。草木花朵，还有并蒂恩爱之心，人何以堪？

"欲梦天涯思转长"，"欲"字在"暗"字的幽怨之上又添加了一层隐忍的意味。梦悠悠，一霎天涯。可是天涯茫茫，梦醒成空。情思百转，婉转纠缠忧郁生。

风霜的摧残，足以让花容迅速变得憔悴。她们的光彩消殆、芳姿尽损的样子让他断肠。于是，他在心里说，莫为繁花又断肠，好像劝诫一般。

心伤断肠是情非得已，容若多情太过，以致心中太苦。他深谙其理，却欲罢不能。如果真可以泰然自若，又何须规劝自己？

容若是借花喻人，使得他"欲梦天涯思转长"的人，是否也和自己一样因为相思而容颜憔悴？他们曾一如并蒂花开结为永世之好，现如今却各分天涯，音讯全消。爱情与生命，都太过脆弱，怎经得起风霜一重复一重？繁花谢尽，物非人非，也只能勉强抑制住悲痛，权当自己是无心人。

容若这首《忆王孙》一般认为是怀人之作，但其所怀为何人则不得而知。词里词外的含义，全都萦绕在那一枝并蒂郁金香上，清幽而又难以捉摸，令人且怨且怜且怅惘。

忆王孙

刺桐花底是儿家①。已拆秋千未采茶。睡起重寻好梦赊②。忆交加③，倚着闲窗数落花。

注　释

①**刺桐**：树名。亦称海桐、山芙蓉。落叶乔木，花、叶可供观赏，枝干间有圆锥形棘刺,故名。**儿家**:古代年轻女子对其家的自称,犹言我家。②**赊**:渺茫、稀少。③**交加**:交错，错杂。此处谓男女相偎，亲密无间。

词　解

那刺桐花下就是我家。现在庭院里的秋千已经拆了，但是还没到采茶的季节。睡醒之后回想梦里的情景，甜美但却有些模糊了。回忆纷至沓来，春梦易醒，只好对着窗子无聊地数着落花。

评　析

这是一阕非常有情趣，风格清新自然的小令，这在以忧伤抑郁为主要基调的纳兰词中是比较少见的。阅读之后，犹如在眼前展开了一幅清新明丽的女儿画卷。时值春日，草木生香。高壮的刺桐树下，几间屋舍正是她的家。刺桐花开得火红，好不热闹。院内的秋千架已经被拆去，茶园里的新茶还没有被采摘。

她梦醒后，怀揣女儿家的小小心事，或许在此时此刻，春景流光中，她不由得想念起曾经与她相依相偎的那个人，以及与那个人一起度过的欢乐时光，是那样的羞赧而又美好。透过明亮窗格，她看见外面的刺桐花纷纷凋落。没有枝头狂风的摇曳，花朵无声飘落，安静而美丽。好梦难寻，她倚着窗子，一朵两朵地数起落花来。

在这首《忆王孙》中，容若是用女性的口吻来进行写作，短短的三十余字，却将其中情致韵味细致描绘得活脱而自然，明白如画。窗边数着落花的少女，更像是春光中最明快动人的那一笔温情。

"刺桐花底是儿家，已拆秋千未采茶。""儿家"，是古代年轻女子对自己家的称呼。刺桐，又名山芙蓉、空桐树，每年春三月开花，花色鲜红。刺桐花底下的家，充满了宁谧美好的诗意。

"睡起重寻好梦赊"里的"赊"字，有渺茫的含义。春睡蒙眬，好梦难寻，于是她便倚窗站立，沉溺于旧日情事，闲数今时落花。

●倚着闲窗数落花

春天是个非常慵懒的时节，她刚刚才从一场睡梦中醒来，清醒后心头却有如浅浅小溪般的惆怅在蜿蜒流淌，好梦渺渺无法重寻啊。

"忆交加，倚着闲窗数落花。"这一句用作收束全词非常精妙。交加，是指男女彼此亲近，互相依偎，耳鬓厮磨的样子。梦中情景犹如醇酒佳酿，风光潋滟，醉人心肠，尤其当春天春心萌动之时，怀思又增添了几许。"倚着闲窗数落花"中的"闲"字和"数"字最是灵巧，将少女娇憨纯真的情态表露无遗。

容若善于写小令，这阕《忆王孙》就是其中的精品。很多人认为小令短小，比较易写，其实小令比长调更难驾驭。如何在极少的字数中做到以小蕴大、情意饱满，这才是才情所具；而才情之外的，就要看心性的区分比照了。容若自然可称之为才情卓绝，而他更可贵的却是生有一颗纯真的温润之心。他无论多么忧伤，都会在心里留一处清静之地，放置着对美好时光的无限眷恋。

菩萨蛮

为春憔悴留春住，那禁半霎催归雨^①。深巷卖樱桃，雨余红更娇^②。

黄昏清泪阁^③，忍便花飘泊。消得一声莺^④，东风三月情^⑤。

注 释

①**半霎**：极短的时间。②**雨余**：雨后。③**阁**：含着。④**消得**：禁得起。⑤**三月情**：暮春之伤情。

词 解

此词为伤春伤别之作：春日将尽，想要把春天留住，却哪里禁得起那一场催促的风雨。雨后的深巷中是谁在叫卖着樱桃，那鲜红的樱桃在雨水过后显得更加娇艳欲滴了。然而独守空闺的人儿却在黄昏时分，眼含清泪，独自看着那落花飘飘。怎消得那一声莺啼，更增添了暮春的一份伤情。

评 析

这首《菩萨蛮》，是以伤春为主题的作品。宋代以来，很多词都是以闺情春怨作为主要内容，而此类作品又时常假托女子的口吻，逐渐成为一种传统。容若的这首《菩萨蛮》是伤春之作，仔细分析，也应当是假借女子的口吻进行抒情的。而其"消得一声莺，东风三月情""深巷卖樱桃，雨余红更娇"等，写来有声有色，别具一番风韵，堪称楚楚动人。

纳兰词受到古今人士的一致好评与深爱，是很有道理的。闺情春怨，

是历代词作中常见的主题，而容若笔下却自有一番风韵。春与女子，都是万物当中温柔美好的极致，容若也同样是美好的，她以敏锐的心灵和真挚的怜惜，将全部情感都倾注在自己每首词作的字里行间，以至数百年后，我们读这首《菩萨蛮》，依旧能感受到其中的忧伤与温润。

容若说："为春憔悴留春住，那禁半霎催归雨。"春已将暮，又逢风雨，花事如何，可想而知，此时此刻，容若的心事，怕也如雨后落花般憔悴无助。

至于"深巷卖樱桃，雨余红更娇"，这是全篇当中的亮色，雨后深巷中娇艳欲滴的樱桃红，让人感觉鲜亮美丽。顾随的《驼庵诗话》

●黄昏清泪阁，忍便花飘泊

黄昏时分的风又把枝头花吹落到巷中，落英缤纷，随风飘零。巷内依旧有隐隐的泥泞水渍，沾在花瓣上，飘泊落花也就有了颓败脏乱的凄苦。让他心中又增感伤。

中却觉得此句"虽然清新鲜丽，但无甚回味，不耐咀嚼"。但全篇假如少了这一句，又将缺失多少让人浮想联翩的余地呢？雨后更添鲜妍的樱桃，是令他回忆起昔日同样颜色娇美的女子，还是更加痛惜曾经同样娇艳，如今却飘零委地的落花？无论如何，这一抹雨巷中的亮色，把读者带进了一片新天地。

关于"黄昏清泪阁"中的"阁"，也就是"含"的意思。宋代范成大的《八场坪闻猿》中也曾写道："天寒林深山石恶，行人举头双泪阁。"容若用"消得一声莺，东风三月情"一句收束全篇，似乎别有隐情。三月情，是暮春时节的伤春之情，似乎别有所指，但作者没有明示。宋代女词人朱淑真的《问春》中写道："东风负我春三月，我负东风三月春。""流莺百啭度高枝，不觉添诗思"，而容若他增添的想必是一段有关三月之情的往事吧。为此，他心事惆怅，徒增憔悴，眼含清泪，借用一句《西厢记》里的句子来形容，就是"花落水流红，闲愁万种，无语怨东风"。

清平乐

孤花片叶，断送清秋节。寂寂绣屏香篆灭①，暗里朱颜消歇②。

谁怜散髫吹笙③，天涯芳草关情④。懊恼隔帘幽梦，半床花月纵横。

注 释

①**香篆**：即篆香，形似篆文。②**朱颜**：红润美好的容颜，指美人。**消歇**：消失，止歇。③**吹笙**：喻饮酒。④**关情**：动心，牵动情怀。

词 解

此词写清秋懊恼的情怀：几朵残花，几片绿叶，就这样将清秋时节送走了。寂静的闺阁之中，篆香已经燃尽，美丽的容颜因悲秋而消瘦。谁能了解那对影独酌的感受，那天涯无边的芳草总能牵动人的情怀。幽梦难成，空对半床花月之景，怎不叫人懊恼神伤！

评 析

容若在这阕《清平乐》当中，写的是一位女子。其身份不可考，或许她源自他的臆想中。在那个落落清秋，两个人彼此怜惜，如同检视心头孤掌难鸣之痛，触摸掌心里温热寂寥的泪。

这阕词以"孤花片叶"开头，秋天的孤寂，呼之欲出。也有一种版本为"凉云万叶"，如果是这样的话，那便意境幽远，秋光寥廓。秋日易感，秋夜多思，这或许是人的一种本能。恰逢伤心之人，感念思绪就会滚滚而来，一发不

可收拾。

词中写到香篆，也就是篆香，形似篆文的香。篆香在诗词中是常见的意象，读来也感觉清香而优雅。

散髻一词，是指女子散开发髻。也有一种说法为这是一种发式，由南朝齐王俭所创。散开发丝，是一个非常绰约风流的姿态，风情堪比画唇与描眉。她的美丽容颜如今他看不到。这又是怎样的令人心碎而无法言说呢。

关于吹笙。一指饮酒，另有一说指女子在月下吹笙，那就变为了一种唯美的意境。其实不必深究这名女子到底是在小酌还是在演奏乐器，无论如何那都是非常哀婉的一种氛围，令人心碎而又着迷。

●懊恼隔帘幽梦

万千愁绪说不尽，她懊恼着，忧伤着，隔帘望夜空，只见月华清冽，残花弄影。皓月倾斜，携带花香越过窗台遥照于床头，枕衾薄凉。月色凄凄，情念茫茫，此景犹如隐约梦境，感觉亦幻亦真。

关于天涯芳草。天涯，指遥远的地方，无边的天际。芳草，在此应当比喻为忠贞或贤德之人。历代的诗文都是以芳草嘉卉来比喻君子美德。为她牵惹情怀之人，想必是贤德的翩翩君子，就像容若这种佳公子。这应是容若在文字里所表现的，对她亦是对自己情感的一份骄傲与尊重。

词中"懊恼隔帘幽梦，半床花月纵横"这一句，很有韵味。"犹抱琵琶半遮面"的美流传了上千年，其韵致就是美在一个"半"字上。一个"隔"字，一个"半"字，原本是寻常的词语，但恰到好处地应用却能惹人遐思。天涯芳草，情思无寄，冷落清秋，独对绣屏。幽远恍惚的梦境，离情暗生的懊恼，都被悄然隔于帘内，无人知晓。但窗外的月色花影却越过帘栊，投落空窗。寂寥长夜，花月伴床，这情景岂非更令人黯然神伤！

忆秦娥

春深浅①，一痕摇漾青如剪②。青如剪，鹭鸶立处③，烟芜平远④。

吹开吹谢东风倦，缃桃自惜红颜变⑤。红颜变，兔葵燕麦⑥，重来相见。

注　释

①**深浅**：偏义词，指深。②**摇漾**：摇动荡漾。③**鹭鸶**：又叫"鸿鹚"。水鸟名，翼大尾短，颈和腿很长，捕食小鱼。④**烟芜**：烟雾中的草丛。亦指云烟迷茫的草地。⑤**缃桃**：即缃核桃，结浅红色果实的桃树。亦指这种树的花或果实。⑥**兔葵燕麦**：形容景象荒凉。兔葵，植物名，似葵，古以为蔬。燕麦，一种谷类草本植物。

词　解

此词用刘禹锡《游玄都观》诗的典故暗喻了今昔之感：春已深，春水摇荡着，岸边露出整齐如剪的青绿色的涨痕。那正是鹭鸶站立的地方，烟雾中一片凄迷的草地看不到尽头。东风吹来，将百花吹开，又将百花吹谢，桃花和人都在春风中老去。兔葵和燕麦又长了出来，而我也又一次故地重回。

评　析

这一首《忆秦娥》，容若以"春深浅，一痕摇漾青如剪"开头，心思非常灵妙。"深浅"，用在这里，是一个偏义词，意思指深。宋李持正的《明月逐人来》中写道："星河明淡，春来深浅，红莲正满城开遍。"另外宋代吴元可的一阕《采桑子》："江南二月春深浅，芳草青时。燕子来迟，翦翦轻寒不满衣。"均是非常清新秀丽的句子。

春天，原本应当是美好的，万物萌动的季节。容若这首词，却有着淡淡的惆怅感伤。"一痕摇漾青如剪"，柔美而恍惚，犹如一道朦胧的帷帐，只需轻轻拉开，就能看到整个春天的窈窕身影。"缃桃"，即缃核桃，也可简写成缃桃，结浅红色果实的桃树。也指此树的花或果实。

最后，容若用"兔葵燕麦"这一意象压句。兔葵，一种植物名。《尔雅·释草》写作"菟葵"，

●一痕摇漾青如剪

繁花似锦转头空，人生倏忽，亦如转瞬。春风倦吹，今日是红颜，明日为枯花，花凋叶落风萧萧。

兔葵燕麦，形容的是一派荒凉景象。语出唐代刘禹锡《再游玄都观绝句》之引："重游玄都，荡然无复一树，唯兔葵燕麦，动摇于春风耳。"刘禹锡21岁中进士，担任监察御史。后来由于参与以王叔文为首的政治改革继而失败，被贬为朗州司马。元和十年被召回京师，曾游玄都观，作诗《元和十年自朗州召至京，戏赠看花诸君子》，但此诗又触犯了当权者，再次遭贬。十四年后，再次被召进京，再游玄都观，以嘲讽的语气写下《再游玄都观绝句》。

刘禹锡写的是不胜身世之感，重游故地，景色全非，春风当中荡然无树，一片荒芜。他不由得感慨世道沧桑，人事无常，十余载朝政翻云覆雨、桃花亦荡然无存。容若把这一意象化引在此，显然也有着叹惋沧桑的意味，

不胜今昔之感。虽然他并未写明这"重来"之故地有何旧事；但从词意中，我们却能深深体会到那孤寂惆怅的情怀，微妙的无奈与忧愁。

点绛唇·对月

一种蛾眉①，下弦不似初弦好②。庾郎未老③，何事伤心早？

素壁斜辉④，竹影横窗扫。空房悄，乌啼欲晓，又下西楼了。

注 释

①**蛾眉**：指蛾眉月，新月前后的月相。呈弯形，犹如一道弯眉，故名。
②**下弦**：下弦月，农历每月二十二日或二十三日之后的月亮。**初弦**：指农历每月初七、初八的月亮，其时月如弓弦，故称。③**庾郎**：指南朝诗人庾信。
④**素壁**：白色的墙壁、山壁、石壁。**斜辉**：指傍晚西斜的阳光。

词 解

这是一首对月伤怀、凄凉幽怨之作：同样的蛾眉月，但下弦之月不如上弦月好，因为上弦月日渐团圆，令人心怀希望，下弦月却是清光渐缺了。被滞留北国的庾信年纪未老，却为何过早地开始伤心呢？白色的墙壁上落下夕阳的余晖，竹影在窗棂间轻轻摇曳。相思的人独守空闺，直到乌鸦声起，清晓将至。

评 析

《点绛唇》这个词牌名源自江淹《咏美人春游》："白雪凝琼貌，明珠点绛唇"，勾勒出一幅活色生香的美人化妆图。

而对容若而言，这又是一个凄清的难眠之夜。一样都是状似蛾眉，下

● 乌啼欲晓，又下西楼了

空房寂暝，思念犹如水银泻地，点点相
思意越积越多，最后席卷了整个心灵世界，
愁绪越发凄苦。形单影只，心字已成灰，寒
霜满天，只是相思未醒。

弦之月终究不如上弦月那样好。上
弦之月，有那么多的期待，月盈人
将圆。下弦之月，已经是弯镰，只
能割取漫漫长夜当中的未眠之人的
如潮相思，留下不愈之伤。离情愁
绪如何能与当初相聚的欢畅相比
呢？

初弦，即上弦月，农历每月初
七、初八日的月亮，是向上弯的，
上半夜时出现在西侧的夜空。下
弦，即下弦月，农历每月二十三日
左右的月亮，向下垂，出现于下半
夜东侧的夜空，或者出现在黎明时
分。

庾郎，也就是南北朝时期的诗
人庾信。庾信一生曲折，屡逢坎坷，
年少时是梁朝宫廷当中写"艳诗"

的高手，每赋新诗，京城当中莫不传唱。辗转来到西魏乃至北周后，终生
没能返回南方，时常思念故国，作有《哀江南赋》《伤心赋》等以抒愁情。
杜甫有诗慨叹："庾信平生最萧瑟，暮年诗赋动江关。"容若于此自谓庾郎，
或许是悼念亡妻卢氏。只是庾信写《伤心赋》悼念亲人之时，已是"一女
成人，一长孙孩稚"的中老年，而卢氏亡时，才只有二十一岁，岂能不越
发令人伤心？

斜斜的月辉，穿窗而入，落在了素色的墙壁上。更深漏长，光阴的步
履越发显得缓慢。不眠之夜，窗外的竹影一点点地移过窗台，落入断肠人
的心底。

这阕《点绛唇》，空寂凄凉幽怨，诵之于口，伤之于心，轻吟间惆怅满怀。

作者独对冷月如钩，思及亡人，怆然涕零。这弯弯的蛾眉中，又容得下几分难以抒遣的愁绪呢？

人生若只如初见

减字木兰花

从教铁石①，每见花开成惜惜②。泪点难消，滴损苍烟玉一条③。

怜伊太冷，添个纸窗疏竹影。记取相思，环佩归来月上时④。

注　释

①**从教**：任凭、听任。**铁石**：犹言铁打心肠，指铁石心肠的人。②**惜惜**：可惜、怜惜。③**苍烟**：苍茫的云雾。④**环佩**：指所思恋之人。

词　解

此词为咏月下梅花之作：每当梅花绽放，任凭怎样的铁石心肠也难以不动情。她那美丽迷人的风姿在月光下更加楚楚动人，像是泪水滴洒在玉条上，望去若苍烟一片。唯恐梅花独自迎寒太过寒冷凄清，于是特意加了竹林来陪伴围护。梅花有魂，记得我对她的相思，于是在今夜月上时归来了。

评　析

古代咏梅的诗词非常多。但是就像张炎在《词源》中说得那样："诗之赋梅，唯和靖一联而已，世非无诗，无能与之齐驱耳。词之赋梅，唯白石《暗香》《疏影》二曲。"所谓"和靖一联"，即林逋的《山园小梅》里"疏影横斜水清浅，暗香浮动月黄昏"两句。

姜夔很欣赏这两句诗，就摘取句首的二字，写了一首《疏影》："昭君不惯胡沙远，但暗忆、江南江北。想环佩月夜归来，化作此花独幽。"将

梅花幻化为昭君，想象非常幽奇。还有一篇《暗香》："长记曾携手处，千树压、西湖寒碧。"这两阕词可称是咏梅词的千古绝唱。容若此篇化用了姜夔的句子，词意上也有所传承和认同。

从"添个纸窗疏竹影"这一句可见，这阕词很可能是题画词，所题为梅花图。此词深意缱绻，与其说是一阕咏梅词，倒更像是写给知己，写给意中人，满是深情怜惜。看遍全词，他仿佛是在感慨怜惜爱人，仿佛在呵护一位纤弱清高的女子。那梅与他，仿佛是对月临影的相知，是对彼此的尊重。

●环佩归来月上时

语意伤怀。尽管是化用前人的成句，却自有神韵。若是梅花解此相思，愿引我为知己，便请像昭君一样月夜来归，梦魂相见吧。

"无意苦争春，一任群芳妒，零落成泥碾作尘，惟有香如故。"陆游的咏梅词借梅比喻做人的原则和品德，姜夔的词编织进个人身世盛衰的感受。而纳兰这首词，则是一封写给梅花的信笺。他怕她寂寞寒冷，盼他月夜来归。在纳兰笔下，梅花被赋予了灵魂。

减字木兰花

　　相逢不语，一朵芙蓉着秋雨。小晕红潮①，斜溜鬟心只凤翘②。

　　待将低唤，直为凝情恐人见③。欲诉幽怀，转过回阑叩玉钗④。

注 释

　　①**小晕红潮**：指脸色微微泛起了红晕。②**凤翘**：古代女子头戴的凤形首饰。③**直为凝情恐人见**：只是由于害怕别人发现自己的多情。直为，只是由于。凝情，深切而浓烈的感情。④**回阑**：曲折的栏杆。阑，同"栏"。

词 解

　　相逢却含羞不语，仿佛秋雨中一朵静静的莲花。一只凤钗斜插在鬟髻上，红晕慢慢浮泛在她的脸庞。

　　想开口呼唤恋人的名字，却担心这深深情意为他人知晓。但毕竟有太多幽思情意要倾诉了，她转过回廊，轻扣玉钗，示意他跟随上来。回廊九曲，心思也有九曲；玉钗之间蕴含着重重情意，只有你我心中知晓。就这样，千言万语在心头，只化作颊上红潮、钗头脆响。

评 析

　　这是一首典型的情词，容若笔端曼妙，细心勾勒，描绘出一幅宛如近在眼前的仕女图，娇羞婉转，却又清新自然，颇有一些王摩诘"诗中有画，画中有诗"的神韵，似乎在向人讲述一段略带青涩的爱情。

词中所写的这个女子究竟是谁，二人见面为什么会"凝情恐人见"，其实都不是很重要。只须记住这样一位羞涩而多情的少女，存在于纳兰的词中、记忆中、心灵中就足够了。

或许是所谓的"男女之大妨"让这时恋人变得谨言慎行，无法亲密无间；或许是因为两情相悦，但却有不得不分开的理由。总之，这次见面有着很明显的哀伤与小心。"相逢不语，一朵芙蓉着秋雨。"这次相逢应当是两个人期盼已久的吧！心中尽管有万千情愫，却一句话都无法说出口。"玉容寂寞泪阑干，梨花一枝春带雨。"那眼泪滴在容若心里也激起了千重涟漪。

●转过回阑叩玉钗

千言万语只能凝为一点相思泪。此时泪眼婆娑的恋人在容若的眼中犹如一朵飘摇在风雨当中的芙蓉花，依旧娇艳欲滴，但却显得哀婉寂寞。

"小晕红潮，斜溜鬖鬖只凤翘。"四目对接，那女子娇美的脸庞泛起淡淡红晕，正是对容若最直白的心事倾诉。少女情怀总是春，是藏不住的，那娇羞的红晕便泄露了一颗心、多少事、几番情。大概是因为被看穿了心事，女子显得越发慌乱，那斜插在云发间的凤钗也随之滑落下来。

至此，这首词的上阕结束。上阕侧重于静态场景的刻画，写出了少女那魅力动人的外貌，含羞带怯的神情，寥寥数语，一个与情郎悄悄相会的少女形象跃然纸上，仿佛容若只瞧了她一眼，而这一眼却持续了千万年。

她想要开口呼唤恋人，这声呼唤只怕已经等待了太久，承载了太多的所思所想。千言万语都涌到唇边，却害怕被人察觉而凝结在那里无法吐露，最终只得将这声呼唤咽了回去。

　　"欲诉幽怀，转过回阑叩玉钗"，有那么多的幽愁暗恨想要对心上人倾诉，这四目相对，欲语还休的一瞬又如何能够能？她转身而去，转过回廊时，她拔下了头上的那根精致玉钗，在雕花的回阑上轻轻敲击。那声音，是在传达无声的爱意，也是在暗示恋人随自己而来。终究会有无人惊扰的角落，能让有情人一诉情意吧。

　　下阕侧重于动态的描写，将少女刹那的复杂娇羞心理表现得活灵活现，形神兼备。

减字木兰花

断魂无据[1]，万水千山何处去。没个音书，尽日东风上绿除[2]。

故园春好，寄语落花须自扫。莫更伤春，同是恹恹多病人[3]。

注　释

①**断魂无据**：指断魂飘忽不定。无据，无所依凭。②**除**：指台阶。③**恹恹**：形容精神萎靡的样子。

词　解

梦魂犹如风筝一般，漂泊无依，飞越了万水千山却不知道你在何处。整日春风吹来，枝叶也绿了，而所思念的人却没有丝毫音讯。我们曾经一起相处的家园春色美好，情如落花满地难以接续。看起来相见再聚希望渺茫。可是我仍希望你能够快乐，不要总是思念我，以致和我一样精神萎靡，染病上身。

评　析

唐传奇当中有"倩女离魂"的故事，民间传说中也常有人们魂魄出窍，魂游天外的故事，魂魄无所拘束，可以瞬间跨越万水千山，而对于多情的众生而言，相思是快乐与烦恼并存，痛苦而又幸福的事情。相思劳精费神，使人憔悴，人们渴望能从中解脱，却偏偏无法自拔。

容若这一阕《减字木兰花》述说相思之缠绵，开篇就拓展境界，写梦

魂飞渡万水千山，在儿女情长当中勾勒出高远苍茫的一笔。"东风上绿除"，明是写景，暗写真情。东风吹绿满阶绿草，一片春光明媚，原本是乐事，却由于恋人未归，音书无寄，而显得孤独寂寥。

下阕频用"春""落花"等字眼，字字有深意。后一个"春"字，既是实指，也是虚指，既指眼前春光，又指两人间的感情羁绊。最后一句"同是恹恹多病人"，情意深长，道出两人心有灵犀但却为情所苦的情状。这一句悱恻多情，无奈当中饱含关怀怜惜。"同是"说明两人是心意相连的。

这首词也可以看作是男女之间的书信对答。上阕以闺中女子的口吻述说着相思之意，下阕以远游在外的男子的口气进行回应并嘱托。往来之间也见情意。

●同是恹恹多病人

相爱，即使分开，也要比单恋幸福得多。相思是人类亘古不变的情怀。无论是何时何地，哪怕是远隔天涯海角，只要感伤落泪时，能够想到你，我也就不是在思念当中独自徘徊的人。

纳兰词

减字木兰花

花丛冷眼，自惜寻春来较晚。知道今生，知道今生那见卿。

天然绝代，不信相思浑不解[1]。若解相思，定与韩凭共一枝[2]。

注释

①**浑不解**：犹言全不解。②**韩凭**：化用典故，借指男女相爱，生死不渝。

词解

花丛中有株名花，我却因为来晚了而没能得到这朵花。清楚今生今世都已经无法再见你一面。

心中所思念的绝代佳人，必定会理解我心中的相思苦楚。如果你懂得我的情意，一定会愿意与我两情相悦，像何氏和韩凭那样化成枝叶交缠的相思树。

评析

晋代干宝《搜神记》卷十一载，战国时宋康王舍人韩凭，娶妻何氏。何氏美貌，康王夺之，并囚禁韩凭。韩凭自杀。何氏亦从高台跳下而死。遗书于衣带，请求与韩凭合葬。王不听，命人将其埋在两处，两坟相望而不相接。不久，二冢之端各生大梓木，屈体相就，根交于下，枝错于上。又有鸳鸯雌雄各一，长栖树上，交颈哀鸣，宋人哀之，遂名其木曰"相思树"。

这一首词的上阕没有大的歧义，是说与相恋的女子擦身而过，无缘成为夫妻，尽管清楚今生今世已经无法再见到她了，但爱恋之心终究无法化解，总是深深地思念着她。下阕则期待着，心中所思念的绝代佳人必定会理解如此相思的苦楚。倘若彼此相思，一定会愿意如何氏和韩凭那样，化成枝叶交缠的相思树。这里用韩凭来暗指自己，以绝代佳人指代自己的爱人。关键在于下阕所使用的"韩凭"典故，夺走韩凭妻子的人是君王，容若呢？是暗示着某种不可抗力，还是借韩凭夫妇来表达死生不渝的钟情？

纳兰词

南乡子·秋暮村居

红叶满寒溪，一路空山万木齐。试上小楼极目望，高低。一片烟笼十里陂。

吠犬杂鸣鸡，灯火荧荧归路迷[1]。乍逐横山时近远，东西。家在寒林独掩扉。

注 释

①**荧荧**：灯光闪烁之貌。

词 解

深秋时令，枫叶已经红透了，红叶被秋风吹落，落入冰冷的溪水当中，覆盖住了整条小溪。空山无人，一路树木萧疏肃杀。登上小楼，极目远眺，高峰低谷俨然在目，秋烟升腾，云雾一般笼罩十里山坡。

到了暮色四合之时，农人停止了劳作，陆续向家里赶去，狗吠当中夹杂着鸡鸣，村落中灯火闪烁，一派祥和氛围。灯火荧荧，暮色渐浓，回首归路竟迷离不清起来。顺着面前的横山小路曲折前行，最终回到了寒林间的家中，独自关上了门。

评 析

"一片烟笼十里陂"，是这首词中很出彩的句子。登高远眺，烟景迷离，微茫而浩渺。它带着秋光当中的人间烟火味，与此前的红叶寒溪、空山万木相承接，与此后的吠犬鸣鸡、灯火横山相辅助。唐朝韦庄有一首《题金陵图·台城》："江雨霏霏江草齐，六朝如梦鸟空啼。无情最是台城柳，依

纳
兰
词

●家在寒林独掩扉

　　容若用近乎白描的手法给我们临摹出一幅秋日黄昏时分，村野田园的风光画卷。尽管如此，这画卷中的容若依然是孤寂的。

旧烟笼十里堤。"韦庄这首诗描写的是唐朝末年，自己对六朝兴亡事的无限感慨。金陵春雨霏霏，草木茂盛，鸟啼声声，柳丝不知家国之思，生长得繁茂可喜，如烟如雾，笼罩着十里长堤。韦庄以景说情，怀古忧今，让人读后心头倍感沉重。容若熟读韦庄的诗文，化用其中一句完全不在话下。暮色苍茫，烟笼十里，萧疏空渺。词中意境与韦庄又自不同。

　　容若的这一阕《南乡子》，最终使用"家在寒林独掩扉"来收束全篇。开始于"红叶满寒溪"，收结于"寒林独掩扉"，寒意弥漫字里行间，始终未曾消散。空山树林，烟霭茫茫，眼前情景看不分明。即便有村落中的鸡鸣犬吠，灯火荧荧，还是在一片烟笼中"归路迷"了。最终，他找到寒林掩映中的家，关上门，将鸡犬之声和暮色灯火都隔绝在了门外。

　　溪流空山，万木萧疏，暮色苍茫，家在寒林，容若以寥寥数笔勾勒出一幅水墨画卷，而在这画卷中的他，依然是孤寂的。

三一八

赤枣子

惊晓漏，护春眠。格外娇慵只自怜。寄语酿花风日好，绿窗来与上琴弦。

注　释

①**酿花**：催花绽放。

词　解

　　以少女的口吻抒写春日的慵懒与娇憨。春天的清晨，漏声将春睡的佳人惊醒，但却依然贪睡。娇慵倦怠又暗生自怜。寄语给那催促鲜花盛开的和风丽日，到我的绿窗边上来与我一起拨弄琴弦。

评　析

　　《赤枣子》这一词牌原本是唐代教坊曲，后来用为词牌名。"子"含有小的意思，在词调当中属于小曲，全词总共只有五句，共计二十七字，却是将一位春晓护眠、略显娇慵、暗自生怜的妙龄女子勾画得非常清晰灵动、情意丰沛。

　　春雨日时，春草葳蕤，花蕊映春晖，春水碧如天。晨光中，窗外传来瓦檐当中滴落的雨滴声，吧嗒，吧嗒……宛若标记时光的滴漏。她被这种声音所惊醒，还没睁眼，恍然不知此身在何处。

　　她想赖一会儿床。慵懒，是这个时节的少女不经意当中就会出现的一种习惯。这样的习惯让她显得娇柔而又美丽。但这青春欢畅中的时辰，娇憨动人的美，竟无人来陪伴呵护。她不禁心生自怜。

　　我们可以揣测她的年龄，差不多十六七岁，是青春年华花正好的年纪。

总之哪一个年龄在读者的心里显得最为珍贵，她就属于哪一个年龄。容若写的这一位"她"，或许是源自他的记忆，或许是源自他的憧憬。

"寄语酿花风日好"，酿花，意思是催花朵怒放，"酿"是酝酿，是醇酿，仿佛蓄势待发，要绽放出最动人的姿容，散发出最甜美的芬芳。春光明媚，风日正好，酿花天气。不若快点儿催花绽放，绿窗前伴我上琴弦，抑或，当我的青春与美丽，如花般全然盛放之时，会有人于窗绿窗前，伴我上琴弦。

少女，天生就具备令人痴迷倾倒的魔力。春天，也代表着上天的琴瑟：百鸟齐鸣，高山流水，细雨和风。人间所有的花朵都将绽放出最美丽的姿态，最绚烂的颜色。如此，她的身上，便有了春天的成分，色彩鲜活，味道芳馥，气质清雅。她与春天，相看两不厌，心生无尽的欢喜。

"绿窗来与上琴弦"一句应当是化用唐代赵光远《咏手》诗中的"绿窗谁见上琴弦"。赵光远写的是一位富贵女子的纤纤素手，抚琴写字、梳妆下棋都是一绝，充满了风情与才情。那样的一双手，是千娇百媚的，如此的一个人，是倾国倾城的。她戴的是金钿，点的是麝香，睡的是象牙床、珍珠簟。如此女子虽然雍容华贵，读起来却有着远隔云端的漫长距离。而纳兰笔下的青春娇憨的少女，却鲜活明媚，如在眼前。

赤枣子

　　风淅淅①，雨纤纤②。难怪春愁细细添。记不分明疑是梦，梦来还隔一重帘。

词　解

　　清风徐来，细长的雨丝飘飘落下。她素手托香腮陷入春愁当中，情思渐深，恍若入梦，但即便梦中也有着珠帘阻隔，无法真切相见。

评　析

　　"淅淅梦初惊，幽窗枕簟清。"这淅淅的风声，吹醒了伊人的一帘幽梦。轩窗半闭，她慵整罗裙，更无心眉画远山，只是蹙眉回忆往事，却始终记不分明。莫非那都是梦境吗？那为何在梦中相会，任有一重帘幕阻隔，无法真切相见。

　　寂寞深闺，柔肠一寸愁千缕，这是古代无数词人吟咏的一大主题。柔风细雨，恰似春蚕吐丝，把一颗愁心织就。容若对成句的化用，对意境的捕捉，让我们想起了秦观的一首《浣溪沙》。

　　漠漠轻寒上小楼，晓阴无赖似穷秋。淡烟流水画屏幽。

　　自在飞花轻似梦，无边丝雨细如愁。宝帘闲挂小银钩。

　　"飞花"和"梦"，"丝雨"和"愁"，本来并不是一类物品，难以类比。但词人却发现了它们之间所共有的"轻"和"细"两个共同点，这样就把这四样原本毫不相干的东西组合成两组，构成了既恰当又新奇的比喻。普通的比喻，都是以具体的事物来形容抽象的事物，或者说，习惯用容易捉摸的事物去比喻难以捉摸的事物。但词人在这里却反其道而为之。他没有说梦似飞花，愁如丝雨，而是说飞花似梦，丝雨如愁，也同样非常新奇。

　　容若的这首词，尽管简短，也是抒情与写景兼容，景中暗蕴婉曲之情，情中带有凄清之景，一咏三叹，将闺中思妇缠绵惆怅的春愁展现得淋漓尽致。

青衫湿遍·悼亡

（按此调谱律不载，疑亦自度曲）

青衫湿遍，凭伊慰我，忍便相忘。半月前头扶病①，剪刀声、犹在银钲②。忆生来、小胆怯空房。到而今、独伴梨花影，冷冥冥、尽意凄凉。愿指魂兮识路，教寻梦也回廊③。

咫尺玉钩斜路④，一般消受，蔓草残阳⑤。判把长眠滴醒，和清泪、搅入椒浆⑥。怕幽泉、还为我神伤⑦。道书生薄命宜将息⑧，再休耽、怨粉愁香。料得重圆密誓，难禁寸裂柔肠⑨。

注释

①**扶病**：带病、抱病而行动。②**银钲**：银白色的灯盏、烛台。③**回廊**：曲折环绕的走廊。④**玉钩斜**：古代著名游宴地。在扬州市江都区境，相传为隋炀帝葬宫人处，后泛指葬宫人处。⑤**蔓草**：爬蔓的草。⑥**清泪**：眼泪。**椒浆**：以椒浸制的酒浆，古代多用以祭神。⑦**幽泉**：指阴间地府，借指死者。⑧**将息**：调养休息，保养。⑨**寸裂**：碎裂。

词解

眼泪已经湿透了衣服，我需要你的宽慰，你怎么可以忍心将我遗忘呢！想起半个月前你还拖着病体，西窗剪烛，剪刀的声音犹在耳畔回响。你生前比较胆小，害怕一个人独守空房，到如今却只有寂寞梨花与你相伴，冷冷清清，如此凄凉。希望你的魂魄能够认识回家的路，到梦中与我相会。

你已经长眠于地下，即使坟冢近在咫尺，芳魂却无处可寻，只有夕阳中荒草遍野的凄凉。夜里在哭泣中醒来，就让我用这和着眼泪的酒来祭奠已逝的你吧。却又害怕你在黄泉之下会因此为我伤心难过。劝慰我要保重身体，不要再沉溺于往日的柔情无法自拔。昔日海誓山盟的旧梦无法再圆，只能让人肝肠寸断。

评析

这首词写于康熙十六年，是容若最早的悼亡词之一。

词的上阕意思很明确，大意是说心爱的人刚去世，自己极为伤心。最后两句在修辞上非常出色，值得留意："愿指魂兮识路，教寻梦也回廊"。这是诗词中使用虚词的典范。

● 料得重圆密誓，难禁寸裂柔肠

破镜重圆的故事里，徐德言夫妇还能够冲破重重阻力获得团圆，但自己与爱人却是阴阳永隔，想到此处，柔肠寸断。

下阕的首句是最让人生疑的，"咫尺玉钩斜路，一般消受，蔓草残阳"。"玉钩斜"位于扬州的蜀冈西峰，是一座并不显眼的丘陵。据《江都县志》等方志记载，玉钩斜"在吴公台下，隋炀帝葬宫人处"，原名宫人斜。其实历代文献并未写明炀帝宫人为何被埋葬于此，但炀帝以骄奢淫逸著称，曾"密诏江、淮南诸郡 阅视民间童女，姿质端丽者，每岁贡之"；巡幸江都时，又强征"妙丽长白女子千人"牵挽龙舟，称"殿脚女"。后人感慨这些不幸女子的命运，往往会将她们与宫人斜联系起来，唐代诗人窦巩曾在诗中写道："离宫路远北原斜，生死恩深不到家。"到了唐代，李夷简镇守扬州，在这里观赏如钩新月，便修筑了一座玉钩亭，大文豪皇甫湜还在这里写下一篇《玉钩亭记》，此后宫人斜便被改称为玉钩斜，名声逐渐变得响亮，以这一题材吟咏的名家也越来越多。清初诗人汪琬曾写下《玉钩斜》诗："月观凄凉罢歌舞，三千艳质埋荒楚。"

容若有首《浣溪沙》也提及玉钩斜。"曾是长堤牵锦缆，绿杨清瘦至今愁"，被当作纤夫的少女们当初"长堤牵锦缆"，如今又在何处呢？"玉钩斜路近迷楼"，迷楼是隋炀帝修建的一座大型宫殿，位于扬州的西北郊，据说景色优美，金碧辉煌，令人沉迷，因此叫迷楼。这句词把玉钩斜和迷楼并列，没有进行评论，但读者心中自然会做出比较与评价，一处是无数女子的血泪，一处是隋炀帝穷奢极欲的享乐之所，此中情感，不言自明。

具体到《青衫湿遍》这首词，"咫尺玉钩斜路，一般消受，蔓草残阳"，如果只是用玉钩斜路来指代亡妻，那么未免不太贴切，完全可以用其他的典故来代替。

诗人的用典，以及很多诗词惯用的套语，都有其固定含义，有特定的应用场合，用到"玉钩斜"这个典故，又感叹"一般消受，蔓草残阳"，仿佛别有深意。所以也有不少学者怀疑，这首词虽为悼亡，却恐怕并非为悼念卢氏而作。词的最后一句"料得重圆密誓，难禁寸裂柔肠"用"破镜重圆"的典故，东昌公主与徐德言也一度因强权而离分，似乎同样验证着这一怀疑。但情辞幽微，本事难觅，一切只能付诸猜测与想象。唯有词中的深情痛楚，数百年后依然牵动人心。

卜算子·塞梦

塞草晚才青，日落箫笳动^①。戚戚凄凄入夜分^②，催度星前梦。

小语绿杨烟，怯踏银河冻。行尽关山到白狼^③，相见惟珍重。

注 释

①箫笳：管乐器名，笳即胡笳。②凄凄：形容心情凄凉悲伤。③关山：关口和山岳。**白狼**：即白狼河，今辽宁省大凌河。

词 解

此词写作者身在塞上而怀念家园的情感：塞草连天、夕阳西下，箫笳之声响起。那哀怨凄楚的声音响彻寒夜，催人入梦。梦中我又回到了故园，在绿杨荫里与你窃窃私语，而你也不畏天寒路远来到我的身边，历尽关山来到白狼河畔，与我相见相慰，互道一声珍重。

评 析

容若这一阕词，副题为"塞梦"，不由得令人遐想，扈从塞上，天涯飘渺之时，他是否常会有这样缱绻相思的梦境呢？

所谓"昼无情念，夜无梦寐"，容若的一生，却是情念太重，他用情至真至深，才导致痛入肺腑。天色欲黄昏，塞上草青，箫笳声起，催斜阳西下。他是一个过于纤弱敏感的人，边塞的苍茫，箫笳的幽怨，入眼入耳亦入心，直至入夜时分……箫笳是古代边塞军中的常见乐器，其音色清越

纳兰词

三二六

也显得寒怨，箫笳声，离人泪，古来征战几人回？

这是一个温润旖旎的塞上之梦——星前月下，时光流转，刹那间仿佛回到了绿杨烟里，清风沉醉的时辰。他和她是那样的密语依情，是心意缱绻，如花美眷。是你吗？行尽了关山，越过了云阻雾隔与千险万难，到此来与我相会？

"催度星前梦"一句，大概是容若化用汤显祖《牡丹亭》"生性独行无那，此夜星前一个"的语境，写的便是杜丽娘魂游梅花庵与柳生做伴的情景。容若梦中与其相见的人，又是谁？一般认为是在思念妻子，夜晚塞草青青，悲笳声声，令人生起凄寂之感，于是引来妻子梦魂不畏天寒路远来到边塞与他相见相慰。"相见惟珍重"，隐忍断肠。梦中的相逢如此短暂，怎能不珍之重之。

怯踏银河冻，一个"怯"字，把梦里人的纤弱坚贞刻画得极为动人。纤纤弱质，弱不禁风，如何能禁受千里关河，无边霜雪！但怯弱的她还是履霜而至，"行尽关山到白狼"。此情此景，唯一句"相见惟珍重"，语短而情长。